JN131058

広大な中国大陸を蜿蜒と行軍する日本軍将兵たち。第11軍司令官阿南惟幾中将指揮のもと長沙作戦がおこなわれ、日中両軍の死闘が繰りひろげられた。

進撃する日本兵(上)。中国軍の攻撃は熾烈で苦戦をしいられた。下写真は荷物を搬送する日本軍の輜重兵。弾薬・食糧が尽きた日本軍は死傷者が続出した。

NF文庫
ノンフィクション

新装版

長沙作戦

緒戦の栄光に隠された敗北

佐々木春隆

潮書房光人新社

本書では昭和十六年十二月、中国大陸において行なわれた作戦を描いています。

作戦は二度にわたって行なわれましたが、第二次作戦では弾薬・食糧が尽きても補給なく、第一線部隊は犠牲者が続出し、反転退却を余儀なくされました。

この戦いに参加した若き将校が、無謀な作戦に対峙した日本軍将兵たちの姿、部隊の状況を、ありのままに綴り、過酷な戦場の実態を伝えます。

まえがき

瓢簞から駒が出て、支那事変が燎原の火のように燃え盛っていた昭和十二年（一九三七年）末に陸軍予科士官学校に入校する羽目になった。昭和十五年九月に陸士・歩兵科を卒業すると武漢地区で作戦に明け暮れていた四国編成の第四十師団（秘匿名「鯨」）歩兵第二百三十六連隊（主力は高知、第三大隊は丸亀編成）に配属せられ、昭和二十一年五月に復員するまでの五年八ヵ月の間、小隊長、連隊旗手、中隊長、歩兵砲隊長（実質は連隊作戦・教育主任）、大隊長として華中・華南に転戦し、辛酸をなめた。悪運が強いのか、奇蹟的に死に損なったことが一三回ある。

この間、小胆者の常として、自分に忠実にかつ気負いなく、ただ陸士出身だから人に笑われる振る舞いだけはしてはならぬ、震えても任務は果たさねばならぬ、作戦に犠牲は付きものだが何とか工夫して局限せねばならぬ、の三点を心掛けてきた。従って豪気な方からみれば、臆病者の記録に見えるかも知れぬ。

でも長い間には作戦・戦闘の実相、十人十色の人間模様、下から管見（かんけん）した統帥、戦場住民の悲惨な生態などをこの目で確かめ、脳裏に深く刻み付けてきた。だからこの体験を戦争を知らない世代のために書き遺し、何か裨益（ひえき）するところがあればこれ以上の幸せはない、とかねがね考えていた。

ところが縁あってジャパン・ミリタリー・レビュー社発行の「軍事研究」（月刊）誌に「鯨部隊奮戦記」（昭和六十年二月〜八月号）と題して連載して頂いた。これは第一次、第二次長沙作戦に作戦補佐として参加した時の亀川連隊長の統率を焦点にして綴ったものであった。

思えば第二次長沙作戦は稀に見る負け戦さであって、先輩、同僚将兵の多くを瞬く間に失った。思えば大陸転戦五年有余の間に体験した最も悲惨で、痛恨限りない作戦であった。

本書はその「鯨部隊奮戦記」をまとめ、大幅な増補改訂を加えたもので、その時々の状況で何をどう考えどう行動したか、上司や部隊はどう反応したか、折にふれて深く残っている印象などを主体に、包み隠さず誇張せず、ありのままに述べた。従っていわゆる「鬼神も哭く勇戦敢闘」の物語や、特定の忠勇無双の勇士はあまり出て来ない。この点物足りない向きがあるかも知れないが、実際に見聞しなかったのだからやむを得ない。だが九十数パーセントの将兵は、忠実で真面目な戦死であったのが戦場の実相である。

なお全般状況を理解する資として第十一軍司令官・阿南惟幾（あなみこれちか）中将の従軍日誌を随時引用させて頂いた。

願わくは諸賢の目に留まり、人間研究のためと、戦争の実相を理解し戦場の民にならないためにはどうすべきかを考える資として、何らかのお役に立てば幸甚これに過ぐるものはない。

昭和六十三年七月

佐々木春隆

長沙作戦——目次

まえがき

第一章　陸軍士官学校

第二章　初　陣

第三章　第一次長沙作戦

第五章　作戦回顧

昭和16年１月、湖北省・殷祖において警備任務中の著者。15年９月に陸軍士官学校を卒業、第40師団歩兵第236連隊に配属される。その後、21年５月に復員するまで５年８ヵ月間、華中・華南を転戦、長沙作戦、桂林作戦など幾多の作戦に従事する。

見開き写真は長沙市街に突入を敢行する日本兵士。左上は
昭和12年12月、陸軍予科士官学校入校時の著者。下は15年
10月、陸士を卒業してまもなく、湖北省・大冶において。

軍隊記号・符号一覧（抜粋）

記号	説明
CGA	支那派遣軍
A	軍
D	師団
DHQ	師団司令部
Bs	独立混成旅団（＝MBs）
iBs	独立歩兵旅団
iB	歩兵旅団
i	歩兵（歩兵連隊）、大隊はローマ数字 （例）236i＝歩兵第236連隊 Ⅰ/236i＝236連隊第1大隊
ibs	独立歩兵大隊
MG	重機関銃、軽機関銃＝LG
BA	山砲兵（山砲兵連隊）
iA	大隊砲（92式歩兵砲）
RiA	連隊砲（41式山砲）

記号	説明	記号	説明
××××	軍	××	師団
×	旅団	III	連隊
II	大隊	I	中隊

（例）

XX 40 → 第40師団

III 235 → 歩兵第236連隊

中国関係

記号	説明
WA	戦区
CA	集団軍
A	軍
D	師
N	新編
R	予備
T	暫編

団＝連隊
営＝大隊
連＝中隊
排＝小隊

符号	説明
	支那軍派遣軍総司令部（前進司令部）
	軍司令部（軍戦闘司令所）
	師団司令部（師団戦闘司令所）
	旅団司令部
	軍砲兵司令部
	歩兵連隊本部
	歩兵大隊本部
	中隊指揮班
	野砲兵連隊本部
	野砲兵大隊本部
	戦車
	第一線中隊
	第一線大隊
	野砲
	山砲（連隊砲）
	十榴（10センチ榴弾砲）
	十五榴
	十加（10センチ加農砲）
	十五加
	速射砲
	高射砲
	大隊砲
	擲弾筒
	軽機関銃
	重機関銃
	軽迫撃砲、中迫撃砲
2	第2中隊防御陣地
	歩兵部隊の展開
	大隊の攻撃
	連隊の集結地
	砲兵大隊陣地

長沙作戦

緒戦の栄光に隠された敗北

第一章　陸軍士官学校

瓢箪から出た駒

昭和十二年（一九三七年）七月に支那事変が勃発し、大戦争の様相を帯びてくると、将校の損耗が意外に多いためと、大正軍縮を一擲して軍拡に向かった初年度であったためか、陸軍予科士官学校（市ヶ谷台）は初秋に繰り上げ入試を実施した。力試しに受験してみると、採用予定の電報が舞い込んだ。実は力試しは口実で、熊本に遊びに行くのが真意であった。だから試験中も友人と映画ばかり見に行った始末で、本当に驚き、迷った次第であった。

ところが友人たちも下宿の小父さんも例外なく祝意を表し、入校を勧めてくれる。先生方もそうである。実はわが母校は、熊本県の離島の最高学府？　であったが、陸士に合格する人は珍しかった。熊本の名門校からは毎年数十人ずつも入るのにわが母校からは一人通るか通らないかで、覚えているのは三、四人の先輩方に過ぎない。だから先生方は「母校の名誉」とばかり喜ばれたわけである。

故郷の寒村に帰ると、父は有頂天になって喜んでいる。傾きかけた家運を懸命に支えていた時だから、すべて官費の学校に合格したのが嬉しいようであった。村長さんが見えて「この村から将校は出ていない。村の名誉だ……」と励まされ、役場の兵事係が酒を持ってきた。親類縁者が集まって酒盛りが始まり、騒ぎが止まらない。兄が駆け付け、神戸の伯父から祝電がくる。

これはおおごとだ。意を決して父を呼び出し、

「実は力試しに受けたら通っただけで、まだ行くかどうかは決めてない。やはり五高に入りたい。……あの騒ぎは困る。大体、自分は小心者だから、軍人には向かない。それに今度の戦争はとめどなく広がる気がする。すれば大変だ。五高に行かせてほしい」

と願った。だが上気した父は、

「皆があんなに喜んでいる。今更、行かないとは言えん。……陸士に行ってくれ。南京を占領すれば今度の事変は終わると思う」

と答えた。一生の分かれ目になった父の判決であった。

生まれつきの歩兵

密かに願っていた身体検査不合格も事なく過ぎた。そして訓育中隊長に「軍の主とするところは戦闘なり。故に百事皆、戦闘を以て基準とすべし」と訓えられ、これは大変な所に迷い込んだ、と仰天したわけである。「もし嫌なら申し出よ」の達しに勇気づけられて、何度帰ろうと思ったかわからない。でも申し出た者はことごとく慰留されたように思う。音楽好きで、後にキングレ

コードの重役になった田村新太郎君もその一人であった気がする。そのうえ喜んでくれた身内の者や、経済的負担にあえぐであろう父を思うとき、申し出る勇気が出なかった。小胆者のゆえんである。

予科の修業年限は二年のところを一年に短縮されたから、慣れないままにただ忙しかった。午前は授業、午後は戦技や教練であったが、文官教官が制服で軍刀を吊る時代であったから、数学の教授は刀の自慢に忙しく、英語の教授は銀座の話がもっぱらで、国漢や歴史の教授は拡大する一方の戦況解説に熱が入っていた。今でも教養に乏しいのは、この時代の罪であろうか。ただ原子爆弾出現の可能性を教えられた物理学が印象深い。

また区隊長の池田保夫中尉（46期＝陸士の期別。以下同じ）の情熱と勉強熱心には頭が下がった。演習の休憩間や電車の中でもいつも教範や難しい本を読まれ、陸軍大学校には同期の一選抜で合格された。だが航空参謀として十九年二月にニューギニアで戦死されたのは、惜しみても余りある。

同じ寝室に、幼年学校出の山口文治君がいた。軍人の遺族で実に見上げた人柄と才能の持ち主で、いわゆる教導生徒であった。彼は生まれつきのトンボ（航空の俗称）気違いで「重爆でクレムリンを爆撃したい。これからの戦争は航空だ。今時、歩兵が軍の主兵とは片腹痛い……」が口癖であった。天の邪鬼の私は「航空の役割りと威力は認める。貴様はそうしてくれ。しかしトンボは土地の占領はできん。占領するのは歩兵と戦車だが、これからは戦車が主兵になると思う。次の戦争の主兵は前の戦争で芽を出した兵種というが、それは戦車と飛行機だ。俺は戦車になる。

貴様、支援せい」と反論すると「ハハハ、飛行機は占領はできん、それが欠点だ。だが制空権がなければ地上部隊は進めない。つまり双方とも必要だ。仲良くやろうや、ハハハ」で落ち着くのが常だった。

外房の御宿での遊泳演習が終わり、短い休暇がすむと、間もなく兵科決定の時期がきた。志望を航空、戦車、砲兵の順にしたのは、見栄と簡単な理由からである。扁平足で歩くのが苦手であったので、歩く必要度の少ない順に並べたわけだ。内心は安全度が最も高い輜重兵（俗称ミソ）を書きたかったが、輜重輸卒で青島攻略戦に参加した義兄から、輜重にだけはなるなと忠告されたのと、見栄からであった。

航空は第二次試験ではねられた。輜重兵科を第一順位にすると、卑怯者と怒鳴られる噂があったのだ。中学二年の時に手術した蓄膿症が見つかって、平衡感覚に問題ありと判定されたからである。念願どおり合格した山口君が雀躍していたのを思い出す。

兵科発表の日は落ち着かなかった。どうか歩兵だけにはならないよう祈っていたが、宣告は歩兵であった。池田区隊長に変更を申し出ると、「戦車は肺に悪い。お前の日記には寝汗が出るとよく書いてあった。また肺活量が普通だから体をこわす。数学が得手のようだから砲兵を考えてみたが、見るところバタ（バタバタ歩く歩兵の俗称）が最適だ。中学で剣道二段を貰っているし、すばしこい。生まれつきバタに出来ている。真面目にやれば偉くなれる。将軍の大半はバタ出身だ。ガラ（ガラガラと砲車を曳く砲兵の俗称）は似合わない」と説得された。「実は扁平足で行軍に弱い。また偉くなれるわけがない。……高嶺の花です。どうか歩かんでもよい兵科に……」と願うと、足の裏を見て「大丈夫だ。お前は生まれつきの歩兵だ」と引導を渡された。

ついでに「区隊長殿はしょっちゅう教範を読んでおられましたが、暗記しておられたのでありますか」と伺うと、「バカ、暗記して何になる。なぜ教範にこう書いてあるのか、理由や由来を考えていたのだ。実戦ではとっさの判断で動く。いちいち教範を思い出している余裕はない。気がついておろうが、教範は、二律背反的に書いてある。戦闘力の集中が大切だと言いながら、警戒、つまり分散を怠ってはならぬとある。いずれも大切だからだ。だから、集中と分散という相反する要件を実際にどう按配するかが判断力だ。この判断力を養うためには、なぜか、由来はどこにあるのかを考えねばならぬ……」と懇々と諭された。当時は恐らく区隊長の教えは半分しか理解し得なかったと思うけれども、受け売りで自分がその後、そのことを何度も部下や学生に教える機会があったから、よく覚えているのであろう。

バタが宣告されてしょげていると、志望が叶った戦友たちは「貴様は誰がみてもバタだよ。大将のほとんどがバタだそうだから、偉くなるよ」と冗談と冷やかし半分に慰めてくれた。癪だった。ところがミソ（輜重兵）に指定されてしょげている奴がいる。「ミソの損耗率は低いから良かったね」と慰めると、憤然として食ってかかったが、言葉の端々には嬉しさがにじみ出ていた。本心は隠せないものらしい。彼の伯父は輜重兵大佐とかで、軍隊でもコネが効くことを初めて知った。

昭和十三年（一九三八年）秋、武漢攻略戦が酣（たけなわ）のころ、任地の志望調査があった。熊本県出身で他の歩兵連隊は知らなかったから、熊本（歩十三連隊）、大分（歩四十七連隊）、鹿児島（歩四十五連隊）と、いずれも第六師団の管下連隊を希望した。理由は入校当初、方言を笑われて閉口したからである。

ところが、歩兵第四十四連隊付きを宣告されて面食らった。だいいち、語呂が悪い。始終死連隊と読める。どこの連隊かも知らない。助教の佐藤軍曹（立派な出来た方で、すぐ少尉候補者に合格されたが、任官後間もなく戦死されたという。イタリアの諺に「戦争で生き残るのは身体障害者かバカか、卑怯者だけだ」とあるが、本当かも知れぬ）に伺うと「高知だ、ヨツヨツ連隊と言っている」と教えられた。

そこで南国土佐に隊付き出来るとほっとしていると、四十四連隊付きの者の集会で、連隊が属する第十一師団は東満に駐屯中と聞いて驚いた。何から何まで期待が外れ通しで、身の不運をかこったものである。

十月下旬の武漢、広東同時攻略の興奮がさめやらぬころ、一年にわたった予科の修業を終えた。慣れない軍隊生活で辛かったし、憂きことのみが多く、いつも腹をすかせ、小心者の常としていつもおどおどしていたことを思い出す。特に大学等に入学した中学の同期生らの自由な学問生活が、羨ましい限りであった。そして、とても学問したとは言えない予科の課程と雰囲気が恨めしかった。

北満の三ヵ月

卒業式が終わると、満州行きの数百名は東京駅を立った。見送ってくれた山口文治君に「貴様は思い通りトンボになったが、俺の願いは一つも通らなかった。……軍隊でもコネが効くんだね。時に重爆志望だったが、戦闘になれ。制空してからの重爆だ。重爆は危ない」と忠告すると、彼は破顔一笑、「バカ言え、重爆で敵の根拠地を叩いてこそ制空権がとれるんだ。戦闘は重爆の供侍だよ。変なこと言う前に凍傷に気をつけろ、決して風上に向かって小便するな。元気でな」と別れた。彼は志望通り重爆乗りになり、航空士官学校をトップで卒業した。彼が生きておれば、自衛隊の航空幕僚長は間違いなしであったろう。昭和十九年四月四日、単機でインパールに出撃し、遂に還らなかったという。

四十四連隊付きの一行は一三名で、連絡船で釜山に渡り、特急で新京に向かったが、印象深いことが三つある。一は、朝鮮の山々は残らず赤土の禿げ山で、土壁と藁の、見るからに貧しい農家が大地に這いつくばっていた。同じ皇土（当時）と言いながら、あまりにも貧富の差が激しいのに驚き、これでは天皇陛下に忠節を尽くせ（皇国臣民の誓詞第一項）と言ってもどうかなあ、と考え込んだことである。二は、満州行きは秘密であると聞いたが、停車駅ごとに動員された女学生たちが見送りに来ていて、特産の青いリンゴなどを差し入れてくれた。しかも民族服が奇麗で美しく、北上するにつれて美人が多くなったことである。今でも平壌美人と言うし、美人は北に多いと韓国人も言うから、その頃から目が肥えていたのだろう。お礼と好奇心から言葉をかけると奇麗な標準語なので驚いて、「日本語がお上手ですね……」と感心すると、「日本人ですから当然でしょう……」という返事にとまどった。そう言わねばならない時代であったのであろう。

三は、一般の人々が、ことさらに無関心を装っているように見えたことである。

長い鉄橋を渡ると、満州国の安東であった。初めて税関の検査なるものを受けたが、税関吏は星一つない赤丹（生徒には階級がなく、襟の星と弾帯だけが違っていた）を不思議そうに見回しながら通り過ぎた。

やがてある朝、新京駅（現長春）に着いた。寒かった。関東軍司令部の営庭で軍司令官・植田謙吉大将の訓辞を受けたが、足指が痛いほど寒く、震えて足踏みしながら早く終わることと指先や耳が凍傷にならないように念じていたから、何ひとつ覚えていない。要するに「しっかりせよ」という意のようであった。

午後、遼陽に南下して第十一師団司令部に申告した。遼陽は高いラマ塔がそびえる古色蒼然とした街で、整然と新首都を建設中の新京と対照的な街だった。

翌日、橘中佐（明治の軍神・橘周太中佐。海軍の広瀬武夫中佐と並び称された）で有名な首山で戦史教育を受けた。第三師団（名古屋）が主攻を向けた北大山は切り立った禿げ山で少し凹角をなし、それから西に流れた丸い変哲のない草山が首山（一四六高地）であった。講話ののち、首山に突撃させられた。見た感じより急な山で、一気に駆け上がるのは大変だった。山麓は緩やかで第三十四連隊（静岡）長・関谷大佐の碑が立っていたが、橘中佐の碑はなく、八合目と九合目と山頂に露軍の塹壕の跡らしい浅い溝が残っているのが印象深かった。山頂から望見すると遼陽のラマ塔が見え、目の下に首山堡の集落があり、自道車道の西に小山があってその西麓を南満州鉄道が延々と伸びていた。首山も北大山も縦深がなく、薄っぺらな山である。疑問が湧いた。若い参謀は戦闘の経過を教え、軍神・橘中佐と称えながらも、「勝敗の決め手は第一軍の太子河北岸での側背攻撃であった……」

質問！　と言葉を切った。手を挙げて、

「三点あります。一点は、この山脈を正面からだけ攻撃し、大損害を受けた理由。第三師団は線路の西から首山堡に回り、後ろから首山や北大山を攻撃した方が良かったと思う。二点は、正面から突撃を繰り返して大損害を受けた橘中佐が、なぜ軍神なのか？　戦術はまだ習ってないが、損害を出すのは誰にでも出来る。三点は、ここでも、奉天会戦でも偉功を樹てた黒木大将がなぜ元帥にならなかったのか。正面からだけ力攻して損害を受けた三人の軍司令官（奥、野津、川村）はみんな元帥になったのに……」

と尋ねてみた。すると参謀ドノは憮然とした面持ちで、

「俺にもわからん。だがそこに気が付いたのはよろしい。でもよそではあまり言うなよ。上から睨まれるのが落ちだ。誰かから聞いたのか？」

と反問された。そこで、

「いいえ、突撃は正面から突っ込めば命がいくつあっても足らん。横か後ろから突っ込めと教わりましたので……」

と答えたように思う。どんより曇った曠野の山頂は、身震いするほどに寒かった。

翌日、奉天（現瀋陽）に引き返し、競馬場に入っていた第四十四連隊に入隊し、カボチャの花を三つ頂いた。上等兵の階級を与えられたのだ。訓育中隊長は中山生藤中尉（47期）で、将兵の

信望を集めた上海戦帰りの勇士であった。教導下士官は羅店鎮の激戦で負傷した勇士の方で、タマが当たると、丸太でどやされ、焼け火箸を突っ込まれた感じがするとか、戦場では芋の葉にでも隠れたい、無性に喉がかわく、小便がしたくなる、とか教えて下さった。

連隊長は河田槌太郎大佐（23期）で、無天（陸大出でない意。昔は陸大出は天保銭のような楕円形の卒業徽章を右胸下に付けた。よって〝天保銭組〟といわれた）だからこれで終わりだろう、と噂されていた。だが立派な方で、一三人の士官候補生を奉天でも一流の中華料理店に招待された。生まれて初めてのフルコースで、舌が踊るように旨かった。だが運悪く連隊長の左横に座らされたのと、大食漢のKやNやBと同卓であったので、料理が来るはしから、先に食べられて満腹しなかったのが、今でも残念である。大体、料理は人数に応じて盛ってくるのに、彼らは二人分を早口でぺろりと食ったのだ。という訳で連隊長はなかなかの人物のようであったが、中将に累進されて終戦時はビルマの第三十一師団長であった。

隊付きは市ケ谷が地獄なら、極楽であった。閉口したのは召集の古強者（つわもの）が多く、そのおじさんたちがわざと仰々しく、「士官候補生ドノ、○○一等兵が飯を持ってきました」と三度三度上げ下げしたことと、銃剣術で仇を取ることであった。そして土佐のヨサコイ節をしつっこく教えてくれた。

だが一週間もすると完全防寒服が支給され、北満・密山（東安）への移駐が発表された。防寒服の着用法を教わり、近くの北陵まで行軍すると汗だくになった覚えがある。

十二月中旬末に貨車で北上すると、車の中で暖炉を焚いているのに、壁に二～三センチの厚さの氷が張りついた。氷室になって暖かったが、用便に苦労した。野原で用便停車するのだが、乗り降りが大変で、大の時にはいつ置き去りにされるか心配に堪えなかった。

ハルピンを過ぎると、警戒令がでて、皆、実弾を込めている。教官に尋ねると「金日成らの共産匪が横行していて、時々列車を襲撃する。牡丹江までの山中が危ない」と聞いて、まだ匪賊（ゲリラ）がいたのか、〈王道楽土〉は遠いのだなと驚いた。後の研究（拙著『韓国独立運動の研究』昭和六十年・国書刊行会刊）によれば、昭和十四年夏のノモンハン事変に連動して暴れた中国共産党軍の掃討のために、関東軍は一年半もかけて東南三省の粛正工作（いわゆる野副討伐）を実施したから、東満の治安は未だ不穏であったのだ。

だが無事に牡丹江に着いた。途中、横道河子に停車すると、六人いた候補生の中のKが「あれを見ろ、奇麗だなあ、天人のようだ」と嘆声を上げた。言われるまでもなく目に留めていたが、それは白系ロシア人の少女であった。実に美しく、かわいい天女のようである。見とれていると、教官が「目の毒だ。士官候補生はまだ早い。しかしロシア人は結婚するとブクブク肥って豚のようになる。美しいのは今だけだ」と戒めながら、自分も見とれていた。

牡丹江から北上して林口から支線に入り、新密山（東安）駅に着いた。奉天から三、四日かかったと思う。そこは駅と四、五軒の怪しい家があるだけで、煉瓦造りの兵舎は西方二キロにあった。

寒かった。零下三五〜四〇度で、万物が凍り付いていた。風呂から出て戸外でタオルを振ると、たちまち棒になる。尿は地面に着くころには凍り、大便はそのまま上に上にと凍り付くので黄色の柱になり、鉄棒で突き崩す日課は辛かった。酒とビールを加給する、風呂敷を持って取りにこい、と妙な命令がでる。参考のために倉庫を見学すると、酒もビールも凍って瓶が割れていた。だがおじさんたちはペーチカで丹念に溶かし、ご機嫌になるといろいろ教えに来てくれた。ハリマヤ橋の由来、坊さんかんざしの意味、戦場の実相などであった。そして最後は「将校の卵はしっかりせい。兵は将校の出来、不出来をよう見ちょる。出来の悪い小隊長の命令は聞かんぞな。……では○○一等兵、帰ります」が常だった。そして、高知に帰りたい、鰹のたたきが食べたい、子供に会いたいと涙した。それが心底であったと思う。

間もなく昭和十四年の正月がきた。型通りの式が終わると、バクワ山頂に集合の命が出た。兵舎の西一キロにそそり立つ比高二〇〇メートルくらいの草山である。何事ならんと汗だくで登ると、待ちかねた永田大隊長の新年の辞が始まった。

「エー、あれを見よ。白い氷の山が興凱湖（ハンカ）、手前の煙が阿片の巣窟・密山県城だ。エー、左の方が虎林、虎頭で、ウスリー江の東岸にイマンの町がある。エー、四方の地形を覚えとけ。ここが戦場になった時の要心のためだ。常住座臥、戦場に在ることを忘れるな。エー、以て新年の訓辞とする……」

いろいろなことを習った。二四時間勤務の歩哨（実際は足踏み哨）に立ち、二四時間行軍にも参加し、バクワ山を一周する黎明攻撃、戦闘射撃、その他、兵隊さんの動作には皆参加した。だが、防寒具をつけての演習は辛かった。手には毛糸の手袋の上にボクシングのグローブのような外袋をはめるので、射撃しても当たらない。腹に白金懐炉を入れると火傷し、汗だくになり、止まると汗が氷る。零下三〇度以下では戦闘にならない、と感じたものである。

　こうして約一カ月、兵の動作を真似すると、一月二十日に伍長の階級に進められ、下士官の勤務を見習った。食事伝票の切り方から分隊長、指揮班長の動作を教わったわけである。進級の日に五〇期の福島、浜田の両先輩に招待された。貧乏少尉のことだから、茶と羊羹とパイカンだけで失望したが「肩章にほほを付けてみよ、ひやいぞょ」と言われ、あっ、ひやいぞと叫ぶと「これで士官候補生になった実感が湧いたろう」と祝って下さったのを忘れない。だがお二人は第十一師団で編成した独立混成第四十八旅団の副官や独歩大隊長として、グアム島で玉砕された。隊付きが楽しく過ごせたのはお二人のお陰であったのだが……。

　二月の初め、国境の町・虎頭の大隊を見学した。兵舎はウスリー江の崖の上の劇場ふうの建物で、裸電球がわびしかった。目の下を流れる幅三〇〇メートルの河の対岸はソ連領で、丘という丘にトーチカがあり、退屈そうな歩哨の身振りも見えた。その向こうの灰色の雲の下がイマンの街で、白い煙を吐きながら走る貨物列車が異様に長い。満目蕭条（しょうじょう）として、汽車の煙が白い大蛇のように見えた。

　説明によれば、「河の中心が国境線、ここは虎頭線の終点、シベリア鉄道はここが最も満州領に近い。つまり彼我ともに戦略上の要衝だ。いざとなれば我々がイマンを攻略する。四四の君らはよちよち付いてこい。また万一に備えて要塞があり、秘密兵器がある」と漏らされた。思わず、どこから渡ってどうしてあの陣地帯を突破するのか、秘密兵器とは何か、要塞を見てみたい、と申し出ると、バカを言えと叱られた。

戦史叢書『関東軍〈2〉』（防衛庁戦史室編・朝雲新聞社刊＝以下公刊史と略す）によれば、要塞は街の西北一帯の高地群で、終戦時、将兵約一四九〇名と在留邦人約五〇〇名が立て籠もり、八月二十六日まで孤軍奮闘し、内地に帰還し得た方は七〇～八〇名であったという。なお秘密兵器とはシベリア鉄道を撃てる四〇榴（四〇センチ榴弾砲）一門、二四加（カノン）列車砲（共に射撃せず）であったらしい。

二月二十日に隊付き勤務を終えて軍曹の階級に進み、陸士（本科）入校のために往路を逆に内地に向かい、二十四日に下関に上陸した。荒涼とした原野や、草山か禿げ山、赤い大きな夕日を見てきた目には、内地の緑がこよなく美しかった。またどこの水でも飲め、凍っていないのが不思議で、日本人が多いのにも驚いた。

相武台

昭和十四年三月一日に陸軍士官学校（通称相武台＝神奈川県座間市）に入校した。普通学は少しあっただけで、午前は戦術と補助学、午後は実技や演習で、野営、現地戦術など、息詰まるような武弁一辺倒の教育が始まった。

だから辛くないことはなかったが、軍隊の要領なるものを少しは覚えたせいと、区隊長兼教練班長の立山一男中尉（48期のトップ、のち大本営参謀。戦後は台湾の国民政府軍顧問を永く勤められ、蔣介石総統から最高勲章を授与された）が不思議に親切にして下さり、良友に恵まれたから、気が楽で、楽しかった思い出の方が多い。

だがいちいち書けば切りがないし、面白くもないから省略したい。ただ五月から八月にかけてノモンハン事変が起こると、酒保（軍隊内の売店＝ＰＸ）のサイダー瓶が消えた。尋ねると、火炎瓶に格好なため、瓶が徴用されたという。真偽はわからないながら、日本軍の実力が心配になった。しかも九月にはポーランド侵攻を契機に第二次世界大戦が始まり、父の予想とは裏腹に戦火は広がるばかりであった。戦術教官の清水圓小佐は上海戦帰りの丸い人で、戦場の実相をよく教えて頂き、すぐ役立った。また立山区隊長が結婚されると、演習場往復時の駆け足がなくなり、状況終わりが早くなったのも懐かしい。また十五年五月のドイツの電撃戦が「敵を見たらアクセルを踏め」の合言葉で成功したことが知れ渡ると、それをもじって「敵を見たら速駆けだ」が自嘲気味にはやった。そのころノモンハンの実相も少しずつ漏れ聞いたから、皇軍、皇軍と言っても二、三流の軍隊だな、と密かにささやき合った記憶がある。だが思い出をいちいち書けば旧悪がばれ、区隊長殿の点数が悪くなるからこの辺で止める。

一年六ヵ月があっという間に過ぎて卒業が間近くなると、任地が発表された。四人が満州の原隊に、三人が高知の補充隊に、一人が航空に転科し、残る五人が第四十師団歩兵第二百三十六連隊付に命課された。希望を聞くこともなく、頭ごなしの命課で、私は五人の中の一人であった。

五人以外はほっとした顔付きで、にこにこしていた。だが五人は悲愴であった。歩二三六は昨十四年八月に新編されて、今は中支（華中）の第一線で作戦に明け暮れていたからである。死を覚悟した。〈人生平顔〉の訓育中隊長の講話が脳裏を駆け巡った。二五歳まであと五年ある。しかしそれまで生きているかな？　が第一感であった。しかし天運とは妙なもので、中支行きの五人は一人も死なず、高知で百四十四連隊に編入された三人は、一人が病気で残留して生きているが、野田、鷲江の両君は南海支隊に属し、ポートモレスビーの近くで散華した。

命課の時の呼び出し順は、私はビリから二番目であった。順番は成績順を意味する。ビリに近いのは意外でもあり、われながら不甲斐なく、情けなかった。だが、結果だから仕方がない。とはいえ、懊悩として楽しまなかった。陸士の成績は一生付いて回る。ビリでは同期が大佐や将軍になっても大尉止まりであろう。恥をさらすより早く死んでやろう、とふてくされたのを思い出す。人間はつまらぬことを気に病むものだ。人生観とか軍人の死生観とか口にしながらも、いざとなればこのざまであった。

ところが、銃剣術の天覧試合（荒天の場合のみ）に出場を命ぜられ、ついで分列式の時の曹長職に任ぜられた。恩賜のGとTが小隊長だから悪い役ではない。外の人が分列行進の練習にあごを出している時は銃剣術の稽古に励み、予行の時は剣を吊って立っていればよいのだから楽である。連隊でビリから二番の不出来な者の処遇にしてはおかしい。しかも赴任時の編成では、武漢方面の者は同期のトップの田中象二君が中隊長、第四十師団への赴任者を指揮する小隊長には私が指名された。おかしい。だが連隊付きの者の集会では、呼び出しトップのKがすましてリーダーぶりを発揮していた。

昭和十五年九月四日、卒業式が挙行された。晴天で天覧試合が中止されたのが残念であったが（記念に頂いた「天覧剣術記念」と刻した木銃は今も居間にある）、閲兵の隊形で行幸を待った。やがて、陸軍を代表する将星が居並んだ。玉座に近い方から東条英機陸相、杉山元参謀総長、山田乙三教育総監、その他の順であった。誰かが「あれ、一二期の総長より一七期の陸相の方が偉いのかな?」とつぶやいた。すると誰かが「陸相は金と物と人事権を持っとる。総長は運用権だけだ。金持ちが偉いに決まっとる」とささやいた。気のせいか、陸相の態度は太かった。

間もなく天皇旗の先導で閲兵が始まった。陛下は私の前方一〇メートル位の白砂の上を静々と閲兵された。龍顔はことの外うるわしく、この世の人とは思えぬほど白く輝いていた。お召しの白雪も、馬とは思えなかった。やはり、神の化身だ、と神々しかった。宝算御三九歳の時である。

東条陸相はいかめしく、キラリと光るメガネで冷たく見えた。杉山総長は眉がちぐはぐで、好好爺に見え、山田教育総監のヒゲは顔に釣り合わなかった。

式は滞りなくすみ、曹長の階級に進められて見習士官を命ぜられ、自前の安い軍刀を吊って校門を出た。これが見納めかと思うと校門や隊舎が霞んで見えた。

でも軍人としての死生観も覚悟も、まるで出来ていなかった。毎週月曜の一時限目は中隊長訓話で「一死報国」「死を見ること帰するが如し」「尽忠」……など死ぬことを教育されたのだが、十一(じゅういち)音治郎少佐(32期)は希にみる不弁な方で、訓話は睡魔との闘いであった。時々起こしにくる区隊長さえ、コクリコクリとされる始末。皇国史観の大家・平泉澄東大教授ら多くの大家の講演も死を賛美されるものが多く、腑に落ちなかった。生きて戦うのが軍人の使命ではないか、皆死んでしまったら戦う者がいなくなる、と反発を感じたからである。自分で修養に努めたつもりでも、悟るなどとはほど遠く、自分が信用できなかった。何を仕出かすか心配であった。

そこで宇品（広島市の軍港）出帆は九月十六日で間があったので、まず、何かに縋りたい一念で伊勢神宮に参拝した。なるほど神々しいと思ったけれども、ただそれだけで、安心は得られなかった。ついで神戸の父方の伯父を訪れた。伯父は僧正の位を持つ有名な坊主で、野球のグラブや革靴を初めて買ってくれた人である。中支に征く旨を告げ、「伯父さん、どうすれば見苦しくない死に方、人に笑われない死に方ができるか教えて下さい」と頼むと、本尊の前で相当長い御経をあげたのち、やおら振り向いて、「仏教は人の生き方を説くものだ。死に方はわからん。しかしタマは滅多に当たらんと聞いている。俺にはタマは当たらんと信心せよ。そして一心不乱に任務に励め。死を忘れるほど努めるのだ。もし当たったら寿命と思え。俺にはこれだけしか言えない。健康に注意し、不用意な真似はするな。流れダマに当たるなよ」と説教してくれた。今でも忘れない。東灘駅のすぐ上にあった薄暗い本堂の中だった。不安は解けなかった。だが、寿命という言葉が耳の底にこびりつき、折に触れて思い出すことになる。その夜は小学生のころ共に過ごした従弟と語り明かし、別れを告げると、伯父は「なぜ戦争するのかな。ナムアミダブツ……」と合掌してくれた。

帰郷するといろいろ行事があり、役場の兵事係が武運長久の宮参りや小学生の歓送について相談にきた。だが一切の公的行事を断わった。召集の方を公的に見送るのは銃後の仕来たりだが、私は志願出征だから必要ない、勉強や仕事の妨げになる、という言いぶんだったが、本当は、もし涙でも見せたら大変だと考えたのと、性来の小心者で晴れがましい仰々しいことが嫌いであったからだ。だからこっそり宮参りし、亡母と亡兄の墓参をして、故郷に「さよなら」と胸の内で別れを告げた。兄嫁が要領よく千人針を整え、父と兄が十銭玉と五銭玉を縫いつけた。苦（く）戦と死（し）戦を越えるまじないである。

途中、一人の姉の嫁ぎ先に一泊すると「中支は寒かろう。これを私や亡母と思って着てくれ」と極太の毛糸で編んだセーターをくれた。中支は暑いので有名だ、荷物になると断わったが、どうしても聞かぬ。不承不承受け取ったが、あとあとこれで助かった。もしこのセーターがなかったら、必ずや肺炎になったろう。破れるたびに編み直したので今ではチョッキになったが、今も若死にした姉の形見として大事にしている。

熊本・下通りの坂本屋（母校の定宿）で寝台戦友であった斉藤栄一君と落ち合った。彼は近衛輜重で、五高の三年から陸士に入った変わり者で（実は茶屋遊びが過ぎて二度落第し、父代わりの叔父〈輜重兵中佐〉の命令で入校したという）、年も四歳上であったが不思議にうまが合い、夕食後の酒保行きや外出はほとんど彼と一緒で、外出先は荻窪の彼の叔母さんの家だった。その彼が「熊本の見納めをしたい。旧知に挨拶したい。俺は北支の二十七師団（極兵団）だし輜重だからまず大丈夫だが、貴様は歩兵で作戦軍に行く。だから長くない。……どうだ、熊本で会わんか」と誘ったのである。その晩は彼の旧知（茶屋）を回ったが、なぜか面白くもなにもなく、なんとも格好がつかなかった。それは彼一人が大事にされ、私は子供扱いされたからである。彼は満足そうであった。

翌日、北支組の集合地・下関で別れ、それが永別になった。生きている間は一カ月に一度便りする約束で、おたがいが実行していたが、昭和十八年の春からぷっつり切れた。荻窪の小母さんに無事を確かめると「三月末、山海関南方を討伐中に戦死した。夫も太原付近で戦死した」と悲痛な便りがあった。人生は皮肉である。これがあの人の良い斉藤君の寿命であったとは。陸士五四期生会「留魂」によれば、八路軍に包囲された歩兵中隊の救出に小銃編成で出動し、胸に三発の機銃弾を受けて散華したとある。

昭和十五年九月十六日、宇品で簡単な歓送会があったのち、ボロ船に乗り込んだ。それは兵員輸送専門の船で、例の蚕棚に詰め込まれた。船底は馬の専用だから、何とも言えない臭気が上がってくる。見習士官の集団だから少しは人間らしく扱ってくれると期待していたが、馬並みの扱いで驚いた。しかも機密とかで一般の見送りもなく、万歳も〝勝ってくるぞ〟(軍歌「露営の歌」の冒頭)もなく、通夜のような出港であった。憤慨居士が多いから酒盛りが始まり、プカプカとたばこを吹かし、放歌高吟が始まった。小隊長集合がかかり、田中象二中隊長が「これではみっともない。兵も乗っているのだから、小隊長は取り締まれ」と厳命した。前述したように、田中君は同期のトップだが、私は小隊長でも連隊に帰ればビリから二番であり、やけになっていた。しかも性来の天の邪鬼で、少々御神酒が入っている。思わず、

「出征時に酒飲んで歌ってはならん、という規則はない。赴任すれば明日がわからん身だ。これくらいは大目に見ろ!」

と食ってかかった。すると田中中隊長は凄い目でにらみ、

「それがいかん。見習士官たる身は、常住座臥、兵の模範たるべきだ。でなくて、兵が付いてくるか。待遇が悪いのは俺にもわかる。だが待遇と見習士官の矜持とは別だ。戦場での待遇はまだ悪かろう。だが、待遇が悪いから戦わない、と言えるか。どうだ佐々木、これも修養のうちだ。これくらいにへこたれて風紀を乱す者が、戦場で軍紀を守れるか？　軍紀を乱せば負け戦さだぞ……」

一言もなかった。だから今でも田中君は怖く、頭が上がらない。

船倉に下りて中隊長の意を伝えると、皆怒り出した。特に連隊トップのKが食ってかかった。ビリから二番の奴の言うことが聞けるか、という態度を取った。そこで〝小隊長の命令だ〟と大権を発動したが、何とも後味が悪かった。納得のゆく統率は難しい。

翌朝、関門海峡を通過した。これが故国の見納めか、と切なかった。甲板は鈴なりで、誰かが何かに手を振っていた。

壱岐水道を南下して右に済州島を望み、やがて黄海に入った。だが海は見渡す限り青く、体操し、昼寝し、軍歌演習をして日が暮れた。十九日朝になると海が黄色に変わり、だだっ広い大陸平原が見える。右が崇明島で揚子江口を通過中、ここから戦地だ、という。下腹がきゅうっと締まった。上海で下船し、鉄道で南京の外港・下関（シャアカン）の兵站宿舎に入ったのは夜であったと思う。沿道は戦火の跡が生々しく、やけに大きい仁丹の広告が違和感を誘ったのを覚えている。

翌日、支那派遣軍総司令部に申告した。総司令官・西尾寿造大将（14期）、ついで総参謀長・板垣征四郎中将（16期）の訓示を受けた。西尾大将の訓辞はこまごまと長く、総参謀長のそれは大まかで短く、立場と内容とが逆である印象を受け、別に感激を覚えなかった。やれやれ行事がすんだとほっとしていると、怪漢が演壇に躍り出て熱弁を振るい始めた。ノモンハン事変の責で関東軍参謀から転じていた辻政信中佐（36期）であった。彼は、

「タマは当たらない。昭和七年の上海事変の時は中隊長で参加したが、部下があまりにも怖がるので胸墻の上に大の字に立って見せると、盛んに狙撃されたが、多くは股間を抜けた。山西ではトラックで大本営の井本参謀と同行中に待ち伏せられたが、撃ちまくりながらフルスピードで切り抜けた（注：この件は井本熊男〈37期〉『作戦日誌で綴る支那事変』芙蓉書房刊による）。タマは俺には当たらんと思え。……突撃は火力で敵を制圧し、頭を引っ込めさせてから発進し、敵がうずくまっている間に飛び込め。この時、先頭に立つことが肝心だ。二、三番目が一番危ない。敵の側防火器は先頭を狙うからだ。……支那軍は弱い。それは責任観念がないからだ。いざという時は断固として戦え。負けると思ったら負ける。負けるはずはないのだから、勝つと信ぜよ……」

と話された。何か胸のつかえがおりた気がした。

翌日から紫金山の天文台跡で南京攻略戦の講和を受け、光華門、雨花台、中華門の現場で実相の説明を受けた。高さ二〇メートル位の城壁がそのまま残っているので、どうして城内に突入したのか訝って質問した覚えがある。

その晩は自由行動であった。そこでこの世の記念に中華料理を囲むことにした。中央十字路近くの大店に入り、五〇円の料理を頼むと店中が大騒ぎになり、ドラが鳴る（上客の来店を触れる習慣）。何事かと身構えると、主人が現われ「五〇円の料理を出すには一週間の準備が必要だ」

と言う。「では今夜出せる最高の物でよい。いくらだ」と尋ねると、「二五円が最高だ」と言うので、それ位の料理では冥土の土産にならないと気落ちしながら頼むと、前菜、スープ、魚、肉と次々に出た。奉天での失敗があるから負けないようにガツル（がつがつ食べる）と、料理はこれでもか、これでもかと押し寄せる。バンドを緩めてがんばったが、最後の数種類には誰も手を出さなかった。二十数種類出たと思う。最後の方が旨そうなのが恨めしかった。主人は笑ったが、中国人の正直さに感心して「これが五〇円の料理、と言っても誰も疑わないのに、あなたは正直だ」とほめると、「正直でないと商売は続かない。南京にきたらまた寄って下さい。食べ残されたから、お土産にこれを上げます」と肉饅頭の折りをくれた。懐かしい思い出である。

揚子江を定期船で遡った。河水はあくまでも黄色く、風呂もトイレも真っ黄色であり、途中の景色は千変万化して塔のような岩が河中に屹立していたり、河幅は五〇〇メートルから四キロ余りに変化したり、見飽きなかった。安慶に着くと碇泊した。上流で重慶軍（蔣介石の国民党政府軍）が放流する機雷を避けるためと、変化する航路を誤らないためと聞いた。翌日は九江に碇泊したが、郷土の第百六師団が散々な目に遭い、中学の柔道の本田先生や助教の川島先生らが戦死された廬山（ろざん）は、紅葉と山容が美しいながらも、涙でぼやけたものである。翌日、石灰窰（せっかいよう）に停船すると、江岸に三隻の鉄鉱船が横付けし、蟻のような人の粒がせっせと船積みしている活況に驚いた。夕方、漢口に着いた。前途の多難を思わせる土砂降りの雨の中を案内された宿舎は、屋根があるのかないのかわからぬ酷い小屋であった。夕食どころの騒ぎでなく、腰を下ろす所も荷物を置く場所もなく、呆然として声も出ない。戦場とは酷いところと聞いていたが、第十一軍司令部のお膝元がこうとは、お先は真っ暗だ。やれやれ、陸士に入るんじゃなかった、と後悔した次第であった。宿舎長に、せめて雨にぬれない部屋にと掛け合ったが、命令の一点張りだ。

小隊長集合がかかり、十数人が雨の屋内に集まった。田中象二中隊長が憤然として「あまりにも酷い処遇だ、どうする」と言う。「軍の命令だから仕方がない。立ったまま寝よう。ここは戦場だ」と大口を叩くと、「バカ、この雨漏りの中で寝れるか。病気になったらどうする。今から司令部に掛け合ってみる。それまで待機」と命令して雨の中に消えた。

小一時間待つと「揚子江ホテルに移る。軍の兵站参謀に実際を見て貰うとそうなった」と言う。さてどんなホテルかと半信半疑で付いて行くと、それは立派なホテルで、ターバンを巻いたインド人の門衛が珍しかった。二人部屋に四人も詰め込まれたが、地獄から天国に移った感じで、遅い夕食が南京の中華料理より旨かった。田中君の機転と実行力と迫力に頭が下がり、今でも感謝している。

翌日、第十一軍司令部に申告した。園部和一郎軍司令官（中将）は前線視察中とかで、青木重誠参謀長（少将）が訓辞されたが、何か紋切り型でおかしかった。

代わって作戦参謀が既往の作戦を次のように概説し、第十一軍は唯一の作戦軍であり、皇軍の総前衛であること、常住これ作戦であることを強調されたが、何か冷たい感じを受けた。

〈第十一軍の作戦＝図1〉

時期　　作戦名　　　　使用兵団（師団）

14年3月　南昌攻略戦　六・百一・百六の三個
〃 5月　襄東作戦　三・十三・十六その他
〃 9～10月　贛湘作戦　六・三十三・百一・百六、三・十三の一部
〃 12～1月　敵の冬期攻勢に対する反撃　隷下全部隊
15年5～6月　宜昌作戦　三・十三・三十九・四十・六、三十四の一部

〈現在の態勢〉

当時の第十一軍は第三、四、六、十三、三十四、三十九、四十師団、独立混成第十四、十八、二十旅団の七個師団、三独混旅団（別に第三十三師団の三分の一である荒木支隊）及び軍直部隊五九個、配属部隊一三個で、指揮単位は六二単位（うち動物輜重一六、自動車輜重三四）、総兵力二三万余名（注）、昭和十五年度の追送軍需品は五・八万トンであった。

（注）兵員内訳

将校　八二〇〇（うち軍医二五〇〇）
　現役三六パーセント（大隊長以上七〇パーセント、中隊長五〇パーセント）
准士官　現役七五パーセント
下士官　現役四一パーセント
兵　現役四九パーセント　補充兵四四パーセント　予備役七パーセント

この兵力を以て武漢を中心とする信陽―宜昌―岳州―南昌―九江の線を対敵第一線として、重慶軍戦力の破摧衰亡に任じ、皇軍の総前衛を以て自負していた。

これに対する重慶軍は北に第五戦区（李宗仁・四七個師）、西に第六戦区（陳誠・二六個師）、南に第九戦区（薛岳・三八個師）を配して包囲し、計三一個軍一一一個師、総兵力は一三〇万にも達していた〈図2〉

つまり第十一軍は一対五～六の劣勢を以て敵中に孤立していたわけである。従って南昌と宜昌は政略上の必要から確保したものの、他の作戦は敵の攻勢の機先を制して出撃し、その戦力を撃砕して原駐地に帰還するいわゆるピストン作戦を繰り返し、以て占拠地域の安全を図るとともに、敵の戦意を破摧衰亡する（勝てないと悟らせる）作戦に明け暮れていたわけである。北支方面軍や南支の第二十三軍、揚子江下流の第十三軍が治安の維持を主としていたのに対し、第十一軍は積極作戦を主任務としており、野戦軍と言われていたゆえんであった。だから自ずから緊張し、いつまで生きておれるかな、と思ったことを思い出す。

午後は第六師団が漢口に一番乗りした載家山に案内され、一キロの湖水を民船で敵前渡湖したと聞いて驚いた。自分には出来そうに思えなかったからである。

翌日は武昌に渡り、黄鶴楼の幽美さに見とれ、兵站病院になっていた武漢大学等を見学した。美しい湖水と盆栽のような松の丘、優雅な建物と美しいナースを見ると、患者が羨ましくなった。

翌日、各小隊はそれぞれの司令部に分進した。解散の時、田中中隊長に「気に入らぬ非常識な

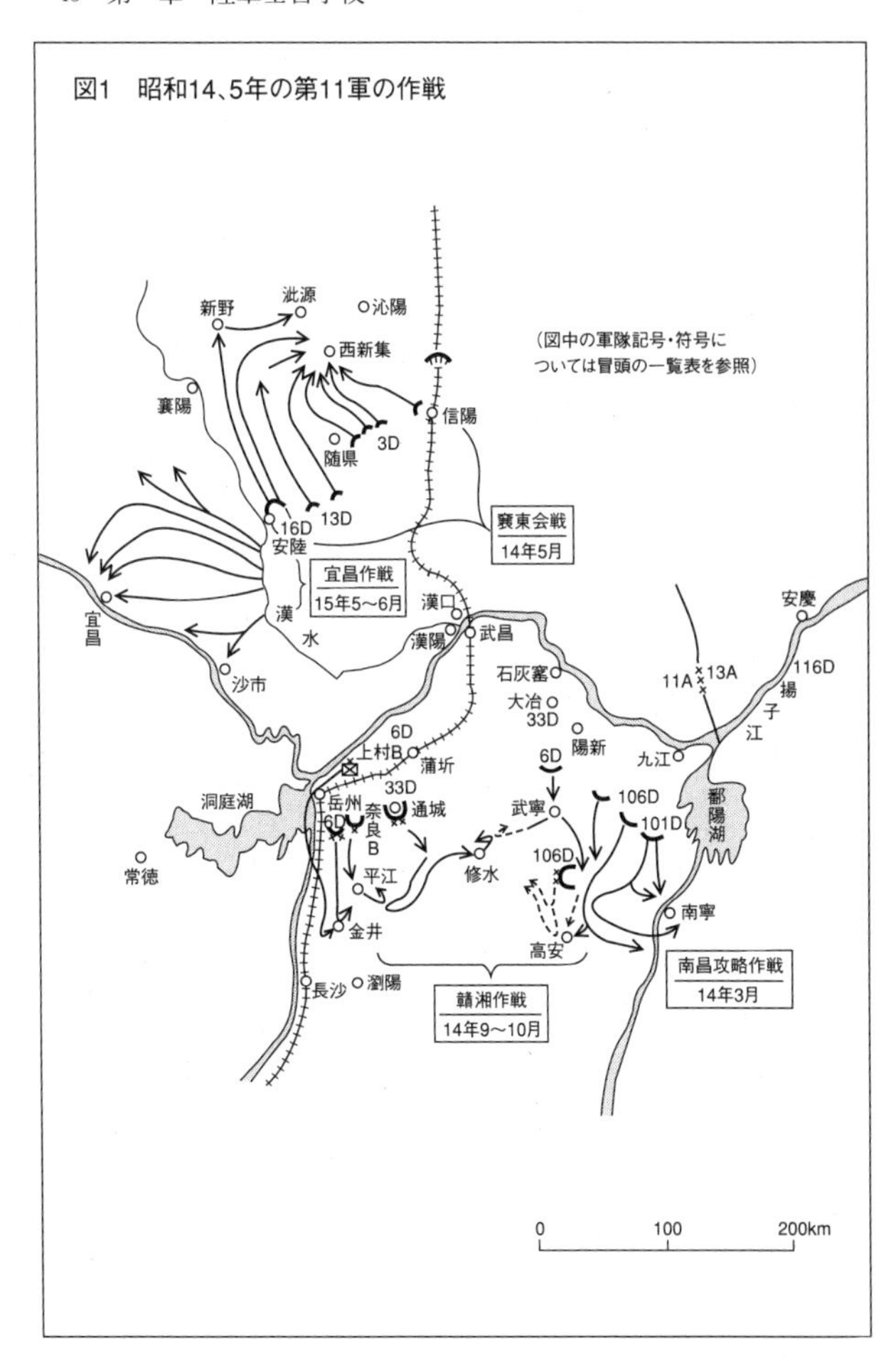
図1　昭和14、5年の第11軍の作戦
(図中の軍隊記号・符号についでは冒頭の一覧表を参照)
新野
泌源
沁陽
西新集
襄陽
信陽
3D
随県
16D
13D
安陸
襄東会戦
14年5月
宜昌作戦
15年5～6月
宜昌
漢水
沙市
漢口
漢陽
武昌
安慶
石灰窰
大冶
33D
11A
13A
116D
揚子江
6D
陽新
上村B
蒲圻
九江
33D
洞庭湖
岳州
6D
奈良B
通城
武寧
106D
101D
鄱陽湖
常徳
修水
106D
平江
南寧
金井
高安
長沙
瀏陽
贛湘作戦
14年9～10月
南昌攻略作戦
14年3月
0
100
200km

反対ばかりして申し訳ない。実は個人的な理由で、自分でも変なのだ。恐らく最初に死ぬだろう。理由は聞くな。では用心してな。すまなかった……」と詫びた。田中君は変な顔をしたが「死んだらご奉公ができん。生きておれば働ける。やけを起こすなよ、無茶するな」と心配そうに励ましてくれたのを忘れない。

第四十師団司令部は、武昌の南八〇キロばかりの咸寧（かんねい）県城にあった。粤漢（えつかん）鉄道で南下すると、若い小柄な大尉参謀が出迎えていた。見習士官二六名は一大戦力？　であるからであろう。集合教育の教官・畦地（あぜち）参謀（45期）で、威勢がよいのに驚いた。咸寧は立派な城壁を巡らせた町で、司令部は大きなお寺に入っていたと思う。師団長に申告する段になると、ちょっとしたトラブルが起きた。全員を無事に司令部に引き渡したからには小隊長の務めは終わったと考え、連隊の列に入ったので、代表して申告する者がいなくなったのだ。慌てた高級副官・水沢少佐（38期、後の第二大隊長）が、頭号連隊である歩二三四の右翼を指名された。

天谷師団長は、小柄だがでっぷり太った方で、血色のよい白髪頭であった。気合いがかかった申告者は、ここを先途と割れるような大声で到着を申告した。閣下の第一声は「バカ、目の前にいるのに、そんな大声を出せば鼓膜が破れる。時、所、位に応じて声を出せ。……六月の宜昌作戦で、俺も大腿部を負傷した。山陰にいたのに、タマは俺を探して当たりよった。七銭五厘（当時の小銃弾の値段）のタマでも、当たれば痛い。皆は初陣だ。タマに慣れるまでは用心せよ。皆の教育には大金がかかっているんだ。勇敢ぶったり、無茶したりするな。死んではご奉公ができん……」であったと思う。

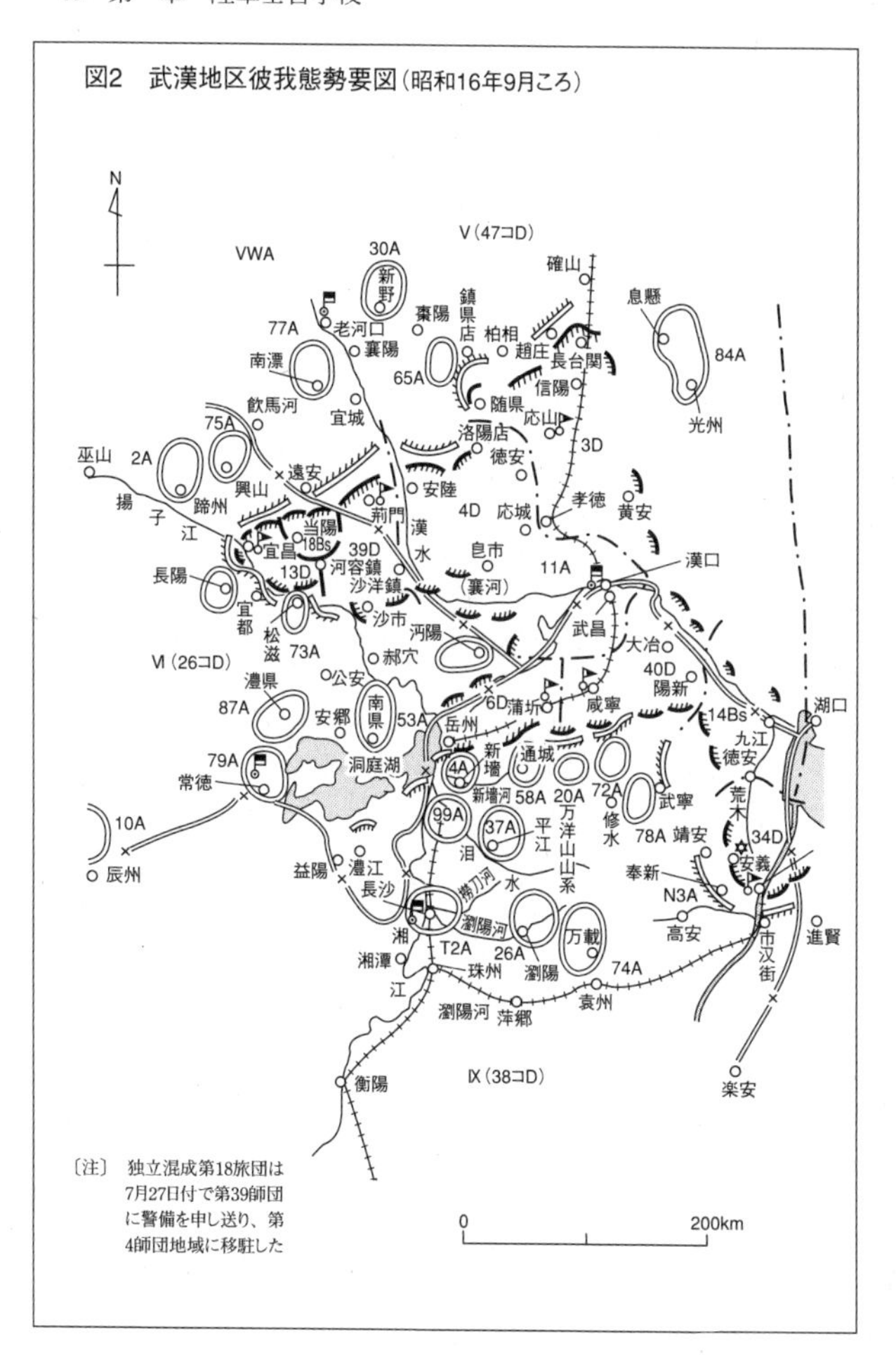

〔注〕　独立混成第18旅団は7月27日付で第39師団に警備を申し送り、第4師団地域に移駐した

〈第四十師団の編制――昭和十四年六月三十日編成下令、八月七日完結〉

師団司令部	秘匿名・鯨六八八〇部隊	編成地・善通寺	
歩兵団司令部	鯨六八八一部隊	同右	
歩兵第二百三十四連隊	鯨六八八二部隊	松山	三個歩兵大隊（第三大隊は丸亀）
歩兵第二百三十五連隊	鯨六八八三部隊	徳島	同右
歩兵第二百三十六連隊	鯨六八八四部隊	高知	同右
騎兵第四十連隊	鯨六八八五部隊	善通寺	
山砲兵第四十連隊	鯨六八八六連隊	同右	
工兵第四十連隊	鯨六八八七連隊	同右	
輜重兵第四十連隊	鯨六八八八部隊	同右	

通信隊、衛生隊、野戦病院二個、病馬廠、兵器勤務隊等

それから一週間の集合教育が始まった。印象深いのは、敵の冬期攻勢の機先を制して出撃し、二回にわたる九宮山作戦でこれを撃砕したうえ、第六師団の急を救った陸水作戦の話であった。四国師団は強いのだなと安心したせいだが、警備地域が広いこと、警備地の前にも中にも敵の大軍が蠢（うごめ）いているのに驚いた記憶が残っている。

十月一日に連絡車に便乗して大冶（だいや）県城に駐屯していた歩二百三十六連隊本部に着隊した。教会

堂を中心にした病院であったらしく、住居、病棟らしいのが立ち並んでいた。病人はどこに行ったのだろう、街の人々は困っているだろう、と案じたものである。

申告のため整列すると、老いた清水副官が点呼を取られ、怪訝な顔で「次の順に並べ直されて「佐々木、申告せよ」と申し渡された。その時の嬉しさは忘れ得ない。つまらぬ話だが、個人にとっては感無量のものがあり、卒業以後のもやもやがふっ切れた。もし命課の時に立山区隊長がこの順に呼んでくれたなら、気持ちよく出征し、嫌な小隊長と思われずにすんだと思う。戦後、この件の経緯を区隊長に尋ねたが、忘れられていた。

亀川良夫連隊長（25期）は当時、主力を率いて宜昌付近育溪河の警備中で、連隊付中佐の加川勝永中佐（26期）が留守隊長であった。咸寧でのことがあるので、普通の音量で自分では力強く申告したつもりだが、「今度の見習士官は元気がないのう。この前赴任した予備見習士官は気合いがかかり、驚くほど優秀だ。負けんようにやれ……」と訓示され、側の少しチンクシャ気味の中尉を「これが連隊旗手で皆の教官を勤める明神祥典（あきのり）中尉（52期）だ」と紹介された。人を見て申告せねばならぬ、難しいものだ、と思ったことを忘れない。

それから約一ヵ月にわたる教育が始まった。優秀な予備見習士官とは、情報係の中平博亀（ひろき）さん（水原高農＝今のソウル大学校農業大学の前身卒）、電報班長・保木利世さん（慶大理財科卒）らのことで、数々教えられるところがあった。

印象に残っているのは駐屯地巡りで、主に中隊長方から教えを受けたことである。師団は昨年の十月に来たばかりだが、一年の経戦は将兵を図太く育て上げていた。

まず大冶鉄山を見た。ここの鉄鉱石が九州・八幡に運ばれて日本の戦力源になっていた。大きな山が全山鉄鉱で、岩が錆びており、露天掘りと坑道掘りの二本立てで活気があった。鉱石運搬線で石灰窰に出た。二〇キロ余りだが、一、二キロごとに鉄道分哨があるのが珍しく、かつ将兵の苦労が偲ばれた。

江岸には鉄鉱石が山積みされ、数千の人夫が蟻のように鉱石を船に積みこんでいた。ベルトコンベアがない時代であったのだ。

石灰窰は賑やかで、日鉄大冶鉱業所が牛耳っていた。第三大隊本部と第十一中隊が旧漢冶萍煤田公司に駐屯しており、鳥居大隊長に申告すると野武士のような訓辞を受け、ここの久米滋三（のち土佐電鉄社長）中尉は中隊長のピカ一だから指導を受けよと指示された。久米中尉に申告してその旨を報告すると、端正な顔を赤らめられて「九月に赴任した新前中隊長で、ピカ一なんてとんでもない」と迷惑そうであったが、「中隊長として何に最も気を遣うか、心配事は？」とか、「新品小隊長に何を期待するか」「警備状況は？」などと質問すると、いちいち親切に教えられたのが印象深かった。久米さんとの初対面である。

次は陽新県の第二大隊、富水に沿って対陣している第一大隊を見学したが、いずれも主力は宜昌方面に出動中なので、第六中隊長・関田生吉中尉（東大卒、東京府立一中教諭）や第二機関銃中隊長の川野住雄大尉（少候）の教えが印象深かった。

中国語の先生は明神中尉であった。難しかった。まず「卵」はキンタマ、「花子」は乞食、亀は不浄な物と聞いてびっくり。四声（中国語特有の抑揚）があるので盛んに練習したが、物にならない。仕方なく毎夜のように「白壁」という居酒屋に精勤し、姑娘(クーニャン)相手に酒と言葉の練習に励んだが、ダメだった。もっとも解散の宴のとき、明神先生が得意になって姑娘に話し掛けられた。だが、さっぱり通じない。先生は「中国語が難しいのがわかっつろう」とバツが悪そうであった。高知の須崎市の出身である。

その他、初陣の心得、真鍋少尉（53期）の討伐談、加川中佐の訓話や図上戦術その他もろもろの事を教わった。連隊の将校銃剣術大会で優勝したのも思い出の一つである。

やがて任地（中隊）が発表された。木下団治が2、兼利俊英が7、秋田達郎が8、私は9、此元志津範は歩兵砲隊であった。

十月二十五日に少尉に任官し、月末にそれぞれの中隊に赴任した。私の第九中隊は大冶南方二四キロの殷祖(いんそ)に駐屯し、討伐が多いので有名であった。念のため情報図を見せてもらうと、四周に数千から数万の赤丸が描いてある。情報係は「師団から誉められた」と自慢していたが、「本当にいるんですか？　情報源は――」と尋ねると、「密偵です。本当か嘘かは神のみぞ知る」と説明してくれた。

週一回の連絡便で赴任した。殷祖は一〇〇戸ばかりの集落で、中隊は街外れの豪農の家にすっぽり入って三個の拠点陣地を設けていた。

中隊長・吉野清胤(きよたね)大尉（44期）に申告すると、昼からほろ酔い加減で「碁をやるか？　戦術戦略を論ずる者は、碁をやらねばいかん。よし今夜から教えてやる」と言われる。見ると机上に教範と一升瓶と茶碗と山盛りになった吸い殻入れがある。陸大の受験準備らしい。一期下がもう参謀になっているのだから、気が急いておられたのであろう。

将校は青木少尉、真鍋少尉、笠原見習士官、及び配属重機関銃の来（らい）見習士官の五人で、二階に同居したが、青木さんは酸いも甘いもかみわけた方で、何でも出来る人であった。早速、碁の手解きを受けた。

夕食がすむと中隊長に呼ばれ、碁の教育が始まった。すると、パンパン、バリバリ、グァン、グアンと始まった。〝敵襲、配置に付け〟と叫んでいる。私の持ち場は営門陣地に指定されていた。立とうとすると「まだ碁は終わっとらん。お前が赴任した〈お祝い〉だよ。遠くから撃っとる。びくびくするな。すぐ止むし、突入してくる敵じゃない」というやグビリと茶碗酒を引っ掛けられた。その晩はこれで終わった。むろん碁は大敗したが、一週間もすると五分になり、二週間もするとこっちが白になった。とたんに碁の教育は止んだ。

真鍋さんは予定のように連隊旗手に栄転された。

第二章　初　陣

タマの洗礼

十一月三日は当時の明治節で、秋晴れの下で運動会が催され、殷祖の街の有志も参加して盛会であった。珍芸、秘芸、曲芸が続き、陣中であることを忘れて抱腹絶倒したものである。その夜は慰労会で、したたか飲まされた。土佐は秋田と並称される酒王国だから、皆、強いのだ。

ところがそれを見澄ましたように、ドンドンパチパチが始まった。千鳥足で持ち場を守ったが、勇士たちは大方グーグー寝ている。敵の火光が月光で見えるが、そう遠くない。側の松浦軍曹に「起こさんで大丈夫か」と尋ねると、「大丈夫ですたい。突っ込んではきまっせん。よい機会ですけん、音の聞き分け方を教えます。あそこでパリ、パリ、パリパリパリ、パンと撃っているのがチェコスロバキア製の軽機関銃、俗称チェコ。あの右でダンダンダンと割りに規則正しく撃っているのがソ連製のマキシム重機関銃。他のポッカン、ポッカン撃っているのがドイツや中国製の小銃。あの高地までの距離は三五〇。ヒューン、あれは高い。パン、頭上一～二メートル。トン、バシッ、これは一メートル以内のタマ。アッ、今ポンポンいったのは迫撃砲です。掩蓋に入りましょう。二〇〜三〇秒で着弾する。ガーン、ガーン、軽迫です。口径六〇ミリ。ガン、ガン、あれは五〇ミリの擲弾筒、小銃の先に付けて飛ばす奴。この掩蓋は八一ミリの中迫に堪えますから安心して下さい。敵が鉄条網に近付いたら、撃ち始めます。夜は弾道が高く当たらんから、それまで撃たんとです。パリパリパリッ、敵の弾丸も高いでしょう……」と教育してくれた。彼は現役で、長崎の人だった。

小一時間して敵は退き、どこにも突撃してこなかった。単なる嫌がらせであったのだろう。吉野中隊長は密偵を放たれた。普段は炊事に使っている李（日本名は八郎？）で、夫婦仲が悪く、嫁さんにいびり出されて転げこんできた面白い人だと聞いた。翌四日の昼頃、八郎は「あれは馬橋出身の土匪で、今夜は馬橋の西の陳家橋に泊まるそうだ」と情報をもたらせた。今夜の出動準備が下令された。下腹がきゅっと締まった気がする。

陳家橋の緒戦

当時は内務班編成（教育用）で、出動のつど、人事係の高島准尉が小隊を編成する仕来たりであった。だが、着任して一週間も経たない時だから、下士官の名前さえ覚えていない。むろん、気心はわからない。何だか心細かった。定時に薄暗い中庭に集合した時が小隊長と小隊員との初顔合わせで、誰が誰だかわからなかった。知っていたのは連絡係下士官（副隊長格）の松浦軍曹の他二、三人であった。だから「佐々木少尉が第一小隊の指揮を取る。顔を覚えてくれ。皆の顔と名前が一致しないから、すべて番号で呼ぶ。だが初陣だから頼りにならん。西も東もわからんから、こんな時はどうすればよいか歴戦の皆が教えてくれ。ただ、いざという時は先頭に立つ。付いて来てくれ」と挨拶すると、皆おかしな顔をした。間をおかず松浦軍曹が「相手は土匪ですけん、そう気張らんでよかですよ」と注意すると、皆、笑い出した。新品少尉の張り切りぶりがおかしかったのであろう。

中国軍が使用したチェコのブルーノ社製の軽機関銃ＺＢ26。口径7.92ミリ。多数が輸出され、各国の機関銃に影響を与えた。

吉野中隊長が臨場されると、皆、緊張した。昔は地震、雷、火事、オヤジと恐れたが、中隊長は一家のオヤジだから、皆、ピリピリしており、怖いもの知らずの高島准尉さえ畏まって仕えていたようだ。

「命令、中隊は陳家橋に集結中の敵を包囲殲滅せんとす。第一小隊尖兵、馬橋を経て陳家橋に向かい前進し、北側高地に進出すべし。爾余は指揮班、機関銃（来少尉）、第二小隊（笠原少尉）の順に続行。八郎と通訳（台湾出身の陳さん）は道案内……」

と厳かに口達された。

初体験の新品少尉に夜の尖兵を命ずるとは、と驚いた。だが、軍隊だから嫌と言えるわけがない。また八郎と陳さんが道案内をするというから、道に迷う心配はあるまい。だが八郎の情報が果たして正確かどうかわからないし、土匪は待ち伏せを得意とする。だからどこでぶつかっても、すぐ対応できる心の準備をしながら前進する腹を決め、路上斥候にN上等兵以下三名を指名した。Nは太り気味の筋骨たくましい人で、陽気で勇敢のように見えたからである。

兵舎を出ると闇で、かすかな星明かりが唯一の頼りだった。馬橋は殷祖と大冶との中間にある田舎町で、自動車道を北上したが何事も起こらなかった。五日零時ごろ馬橋に到着して情報を収集した。でも夜中に起こされて不機嫌な住民は「不明白（プーミンパイ）」を繰り返すだけだった。陳家橋は西一六キロにあり、片点線路が通じていた。時速三キロとみて黎明に奇襲するつもりで出発すると、石畳の道で幅が一メートルもない。片点線路なら、少なくも三、四メートルはある筈だ。いぶかって松浦に尋ねると、「自動車道以外は全部こんな道。地図は省道か県道か村道かを区別しているだけで、道幅はすべて同じ……」と教えてくれた。

犬がやたらに吠える。一犬が虚に吠えているのでなく、百犬が怪しい縦隊に吠えている。これじゃあ奇襲はとても無理だと考え、ここで撃たれたらどうする、といちいち対策を考えながら進む。気のせいか緊張のためか、両側の水田が池に見えて困る。そのつど軍刀を突き立てて確かめてはほっとする。

陳家橋の手前に低い峠があった。待ち伏せるならここだと考えていたので、停止を命じ、先頭に出て眼鏡で見た。もし敵がいたら左の稜線伝いに攻撃する心づもりであった。だが、新前の目には何も見えなかった。前進を命じてしばらくすると、N路上斥候が「敵だ、敵だ！」と叫びな

九二式重機関銃。口径7.7ミリ、発射速度毎分450発。歩兵の支援火力として威力を発揮し、力強い発射音で命中精度も高かった。引金は押鉄式だった。

がら跳び返ってきた。考える間もなく反射的に「突っ込め」と号令し、抜刀しながら駆け出すと、小隊はウォーッと喊声を上げたがそれだけで、誰も付いて来ない。敵もおらず、撃っても来ない。仕方なく峠に立ち止まっていると松浦軍曹が追及して、「一人でパッと飛び出しても、よう付いてゆけん。敵はおらん。実はN上等兵は中隊一の小心者で有名だ。富永兵長と替えましょう」と助言してくれた。人は見掛けによらないものだ、と痛感した次第であった。

夜明けごろ目指す陳家橋を包囲し、天明とともに掃討したが、敵は逃げた後だった。あの犬の吠え方で逃げたのだな、犬対策が大切だなと思ったのを覚えている。けれども、終戦まで犬対策の妙案は浮かばなかった。中国軍が通ってもあまり吠えないのに、日本軍が通ると狂ったように吠え立てるのは、やはり中華犬族の見識だったのであろう。

午前中大休止したのち、直路帰途についた。笠原小隊が尖兵で小一時間南下すると、パン、パンと小銃声がした。見ると低い峠に黒い人影がちらちらし、硝煙が上がるとヒューンと頭上を流弾が飛び、パンと発射音がする。頭が反射的に下してくれる。

がる。松浦軍曹が「ヒューンと聞こえた時はタマが通った後だから、頭を下げても遅い」と注意

やがて九二式重機がダッダッダッと撃ち出して、笠原小隊が峠に進出したようであった。これで一段落かと思っていると、右手で銃爆音が起こり、笠原小隊は右向け右をして攻撃を開始した。小隊は峠に詰めかけて、攻撃命令を待った。チェコ、マキシムの連続射が始まった。相当な敵らしい。友軍の重軽機が負けずに撃っている。敵弾のヒューン、シューンはなくなり、トンパン、トンパン、バシッと聞こえるようになった。

さあ、いよいよ初陣である。われ知らず動悸が高鳴っているのがわかる。陸士の立山区隊長の〝まずタバコを吸え〟を思い出した。この時のために練習してきたのだから、吸わぬ法はない。タバコをくわえ、マッチをする。苦いだけである。別に手は震えていない。深く吸い込むと、少し落ち着いた。だがさっぱり旨くなく、苦いだけである。おかしい。小用がしたくなった。立つわけにいかないので、溝の中で横に寝て用を足す。だが、小水はほんの少量であった。動悸はまたも高まっている。立山区隊長の〝タマを探れ〟を想起して、袋を探った。見事に縮んでいる。あっ、タマがない。手に触れるのは皮だけで、肝心のタマがない。さあ大変だ。慌てて探すと、袋の付け根にひっ付いていた。思い切って引っぱり下ろすと、やっと気が静まった。やはりタマが上がっていたのだ。松浦軍曹がにやにやしながら「初めは誰でも怖いし、タマが上がる。言おうとしたが、自分で気がつくとは偉い」と妙なほめ方をしてくれた。

高島准尉が飛んできた。丸顔の童顔で少ない鼻ヒゲをチックでひねり上げていたが、そのヒゲ

がだらりと下がっている。「ヒゲが下がっているぞ」と冷やかすと、この新品め、それどころかという顔をして、

「中隊長命令、第一小隊はこの山を占領して後命を待て」〈図3〉

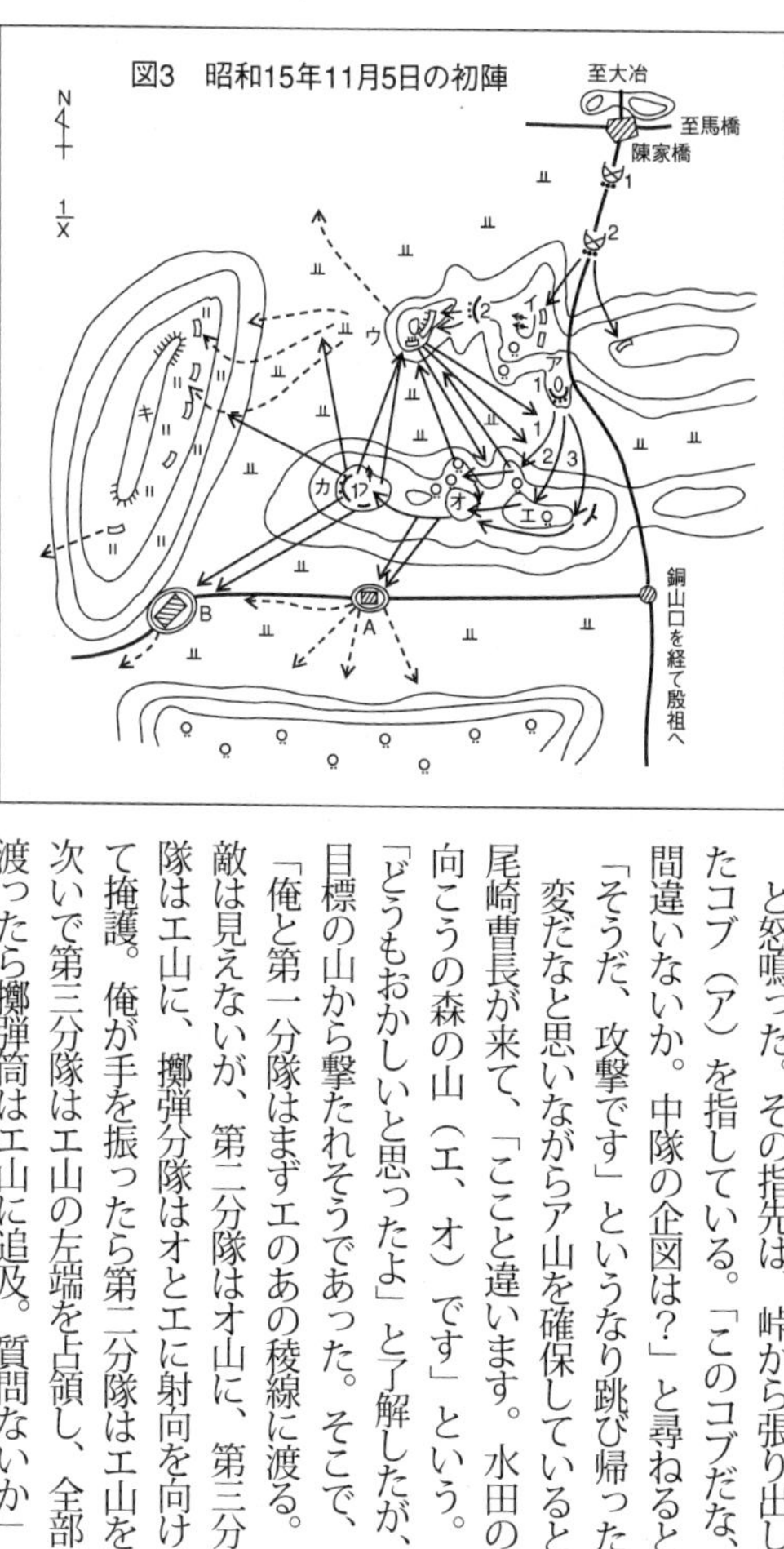

図3　昭和15年11月5日の初陣

と怒鳴った。その指先は、峠から張り出したコブ（ア）を指している。「このコブだな、間違いないか。中隊の企図は?」と尋ねると、「そうだ、攻撃です」というなり跳び帰った。

変だなと思いながらア山を確保していると、尾崎曹長が来て、「ここと違います。水田の向こうの森の山（エ、オ）です」という。「どうもおかしいと思ったよ」と了解したが、目標の山から撃たれそうであった。そこで、

「俺と第一分隊はまずエのあの稜線に渡る。敵は見えないが、第二分隊はオ山に、第三分隊はエ山に、擲弾分隊はオとエに射向を向けて掩護。俺が手を振ったら第二分隊はエ山を、次いで第三分隊はエ山の左端を占領し、全部渡ったら擲弾筒はエ山に追及。質問ないか」

と念を押し、松浦軍曹に「これでよいか、欠けたところはないか」と尋ねると、「上等です」とうなずいた。

準備が終わると先頭を駆け出した。ところが、アからは見えなかったウの高地からたちまち側射を受けた。しまったと思ったがどうにもならぬ。五万の地図はあったが、等高線は二〇メートルごとに切ってあるのでわからなかったのだ。田の畦に伏せたが、敵弾が頭の上をトントン、バリッとかすめるたびに怖かった。この時、歩兵操典の「地形地物、敵火の間断を利用して……」を思い出し「敵が撃ち止めたら三〇メートルずつ躍進」と号令し、トントンパンが止むと同時に走り出し、目標にしていた溝に跳びこんだ。松浦軍曹の話では、私は呪文のように歩兵操典の字句を唱えていたそうだが、全然覚えていない。

五、六回繰り返してエ山の死角に取り付いた。木立の間から覗くと、ウ山のチェコが見えた。軽機で制圧し、手を回すと第二分隊が、ついで第三分隊が渡り終えた。擲弾筒分隊も追及した。

次はオ山の攻撃である。敵はいないようであったが、念のため〈図3〉のように包囲的に攻撃すると、第一分隊は再びウ山から急射を受けた。私はいち早く稜線に取り付いていたので無難であったが、バチバチバチッと飛弾するごとに、後続の兵の足元で土煙が上がる。「来るな、危ない」と怒号しても、「行くぞっ！」と自分で自分に気合いをかけて追及してくる。最後に、N上等兵が稜線を踊り出て畑に飛び下りたとたん、足元で土煙が上がり、Nがへたへたと倒れた。

「N、大丈夫か」と飛び出そうとすると、松浦軍曹が帯革をつかんで離さない。「今助けに行けば、必ずやられる。待って下さい」と叱る。Nを見詰めていると、ひょろりと立ち上がって走ってきた。「どこをやられたのか」と尋ねると、「どこもやられまっせん。足がもつれたんです。あぁ危なかった」と吐息をついた。ほっとする。

オ山に登ろうと頭を出すと、バリバリッとくる。軽機で撃たせようにも木立が邪魔で目標が見えない。困っていると松浦軍曹が「戦闘には潮時がある。今行ったら危ない。少し待った方がよい」と助言してくれた。だが早くオ山に登って笠原小隊の攻撃を支援する必要がある、とみた。重機二梃が連射で支援しているのだが、一向進展しなかったからだ。そこで木立を縫ってオ山の正面に回り込み、エ山の第二分隊に掩護を命じてオ山に登ったが、敵はいなかった。

ここから見るとウ山の敵とイ山の笠原小隊が盛んに撃ち合っており、敵は退がりそうにない。そこでカ山に進出してウ山の背面を撃つ決心をし、敵に遮蔽した南斜面をカ山に向かうと、目の下の集落Aに敵らしいのが見える。土匪も住民も同じ服を着ているから判別に苦しんだが、もし後ろから射撃されたら大変だ。軽機三梃と擲弾筒三筒で一斉に撃ち込むと、三〇〜四〇人が四散した。

カ山は一本松が生えた禿げ山であった。まずB集落の敵に一斉射を浴びせ、ついでウ山の人だかり目掛けて全火力で斉射を加えると、敵はバラバラと逃げだした。私は二〇〇人ばかりと見たが、人によってまちまちで、一〇〇という人も三〇〇以上とみた人もいた。

そのころ尾崎曹長が来て「第一小隊はウ山を攻撃すべし」と伝えたとたん、笠原小隊が猛烈に射撃を始め、やがて擲弾筒の集中射に膚接して突撃し、ウ山を奪取した。

さあ、次はキ山の攻撃である。だが、正面攻撃はバカらしい。恐らくB集落を経てキ山の後ろに回れと言ってくると考えて、次の命令を待った。無性にノドが渇く。一服吸ったが、ただ苦い。タマを探ってみると、二つともだらりと下がっている。安心し、立膝で敵情を見ていると、松浦軍曹に突き飛ばされた。とたんにパシンときた。狙撃を受けたのだ。緒戦で死傷率が高いのは、慣れないのと、怖いもの知らずに不用心なことをするからで、今も松浦軍曹を命の恩人と感謝している。

やがて追撃どころか、集結の命令がきた。敵はキ山に拠ってポッカン、ポッカン撃っているのに、おかしい。討伐は追撃につぐ追撃で息の根を止めるものと、教わっていたからだ。変に思いながらも内心はほっとして、ア山付近に集結すると、滅多ににこにこしない中隊長が待っておられ、「ご苦労、ご苦労、初陣にしてはまあまあだ」と労われた。「なぜ追撃しないのですか？　討伐は追撃だと教わりましたが」と質問すると、「原則はそうだ。だが重機のタマが残り少ない。マラリア患者が二人出て、担送する必要がある。無理して損害を出す状況じゃない。敵は便衣を着とったが、あれは挺進縦隊という正規軍だ。ナメてかかると怪我をする。今が引き揚げ時だ」と教えられた。

そう聞くと張り詰めた気が緩み、緒戦の疲れが一度に吹き出して座り込んだ。水をガブガブ飲み、やたらにタバコを吸った記憶がある。古兵らがにやにやして見ていたが、初戦の時は誰でもそうなるそうだ。

担送の準備ができた。参考のために見ると、四人で担ぎ、その四人と患者の銃や装具を五人で担いでいる。つまり一人を担送するのに九人も要る勘定で、一人負傷すれば一〇名、つまり一個分隊が欠けることになるわけだ。滅多に負傷できないな、と思ったものである。

早や、日が暮れた。尖兵を命ぜられて一路南下したが、キ山の敵がポッカン、ポッカン撃っていた。敵は夜襲を用心したのであろう。銅山口の隘路〈図4〉は用心して通過したが、気味の悪いものである。兵舎に帰り着いたのは夜中で、心身ともに疲れ果てていた。別に難戦も苦戦もせず、敵に突撃したわけでもないのに、緒戦は疲れ、ノドがやたらに渇くことを知った。

この討伐の戦果は、遺棄死体四、小銃二梃鹵獲で、わが損害はなし、であった。けれども、こんな半端なことを繰り返していて、いつゲリラを根絶できるのかな、と不審に思った次第であった。

討伐に次ぐ討伐

吉野中隊長の討伐好きは有名だった。中隊討伐は少なかったが、五、六日おきに討伐を命ぜられ、小隊長には必ず私を指名された。小隊員はそのつど変わるので往生したが、早く名前を覚えて中隊に溶け込め、戦闘のコツや指揮のコツを早く覚えよ、という意図らしかった。日時や順は覚えてないが、経路は、〈図4〉のように記憶する。

しかし小隊討伐で交戦したのは、三溪口の北の溪谷を掃討した時で、十二月の中旬初めであったと思う。日指す集落を明け方に奇襲すると、相手は朝の点呼中だったらしく、泡食って逃げる。三〇～四〇人の敵だった。こっちは重機を入れて五〇人だから勢い込んで追いかけると、二、三キロ南の峡谷の中で待ち伏せられた。重機と擲弾筒の支援の下に攻撃すると、敵は西の峡谷に逃げた。それっと追撃すると、後ろからマキシムとチェコで撃ってきた。擲弾筒で制圧を図ったが効果がない。そのうち正面の敵も引き返したらしく、チェコでバリバリ撃ってくる。

しまった、罠にかかったと悔やんだが、敵はどんどん前後から撃ってくる。尾崎曹長が必死で擲弾筒を指導して制圧しているが、壕に入っているらしく退かない。尾崎曹長に「東の方が多いようだ、西に向かって突破しよう」と喋ると、「ダメです。西の谷は敵の巣窟で、どんな敵がおるかわからん」という。進退窮まって谷川に避けていると、霧がかかり、視界が五〇メートルほどになった。

この機に北の山に脱出して死地を逃れたが、負傷者が一人でも出たら出来ない芸当だけに、今でもゾッとする。

中隊長にありのままを報告すると、「若気の至りだな。お前は二回目の交戦だが、向こうはもう三年も戦っている。小敵と雖も侮らず、大敵を恐れず、だ。だが尾崎の言うことを聞いてよかった。五〇名が全滅したら、俺も腹を切らねばならんでなあ。よし、近いうちに仇を討ってやる」と機嫌が悪かった。討伐の難しさを実感した次第である。

討伐の合間にもいろいろあった。

当時、陣地の改修に励んでいたが、赤土に石灰を混ぜて固めると、コンクリートの強度になることを初めて知った。そして陣地の火網は、斜射・側射による捕捉型よりも、兵は二〇〇～三〇〇の中距離に主火力を向けたい心理であることも初めて知った。理由を聞けば、敵を近距離に入

図4 殷祖付近討伐図(昭和15年11月～16年1月)

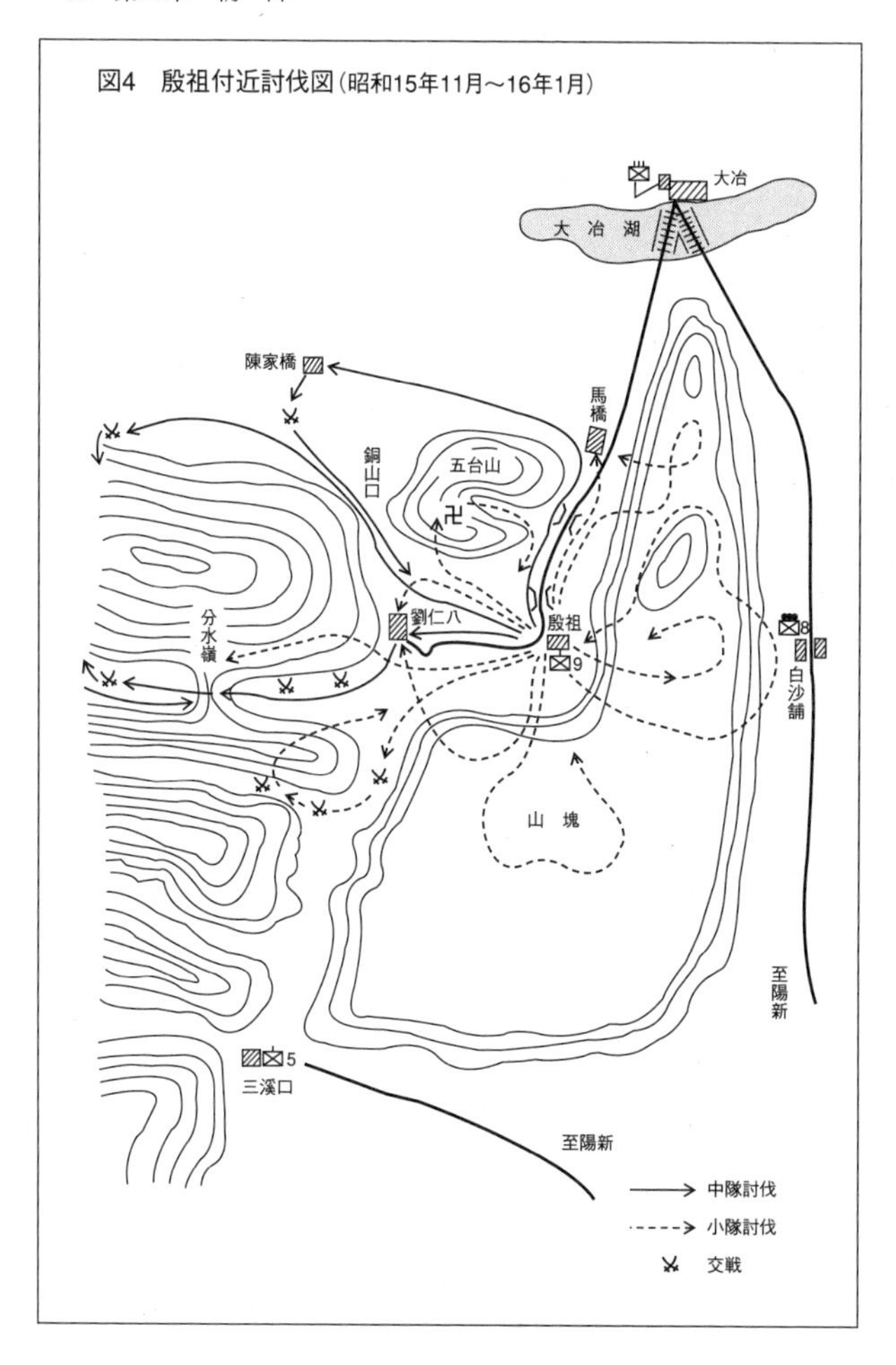

れれば銃眼を撃たれるし、手榴弾突撃（中国軍が突入してくることは極めて稀で、手榴弾専門の投擲兵が投げ込んでくるのが突撃である）も気味が悪い、ということだった。

ある時、有刺鉄条網が交付された。中隊長は「張れ」と言われただけで何の指示もない。そこで習った通りに計画し、図面の点検を伺うと、いつものようにチビリチビリやりながら勉強しておられたが、見もせずにポンと判を押されて返された。そこで五台山から杭木を切り出し、大事な正面は網型、次等正面は屋根型、他の部分は柵型に、火力が沿うようにジグザクに張り終わり、「設計通りに出来ました」と点検を願った。ところが一目見られただけで、何の講評もない。翌日討伐に出て帰ってみると、せっかく張った鉄条網を張り換えている。聞くと「陣地全体を丸く囲むよう張り換えよ」と命ぜられたそうで、あぁこれでは陸大に通られない筈、と思ったのを覚えている。

また初年兵の教育準備として、連隊の命令で小・分隊の昼夜間の攻防、陣中勤務などの演習指導要領の提出を命ぜられて二夜徹夜したり、歩兵団長・石本少将の劉仁八の視察を警護したり、鳥居大隊長の視察を受けたり、道路の補修を命ぜられたり、土曜も日曜もなくずいぶん忙しかった。戦場とはこんなに雑務が多いのか、と驚いた。だが碁に励み、毎夜のように青木少尉の酒の相手をし、伝令にミカンの罐詰を買って貰うと、売れないで困っていた酒保係が一箱も買わせるなど、楽しいおかしなこともあった。

分水嶺の奇襲

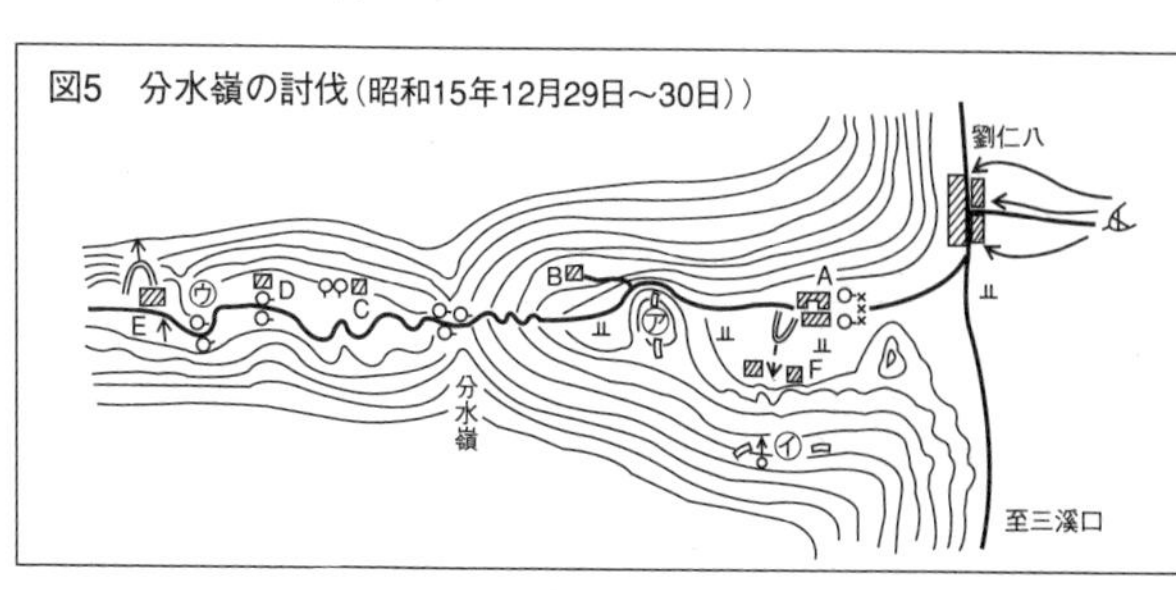

図5　分水嶺の討伐（昭和15年12月29日～30日））

十二月二十八日の夜、相当規模の敵襲を受けた。裏山陣地に駆け上がると、合計八梃ばかりのチェコとマキシムが四周で撃っており、軽迫四門が撃ち込んでくる。大治の方を見ると所々で火焔が上がり、有線が切れた。突っ込んでくるかと覚悟していると、夜明けごろ退散していった。この夜襲で、初めて掩蓋陣地が安心ならないことを知った。視界が狭いのである。そこで他の正面が気に掛かり、外壕をぐるぐる回っていたように思う。

天明後に道路偵察を命ぜられた。見ると、馬橋付近の有線が二キロ余りも切り取られ、三つの木橋が全部焼かれている。応急的に水中橋を造り、保線して帰ったが、敵の戦意が並々ならぬことを知った。

帰隊すると、今晩仇討ちに劉仁八を掃討するという。だが、雨が降り出した。土砂降りだ。中止かな、と思っていると、尖兵を命ぜられた。〈図5〉

雨の夜道を勝手知った劉仁八に急ぎ、三方から突っ込んだ。だが裳（も）抜けの殻だった。集合すると地下足袋のためか滑って転び、全員泥まみれでびしょ濡れである。しかもみぞれが降り出した。寒い。どうするのかな、帰営かなと思っていると「尖兵となって分水嶺に急進すべし」と命ぜられ、「こんな時が捕まるんだ」と説明された。

実は、劉仁八や三溪口が出口になっている西の溪谷は深く長く、武漢攻略戦でも抜けなかった要害で、第九、第二十七師団は大冶方面に迂回して進撃したといういわく付きの隘路である。それに一〇〇名ばかりで突っ込むというのだから只事でない。内心、二の足をふんだ覚えがある。

だが命令は絶対である。寒さと緊張に震えながら案内の八郎と陳さんに続行したが、漆黒の闇で見失わないように付いて行くのが大変だった。小一時間も歩くと、集落（A）の中がぼうっと明るい。陳さんが「敵です」と小声で教えるなり後方に走り去った。とたんに「スイヤー」と誰何し、ダン、ダーンと撃ってきた。伏せて目を凝らすと、集落の入口に何かある。障害物だ。障害物には、必ず柄付手榴弾が仕掛けてある、と教わっていた。錨付の綱で引き倒すか、集落の西端に回るか一瞬考えていると、「何しとるかっ、踏み破って突っ込めっ」と叱咤された。

えい、ままよ、と腹を決め、「突っ込め」の号令とともに無我夢中で駆け出し、何かを押し退けて集落に入ると、中央の広場の右から光が差し、今しも十数人の敵の後尾が広場から右の道に回るところであった。追い縋っても一人か二人が斬れるだけである。「軽機、あれを撃てっ！」と叫んだが、なかなか軽機が来ない。あれよあれよという間に敵は闇に消えた。

焚き火が燃えている家に踏み込むと、一面に藁が敷いてあり、四〇～五〇人が今しがたまで寝ていたことはわかったが、遺留品は何もなく、一瞬の躊躇が敵を逃がしたことを知った。何かきまりが悪く、中隊長の「追撃」の命令を半分聞くなり飛び出した。

ア山の崖道を過ぎると、前方から松明を持った者がくる。「捕まえる。右の田んぼに伏せ、やり過ごしてから飛び掛かれ」と命じて待った。やがて近付くと、八郎には通じなかったらしく、何やら声を掛けた。「いかん、掛かれ」と叫ぶ間もあらばこそ、男はギャーと叫ぶなり左の深い谷川に飛び込んだ。誰かが、撃ちましょうかと聞く。いかん、分水嶺に敵がいる筈だと止め、道を急ぐと、急に坂になった。おかしい。地図では分水嶺の坂はまだの筈である。八郎に尋ねると、大丈夫という。しかし後方から「道が違う。佐々木小隊は回れ右して追及せよ」と逓伝が来た。またも失敗したわけだ。

小一時間後に、笠原小隊が分水嶺に登ったころ喊声が上がり、二、三発銃声がした。喘ぎながら頂上に追及すると、萱で造った哨所の中で女兵を訊問している。いわゆる洗濯女で、慰安婦でもある。彼女は西の谷に多々的中国兵(ターターデーツンクオピン)が宿営していると供述した。雪になり、寒い。焚き火ができないので処置なしだ。

中隊長の決心如何(いかん)、と固唾をのんでいると、「佐々木少尉、中隊長の決心如何」と問題を与えられた。とっさに「追撃続行。理由、敵の二線の警戒線を突破した。この先に大物がいる。この好機を見逃せば、敵に笑われる」と答えた。本心はもう帰りたかったのだが、弱音を吐けば笑われる時代であり、一寸の虫の見栄っ張りだったと思う。

尖兵を命ぜられて足探りで急坂を降り切ると、右の闇（C点）から誰何された。だが右は深い谷川らしく、軍刀で探っても手応えがない。仕方なく「静粛行進」を小声で伝え、足音を忍ばせて無事に通過した。敵の歩哨は「まさか、こんな夜に」と思ったのだろう。いよいよ敵の本隊に近い。

　薄明るくなったころDの集落に近付くと、「スイヤー」と叫ぶのと同時にバンバンと撃ってきた。間髪を入れず「突っ込め」と叫んで突っ込むと、小隊はウォーッと喊声を上げて付いてくる。見ると、二、三人が本道を、一人が左の乾田の中を逃げてゆく。考えもせず左の敵に追い縋って、袈裟がけに切り付けた。だが届かない。すると敵は何かにつまずいて、そのままうずくまった。しめたっと斬ろうとすると、なんと、合掌しているではないか。斬れなかった。そもそも敵は見ず知らずの人で、個人的な憎悪の念や好悪の感情があるわけでない。だからやたらに斬れるものでない。いわゆる敵愾心が湧くのは戦友が死傷してからで、赴任してからまだ中隊には損害が出ていなかったから、敵対心が薄かったのだろう。これが幸いした。この時の捕虜は実は少年兵で、後で中隊のマスコット的な存在になった。

　初めて捕虜を捕まえて意気揚々と引き揚げると、小隊長がいないと騒いでいる。中隊長が「こんな時にどこ行った。すぐ追撃だ」と怒鳴られた。言い訳する隙もない。

直ちに「富永兵長、突進」と命ずると、敵はウ高地の麓からパン、パン撃ってくる。富永兵長はひるんだ部下を「死んでもよいじゃないか、行くぞっ！」と叱咤して駆け出した。谷底なので霧で薄暗く、まだ敵は見えなかったからだ。

ウ高地の陰から飛び出すと、E集落からバラバラ撃ってくる。敵の本隊だと直感して小隊を横一線に散開し、全火力で撃ち上げたのち突撃を発起した。無我夢中で、突撃の部署は覚えていない。鮮明に覚えているのは、集落の入口にあった小さい石橋を渡るときバチバチッと数弾が身をかすめ、家の中から二、三個の黒い物が転がってきて足下で破裂し（これが命拾いの一回目）、敵は当然西に逃げると考えていたが一人も見当たらず、富永兵長以下三名の者がくっついてきたことである。

　あれっ、相当な敵がいた筈なのに、と思いながら庭先から裏山を見ると、無数の黒いものが山肌で蠢いている。逃げる前に庭先に突入されたので、集落の裏口から山に逃げているのだ。直ちに富永分隊に西方の警戒を命じ、小隊を招致して飛んで来た軽機ごとに「あれを撃てっ」と命じたが「あれってどこですか、敵は？」ととまどっている。「そら、山を這い上がっている黒い奴だ」と指で示すと、「あっ、敵だ」と面食らってここを先途と撃ち出した。その距離三〇メートル。擲弾筒にも撃てと命じたが「近いので撃てない」という。「直接射撃だ」と怒鳴ったが「は？」と言った切りだった。

　銃声がひとしきり暁暗の谷間でこだました。集落に突入した小銃手が敵を捕まえてくる。やがて敵が消えたので追撃のつもりで山に登ると、稜線の向こうは深い木立の谷で、敵を呑み込んでいた。腹がグーと鳴く。山の上から「追撃します」と報告すると、「集合、戦場掃除」の号令がかかった。戦果は遺棄死体二十数体、捕虜十数人、鹵獲品チェコ一梃、小銃四十数梃、手榴弾箱二個その他、わが方損害なしで、稀にみる成果であった。

　ところが敵の遺体を見ると、一〇発から二〇発も撃ち込まれている。点射か連続射を繰り返した証拠で不思議だった。また擲弾筒が撃たなかったのも不思議だった。

　中隊長が、「飯を食え、早く」と命ぜられ、「佐々木少尉、中隊長の決心」と下問された。地図を見て「追撃続行。理由、この谷に入った敵はここに出る。そこを待ち伏せる」と答えると、

「不同意、ここの敵は生易しい敵でない。図に乗ればケガをする。待ち伏せるつもりが待ち伏せられる。朝食後、往路を反転」と命ぜられた。だが往路には多くの敵を残している。「往路は残敵が待ち伏せている危険がある。追撃し、銅山口〈図4〉に回ってはどうか」と具申すると「ハハ、青いのう」と一蹴された。

尖兵となって帰途についた。昨夜誰何されたC点を通る時は用心したが、何事もなく分水嶺を通過し、ほっとしてア山に近付くと一斉射撃を受けた。乾田に散開して攻撃を始めたが、ア山の周りは深い谷川で通れそうにない。右に回ろうと考えていると、「重機で撃つ。尖兵は本道を直進してア山の後ろに回れ」と命ぜられた。擲弾筒に制圧を命じ、一目散に隘路を駆け抜けたが、まことに気味が悪かった。後で分隊長らが「あの中隊命令は無茶だった」と話していた。A集落に近付くと、イ高地からチェコの掃射を受けた。軽機で応戦し、擲弾筒で撃たせると、いきなり初弾が命中したのには驚いた。擲弾筒は妙な癖があって、その日の初弾は標尺の半分位しか飛ばないからである。チェコが放置されているとみて攻撃を命令すると、中隊長が「もうよい、早く帰ろう」と止められた。理由はわからない。

こうして討伐を終えたが、最も印象に残っているのは、あの暗いみぞれの夜に討伐を続行された吉野大尉の堅確な決心である。小胆者の私には、急に偉く見えた。また再々突撃できたのは、兵隊さんが敵をナメ切っていた影響と、再三の失敗を取り返す見栄からであったが、知らぬが仏、この討伐からは皆が信用してくれるようになったと思う。また軽機に薙射（ちしや）（横なぎに撃つ）や腰だめ射撃を、擲弾筒に直接射撃（銃眼を直接撃つ要領）を教えると、受けたようであった。

九九式軽機関銃。口径7.7ミリ。発射速度毎分800発。分隊火器として、近接戦闘で威力を発揮した。日本兵の粘り強さは軽機と擲弾筒にあったという。

昭和十六年の正月は平穏であった。分水嶺の奇襲が効いたらしい。週番で、したたか飲まされたが分水嶺の討伐の話が持ち切りで、「あの時の突っ込めの号令が早かったこと」とか「あの時に薙射や直射をしていたら二〇〇人はやっつけたろう」とか、耳に快い話ばかりで、自信めいた気が湧いたものである。

大冶移駐

昭和十六年一月初旬、殷祖の警備を第五中隊の一個小隊に引き継いで、大冶（だいや）県城に移駐した。第三大隊主力が武漢の警備に当たる準備であった。

大冶警備は短かったが、特に印象に残っている件を記しておこう。

まず、小隊討伐が多かった。吉野中隊長は陸大受験が近付いたので多忙であった。ある時、西大冶湖を一周する討伐に出掛け、目標の集落を包囲して掃討すると、X軍曹の分隊が行方不明になった。集合地点は明示したし、銃声一発しなかったから、集まらない筈はない。慌てて探したが、わからなかった。すると尾崎曹長が「あれは帰ってます。そういう男です」と言う。半信半疑ながら予定の経路を掃討宣撫して夕方に帰ると、Xは風呂上がりで、「お先に帰りました」としゃあしゃあとしている。ぶん殴ってやりたかった。こういう現役下士官もいたのである。

亀川連隊長との出会い

東大冶湖の北岸に王葉街〈図6〉があった。田俊匪の根拠地として知られていた。県政府が手配した舟で王葉街の南側に上陸し、奇襲した。しかし街の入口には「日軍歓迎、辛苦多々的（ご苦労さん）」の張り紙があって、蛻抜けの殻であった。企図の秘匿はむずかしい。

やがて宜昌方面に出動していた亀川良夫連隊長（25期）の率いる主力が帰還した。早速、新着任将校の申告行事が行なわれたが、私は当時マラリア風の熱発に苦しんでいて、欠席した。そして一人で申告するのも億劫であったし、討伐が次から次に行なわれたので、つい申告をサボッた結果になった。

ところが何の行事であったか忘れたが、将校一同が整列していると、亀川連隊長が敬礼を受ける前につかつかと歩み寄られ、「九中隊の佐々木はおらんか」と野太い声で怒鳴るように尋ねられた。ハイと答えて敬礼すると、戦陣に焼けた赭顔を紅顔の美青年（当時）だった私にくっつけるようにつき出され、「なぜ申告にこんか」と不思議そうに、叱り気味に糺（ただ）された。性来の小心者で偉い人の前ではアガル癖の私がおどおどしながら理由を述べると、急に優しい声で、「そうか、もうマラリアにかかったのか。徹底してなおせ。あれが根付くと御奉公に障る。オイ、伊藤

（高級軍医）、佐々木を診てやってくれ。徹底してなおしたら、週に一度は顔を見せにこい……」と言うなり行事に移られた。

連隊長は二百三十六連隊の兄連隊である四十四連隊勤務が永かったから流暢な土佐弁で言われたのだが、この一言で連隊長と新品少尉との距離がぐっと縮まった感じを受けた。叱責を覚悟していただけに実にホッとしたばかりか、申告に来ない新品少尉を気に掛けておられたことがわかって、何とも嬉しかった。後で当時の旗手・真鍋輝正少尉（53期）に聞いたところでは「心配しておられたんだぞ。……何度電話しても『討伐に行っている』というのでその旨を申し上げると、『そんな無理をさせて大丈夫か？　だが申告にくる時間ぐらいありそうなのに？』とオンシ（お前）を気遣っておられたのだ。オンシは果報者ぞょ」ということであった。有り難いと思った。本当に嬉しかった。これが第一次、第二次長沙作戦で生死を共にした連隊長と旗手との風変わりな初対面であった。

一月下旬から二月にかけて第三、十七、四十師団を以て予南作戦が始まった。わが連隊からは第一大隊が参加した。すると石灰窰周辺が騒がしくなり、邦人の不安が募った。そこで、田俊匪の根拠地である王葉街にわが青木小隊が駐屯することになった。当時は知らなかったが、久米滋三著『中支戦線を征く』（旺史社）によれば、鳥居大隊長の具申の結果であって、陣地構築も指導された由である。

ところが約一〇日後、青木隊が襲撃された。青木さんの話では「便衣（ゲリラ）が急に兵舎内に手榴弾を投げ込み、屋根をはがして火を付けた。たちまち消火しながらの混戦乱闘となり、双方が九二式重機を奪い合う始末になった。だが死に物狂いで撃退した。爾後敵は遠巻きにして撃ってきたが、鳥居大隊長、久米中隊長らが急遽来援したので助かった」とのことで、四〇名ばかりが大冶に引き揚げてきた時の哀れな姿は忘れない。つまり駐屯地から撃退されたのだから、当時としては珍しい事件で、いつもは口数の多い青木少尉が沈黙しがちであったのも印象深い。軽傷の他に犠牲者が出なかったのが、不幸中の幸いであった。

でも後で王葉街を討伐してみると、青木小隊の兵舎は丘の南斜面に発達した街の中央の三方を民家に囲まれた一番低い所に在って、瓦屋根をはがして火を付けた跡が残っていた。これでは奇襲されるのが当然で、「なぜ街外れの廟に駐屯しなかったのですか」と尋ねると、「廟は信仰の対象だ。住民が嫌がる。住民の機嫌を損じて、僅かの兵力で駐屯できるか？」と不機嫌であった。

なお困ったのは、軍隊内の派の結成を勧められたことである。ある夜、村会議員であったS伍長が訪れて懇請した。何のことか今でもわからないが、とにかく同志を結成しよう、加担してくれと言う。軍隊にそぐわないし、中隊に派が生まれたら困る。拒否し、かつ派の結成を厳禁した。すると、ぱったり遊びに来なくなり、気のせいか白眼視される空気を感取した。板垣退助の国だから、〈自由民権〉を主張したかったのかも知れない。

石灰窰の警備

二月中旬、第三大隊主力の武漢地区への移駐に伴い、私の九中隊は石灰窰（せっかいよう）に移駐して第十一中

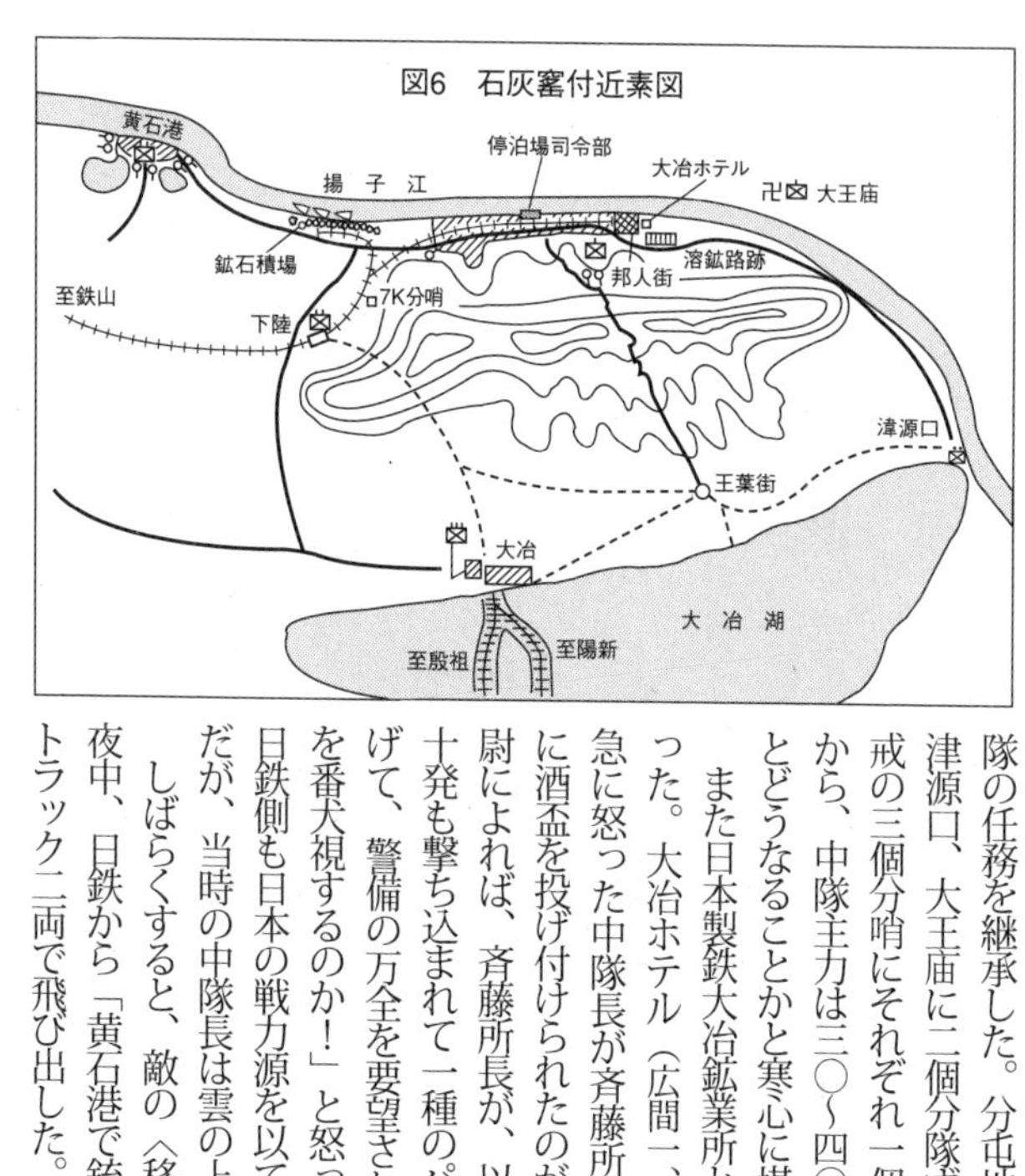

図6　石灰窰付近素図

隊の任務を継承した。分屯地が多く、黄石港・下陸・津源口、大王庙に二個分隊ずつ、7キロ分哨と直接警戒の三個分哨にそれぞれ一個分隊ずつを分派するのだから、中隊主力は三〇～四〇名に減り、敵襲でもあるとどうなることかと寒心に堪えなかった。〈図6〉

また日本製鉄大冶鉱業所と吉野中隊長との間も拙(まず)かった。大冶ホテル（広間一、客間三）での招宴の時、急に怒った中隊長が斉藤所長（兵隊の位では少将級）に酒盃を投げ付けられたのがきっかけだった。笠原少尉によれば、斉藤所長が、以前に裏山から邦人街に数十発も撃ち込まれて一種のパニックが起こった例を挙げて、警備の万全を要望されると、中隊長が、「皇軍を番犬視するのか！」と怒ったのが発端らしかった。日鉄側も日本の戦力源を以て任じて鼻息が荒かったのだが、当時の中隊長は雲の上の存在でもあった。

しばらくすると、敵の〈移駐祝い〉があった。ある夜中、日鉄から「黄石港で銃声盛ん」と通報を受け、トラック二両で飛び出した。鉱石積場に差し掛かるとチェコの音と爆発音がする。敵の背後に回ろうと考えたが、湖のために時間がかかる。そこでまず増援して街に侵入しているらしい敵を駆逐するのが先決と考えて、増援の来着を知らせる意味と敵を威嚇するために軽機三梃を乱射させながら全速力で街に飛び込んだ。

敵は引いたらしい。柳本誠一軍曹が出迎えて、冷静に「敵約三〇〇、南と西口に来た。南口には前川一等兵に保安隊（中国人）五人を付けて配置していた。だが保安隊はすぐ逃げ帰ったので、前川が一人で防いでくれて事無きを得た。……彼は心臓に敵弾を受けた。だが大丈夫です」とおかしな事を言う。前川重信君を見舞うと相当興奮していたが「敵が撃ち掛けると、保安隊はすぐ逃げた。街に入れてはならんので、無我夢中で頑張った。……心臓に何かドシンと当たった覚えがある。だがこれで助かった」と話しながら左胸の手帳を見せた。それには弾痕が五ミリ位の深さで刻まれていた。

すぐ追撃に移った。一五キロくらい追跡したが、住民は知らぬ、存ぜぬの一点張りで、行方はわからなかった。

夕方、帰隊して報告すると、中隊長は前川一等兵の勇戦に感動され、調査のうえ殊勲を特別上申されると、師団長賞詞を授与され、以後はトントン拍子で進級した。

前川重信君は昭和十三年徴集の三年兵で、小柄なおとなしい青年で目立つ方でなく、進級も遅れていたが、実に実直で素直、陰日向のない好漢であった。

軍司令官・阿南中将は五月下旬に石灰窰を視察されたが（後出）、帰漢の状況を次のように記されている。

「朝七、〇〇花丸ニテ出帆、一日船中ヨリ両岸ヲ眺メ鄂城、黄石港（前川上等兵ノ勇烈一人ニテ二百ノ敵ヲ撃退）ヲ望ミ……」（阿南日誌〈以後阿誌と略す〉16・5・28）

よほど前川重信君の責任観念と勇戦が印象深かったのであろう。

初年兵教育

やがて待ちに待っていた昭和十五年徴集の初年兵約四〇名が、三月五日に到着した。船着き場に出迎えると、童顔に緊張感をみなぎらせ、注目する眼はあどけなくもかわいらしい。年は同じだが、戦場生活半年の経験がそう見せたのであろう。だが、この若者たちを生かすも殺すも教育次第と思えば、胸にジーンとくるものがあり、身が引き締まる思いであった。

その中に終生の友となった丁野純一氏がいた。彼の懐旧談によれば、戦場には山男しかいないと思っていたのに、颯爽たる美青年が出迎えているので驚いた。しかも、その将校が教官だと自己紹介したので安心した次第であった、という。私にも青春時代があったのである。

四列縦隊で兵舎に向かうと、江南の春は早く、時あたかも犬の盛り時で道端のあちこちで二匹がつながっている。かわいい初年兵は、見ぬふりをしながら盗み見している。とっさに「歩調取れ、犬の夫婦に敬礼、頭右下」と号令すると、ドッときた。丁野氏によれば、戦場にも人間性があったのか、と気が楽になったとのことである。

身上を調査するといろいろな人がいた。母一人子一人の人や、祖父母に育てられた人もいて、可哀相でならなかった。社会の縮図のようで、あらゆる職業の人が含まれていた。

教育訓練には情熱を傾けたつもりである。教育課目や配当時間は教育令で定めてあるから、後は教育の要領と情熱だけであるが、よい助教、助手に恵まれたのと、明日から戦場に臨まねばならない皆の真剣味のおかげで、気持ちよく教育できた気がする。内務で気をつけたのは古兵のいびりを防ぎ、早期診断を確行したことで、訓練で気をつけたのは実戦的訓練を励行したことである。

例えば陣中勤務では、古兵の歩哨や巡察と重複勤務させ、実弾射撃ではタコツボを監的壕に代用して、トン、パン、シューンのタマに慣れさせ、各個戦闘や分隊訓練では実弾を多用した。

暑くなると、急に疲れが見えた。そこで昼食がすむと一、二時間の昼寝をさせた。演習場は東の小山群を利用したが、助手を歩哨に立てて休ませると、効果が認められて患者が出た記憶はない。その間、私は魚撃ちに励み、栄養を確保した。魚撃ちとは珍しいが、溶鉱炉の大きなプールに大魚が群れていた。そこで小銃で頭の近くを撃つと浮き上がる（命中すると沈む）漁法で、二メートル位の草魚や鯉を獲ると全員にゆきわたって喜ばれた。丁野氏は、あの昼寝で助かったと言ってくれる。

前期の教育が終わるころ、確か五月初旬、仕上げの討伐に出た。古兵二個分隊の護衛付き討伐で、目標は青木少尉が痛めつけられた王葉街であった。夜中に非常呼集を掛けて裏山をよじ登り、明け方に王葉街に入ったが敵はいなかった。この時、青木小隊の兵舎を見て、前述のように、これでは奇襲される筈と驚いたわけである。

朝食休憩間に一計を巡らせた。そっと古兵一〇名の一個分隊を先遣してゲリラを装わせ、初年兵には「住民の情報によれば、西の集落に土匪がいるそうだ。鉄帽を被れ。各員、分隊長の指示通り行動せよ。射撃はオレが命令するまで厳禁する」と示達した。緊張がみなぎった。

前進を再開し、水田の中ほどに差し掛かると、前方二〇〇メートルの丘の集落から約束通りバンバシッと撃ってきた。「左右に散れ、タマを撃つな」と命ずると分隊ごとに散ったが、皆、血走った目で仁王立ちのままの教官や助教を見ている。「大丈夫だ、タマは高い。三〇メートル各個躍進。タマを撃つな」と命ずると逐次前進し始めたが、ゲリラの古兵どもは面白がって弾道を下げ、やがて右前方から軽機でバリバリ撃ち始めた。初年兵の顔は真っ青である。「M二等兵、怖いか」と声を掛けたが、震えて声が出ない。敵陣に五〇メートル近付いたころゲリラに退却を命じ、「敵は逃げた。突入する。教官に続け！」と号令して走り出すと、悲鳴のような喊声を上げて付いてきた。

集落に集結してゲリラの数を尋ねると、答えは二〇人から一〇〇人に変化した。敵はどことどこにいたかと尋ねると、曲がりなりにも答えた者は四、五名だった。そこで水田に引き返し、弾丸道（タマミチ）の感触を思い出させた。自衛隊では考えられない芝居だが、早くタマに慣れさせて緒戦でケガさせたくない一心であったのだ。

帰途は下陸回りで帰営すると、途中で嫁入りの行列に遭った。輿に揺られた花嫁があどけなくもかわいい。お祝いに一円包むと、意外に喜んで、鶏（時価七〇銭）をくれた。

五月中旬、連隊検閲を受けた。下陸付近で夜の陣中勤務を、大治で徹夜行軍の後での戦闘射撃と小隊の昼間攻撃を受閲した。成績のほどはわからなかったが、情熱を込めた楽しい思い出多い初年兵教育であった。

困ったのは、誰を一番にするかであった。着任時のトップは仲田春男君（早大経済卒、松山の仲田銀行の御曹子）であったが、丁野純一君（彦根高商卒、高知出身の妻子持ち）も出色の人材であったからだ。愛媛出身の助教・助手は仲田を推し、高知出身の者は丁野を推して、彼我同数であった。二人とも経理部幹候を希望していたから、一生を支配する序列ではなかったが、それぞれプライドがあるから簡単なことではない。仲田は大様で大人の風格があり、丁野は機敏で気配りが利き、学科は抜群であった。

結局、丁野を一番にしたが、彼は今でもその嬉しさを話す。仲田は生還すれば今は伊予銀行のトップだろうが、好漢惜しむらくは終戦直前の七月十六日に贛江（かんこう）河畔、瑞金西方地区で「丁野、追い越して先に行くぞよ、オンシはゆっくり来いや」と休憩中の丁野中尉に声を掛けたそうだが、その日に待ち伏せられて散華した。人の運命はわからない。あの四〇名のうち、いったい何人が生還したのであろう。

阿南軍司令官の警護

四月中旬に園部軍司令官と交替され、陸軍次官から栄転された阿南惟幾（これちか）中将（18期）が五月末に初度巡視されることになり、中旬に天谷師団長が下見に見えられた。

ところが何が理由であったかは忘れたが、四四期の吉野中隊長を人前で激しく叱責されて、中隊長の面子は丸潰れになった。

しかもその夜宿泊された大冶ホテル（といっても、宴会場の広間と客室が三室だけ）では、日鉄の招待宴のあと、広間に一人で寝ると言い出され、随行者の寝場所がなくなった。すると夜遅いにもかかわらず帰ると言い出され、すでに寝入っていた警護小隊などを叩き起こして出発された。あとでホテルの支配人が「いくら師団長が偉いといっても、あのようなわがままでは……」と憤慨して聞かないことまで教えてくれた。また過ぐる宜昌作戦では、風呂桶を担がせて行軍された由である。一事が万事というから、八月に予備役に編入されたのはこのわがままのゆえと思われる。

五月二十七日に鉄山を視察された阿南軍司令官は、その夜大冶ホテルに一泊された。私は一個小隊を率いてホテルを警護した。事前に天井裏や床下を点検し、四隅に複哨を立てた。その直前に日本から到着したばかりの発電用新型ディーゼル・エンジンが、大冶ホテルの近くの倉庫で重慶側工作員に爆破された事件が起こっていたからである。

この警護で今でも鮮明に覚えているのは、副官の方が「軍靴の音をコツコツ響かせながら巡回すると、閣下は兵の苦労を思い遣ってよく休まれない。すまんが、全員地下タビに履き換えてくれ」と注意された。そこで、そこまで気をお遣いになるお方か、と感激しながら急いで地下タビを取り寄せたことである。

また翌朝、門前で見送ると、敬礼演習の見本のような答礼を返されて「皆、ごくろうでした。有り難う」と丁寧な言葉でねぎらわれた。そして私に近づくと「何期かね」と尋ねられ、「身体を大事にしてご奉公に励んでくれ。私の長男は五六期だが（元防大教授・〈故〉阿南惟敬氏の意。58

期に延期された）、身体が弱くて困っている」とふと漏らされたことである。軍司令官が私事をもらしながら一少尉に声を掛けられたのであるから、少尉の感激ぶりは筆舌に尽くし難かったことは申すまでもなかろう。

なお阿南日誌には長男・惟敬氏の病状を気遣う記事が散見されるから、いつも父の心にわだかまっていたに違いない。

阿誌16・5・27の四項には「（石灰窰）守備中隊本部及療養所ヲ訪ヒ　大冶ホテルニ泊ス　夜、師団長、海軍、日鉄関係……等ト会食　揚子江畔ニ涼ヲ取ル」とある。だが、寝ずの番をした少尉以下に触れてないのは、いささか心寂しい。

青木少尉の殊勲

世故にたけた青木達雄さんは専ら渉外を担当しておられたが、江北の土匪約一〇〇人の帰順に成功された。市役所を介して交渉の末、単身で敵地区の会見場所に乗り込んで帰順の手順や爾後の待遇等を折衝し、見事に実現したのだから殊勲甲であった。一人で揚子江北岸に赴かれた時の決死の形相を思い出す。

また帰順式が傑作であった。亀川連隊長が軍旗を奉じて乗り込まれ、暑い日差しの中で長々と訓辞されたが、通訳がいないので帰順兵はさぞ退屈したであろう。亀川大佐の実直の一面であった。彼らは大冶県保安隊に衣替えし、大冶で一度会食したことがある。

連隊旗手

私は昭和十六年六月一日付で連隊旗手を仰せ付かった。父が「家門の名誉」と喜んだ手紙をくれた。

亀川良夫連隊長に申告すると、

「人はよく、死んでも軍旗を守れ、と言うが、死んでは軍旗は守れない。マラリアの再発に気を付けて、生き抜いて任務を全うしてくれ。……当面は幹候の教官兼務だ。大事な将校の卵の教育だから、火力の運用、すなわち限りある弾丸をいかに有効に使うかに主眼をおいて教育してくれ。精神面の教育は言うまでもないが、勝てば自信がつき、責任観念も自然に生まれてくるのだ。……口先だけで必勝の信念を説くのは易い。だが必勝の信念は勝った経験から生まれるもので、勝つためには火力の運用が九分通りを占める……」

という主旨の方針を明示されたことを昨日のように思い出す。精神力と突撃万能の気風とがみなぎっていた時代だから、連隊長の訓辞の裏に潜む〝将兵の命を惜しむ心〟がひしひしと感ぜられ、胸を打ったからであろう。また私がかねて考えていたことを理論として展開されたので、感銘を受けたからでもある。

連隊旗手の平常の仕事は警護分隊を指揮することと連隊陣中日誌を起案することぐらいであったので、もっぱら幹候教育に専念したが、むろん連隊長の声咳に接する機会は多かった。二、三の思い出は次のようなものである。

土佐は日本で一、二を争う酒王国だから、高知の有名な料亭・得月楼の出店でよく宴会があった。座は賑やかなものでヨサコイ節とかハチハチ拳とかが絶えず、羽目を外す人もいた。しかし正座に座られた亀川大佐は、チビリチビリやりながら微笑を絶やされなかった。酒はお好きな方だったが、大酒家ではなく、静かな酒だった。目に付いたのは、古参の将校も若手組も、連隊長ドノ、部隊長ドノと言いながら慕い集まるのが常だったことである。今考えれば、今井大佐や小柴大佐のときには見られなかったことで、いつも和気あいあいとした雰囲気であったのが印象に残っている。時にはせがまれるままに歌われた。だが、お世辞にも上手とは言えず、一同は笑い崩れるのが例であった。

ある時、大冶県政府（県庁）から招待された。県長が謝辞を述べ、中国服を贈った。すると連隊長はすぐ別室に消えられ、中国服で出てこられると答辞を述べられた。これは県政府（といっても日本の村役場程度）の役人を感激させたようである。勢いよく乾杯（カンペー）、カンペーが始まり、一同強い中国酒に参った次第であった。亀川連隊長は、人の気持ちを大切にするよう気配りされていたようだ。

また大冶には白壁という名の一杯飲屋があり、私は情報係の中平博亀少尉（奉天の予備士官学校を一番で卒業した水原高等農林卒の秀才であった）とよく訪れた。ところが中国服を着た連隊長と時たま出会って驚いたことがある。一人で出歩かれて万一のことがあると、と申し上げると、「土佐人が守っているのだから大丈夫だよ」ということであった。当時亀川大佐は四九歳だから時には青春の残り火が騒いだのであろうが、連隊長のこの言動は土佐人を感激させた。人は信頼されると強くなる。知己に報いるために感奮する。連隊が第一次、第二次長沙作戦の難局を切り抜け得たのも、連隊長が土佐人に信をおいていたからではなかろうか。

またあるとき連隊長室に報告に入ると、手入れしたばかりの刀身に見入っておられた。銘を伺うと、「なに、無銘の新刀だよ。大したものじゃない」とさりげなく言われ、

「三千の部下の命を預っていると、あれこれ気に掛かって眠れないことがある。凡人だから仕方がないが、いざという時にオレが慌てると、無用の犠牲を出す恐れが多い。だからこうして気を鎮めているのだ。戦場では、弾丸の下では人が変わる者がいる。それは臆病だからではなく、平常心を失うからだ。勇敢な人と、臆病に見える人との差は大したものでない。誰だって弾丸はこわい。だが下腹に力を入れて任務を反芻すれば、自然に平常心に戻るものだ。お前の参考に言っておく」

と物静かに諭されたことがあった。この通りの言い回しであったとは断じ得ないが、このような趣意に間違いはなかったと思う。今でも覚えているくらいだから、当時はよほど感銘したのであろう。

白状するが、時々防大生の前で偉そうな口をきいたのは、これら先人の受け売りが多い。

また初代の電報班長・久米滋三氏（のちの連隊副官）によれば、宜昌作戦中、ローソクの火で暗号書の角が焦げた。すると師団長は連隊長を処罰した。びっくりした久米少尉が飛んで行って謝ると、亀川大佐は「あぁ、いいよ。仕方がない。気にするな。処罰する方がどうかしている。だが注意してくれよ」と小言のコも言われなかったそうである。ぶっきらぼうな方で、どちらかというと取っ付きにくい方であったが、根は優しい、思い遣りのある方だった。

幹部候補生教育

前任の第三代旗手・真鍋輝正中尉（53期、第七中隊長に栄転）から中途で引き継いだわけだが、交替の時思わず初年兵教育時の癖が出て、「俺に付いてこい。皆の不足分は俺が矯める。俺の不徳は反面教師に利用せよ……」と大口を叩いた。後で真鍋さんが「佐々木、オンシ、心臓ぞな。皆オンシより年上だし、帝大出の博士もいる。生意気と思われると損ぞな」と注意された覚えがある。

候補生は三十余名で、なるほど京都帝大工学部卒の工博・安芸元清（のち建設省局長、国土地理院長を歴任、のち日建設計会長）、北海道帝大農学部卒の徳本尚史（のち愛媛農大学長）、歯科大卒の藤岡利貞（川崎市で開業）など多士済々で、九中隊の時の初年兵・安井君が黒い顔を輝かせていた。大口を叩いた失敗は認めざるを得なかったが、引っ込めるわけにいかぬ。だから無我夢中で取り組んだ。午前は学科、午後が実技、火曜と土曜が終日教練であったので、毎夜深更まで学科の準備をしたものである。おかげで勉強になり、習うより教える方が身に付くと思った次第であった。弾道学の時、微積分を使って説明したが、自信がないので安芸博士にこれでよいかと尋ねると、「軍人はそんな高等数学は知らんと思うちょったに、よう出来た」と賞められて満足した思い出がある。

また支那事変解決の方途を議論した時に、米国の圧力が強まらぬうちに、ドイツが優勢なうちに重慶を叩く必要を論ずると、「生命がいくらあっても足らんぜょ」と反対の空気が強かったのも懐かしい。また擲弾筒射撃などの実技を一人ひとり手に取って教えると「教官は酒臭い」と怒られたり、剣道の猛者・山本武、毅の兄弟に散々な目に遭ったのも懐かしい。毎日が充実し、楽しかった。

とにかく、自分で言うのもおかしいが、青春を賭け、全身全霊を込めて教育したのは事実である。彼らは大陸打通の湘桂作戦で古参小隊長として立派に戦ってくれた。当時連隊の作戦主任であった私が思う存分にやれたのは、彼らがいてくれたおかげであった。

またこの間に、同期の兼利俊英少尉が入院のため来冶した。討伐で街角から頭を出したとたんに狙撃され、煉瓦の破片が目に入ったとかで、此元少尉と催した送別会でも酒を遠慮した。同期の負傷第一号で、義眼を入れたが、のちビルマで活躍したと聞いた。でも赴任した五人のうち一人をもう失ったかと思うと、淋しく、やるせなかった。

――以上は書かでものことだが、小討伐や敵襲を受け、教育しているうちに古兵どもの指導で自然に弾丸道を覚え、生き延びる術や戦場心理を覚えたのだから、幸運であったことを記したわけである。なぜなら死傷する率は緒戦が最も多い。弾丸道もわからぬうちに自然に日頃の演習の癖がでて、あるいは勇敢ぶって、あるいは〝オレには弾丸が当たらない〟という妄想が高じて、不用意な姿勢や動作をするからである。

ところが自衛隊は全員が弾丸をくぐった経験がなく、ある日、突然、大火力に見舞われるよう運命づけられている。だから実戦的訓練の必要が強調されているが、実戦経験は誰もないわけだから、実戦的訓練そのものがわからないのではないかと心配している。だから今のうちにOBを活用する工夫が必要ではないか、と提案するものである。

これと、人間一期一会の心掛けが大切であることを言いたいために、些細な経験を述べた。

第三章　第一次長沙作戦

作戦の発想

長沙は古来から湖南省の省都として栄えた政治、経済、交通（開港場）、文化の中心地で、人口六〇万、大河・湘江の東岸に発達し、北と東は撈刀河と瀏陽河に、南は一連の丘陵に、西は湘江と西岸の岳麓山に守られた屈指の要衝である。当時は第九戦区長官・薛岳（せつがく）上将の所在地として知られていた。今は辛亥革命発祥の地、青年・毛沢東の勉学の地として、また長沙古墳群の所在地として知られる。

ところで私たちが十五年九月に着任してから行なわれたピストン作戦は、次の通りであった。

〈ピストン作戦と参加兵団〉

名称	時期	兵力	作戦地
漢水作戦	15・11～12	三・四・十七・三十九師団	漢水中流河畔

予南作戦　16・1〜2　三・十七・四十師団主力　南部京漢線沿線
錦江作戦　16・3〜4　三十三・三十四師団その他　南昌西方地区
江北作戦　16・5　三・四・三十九師団その他　漢水下流河畔

つまり長沙方面は、十四年秋の贛湘（かんしょう）作戦以来約二年、手付かずに残っていたわけである。しかも贛湘作戦〈図7〉は進攻兵力と攻勢正面とのバランスを失し、重畳たる万洋山山系に決戦場を求めたために意外な損害を生じ（戦死八五〇柱、負傷二七〇〇名）、重慶軍の「長沙不陥」の宣伝の種になっていた。

そこで大本営と支那派遣軍は十六年一月に夏秋の候の長沙進攻を決意した。それは十五年春の宜昌作戦と宜昌の確保が意外にも重慶政府を震撼させ、動揺させた経緯からと、情勢の変化に対応し得る柔軟な態勢保持の必要から在支兵力を逓減する（注）前に国力を挙げて一大作戦を展開し、あわよくば重慶政府転覆のきっかけを作るためであった。

（注）　在支兵力逓減計画
　昭十五年度　初頭八五万　年末七三万
　昭十六年度　平均六五万
　（予定：北支二五万、中支三〇万、南支一〇万）
　昭十七年度平均五五万
　（予定：北支二五万、中支一五万〈武漢放棄を決す〉、南支一五万）

第7図　贛相会戦概要図（第106師団の高安方面の状況を除く）

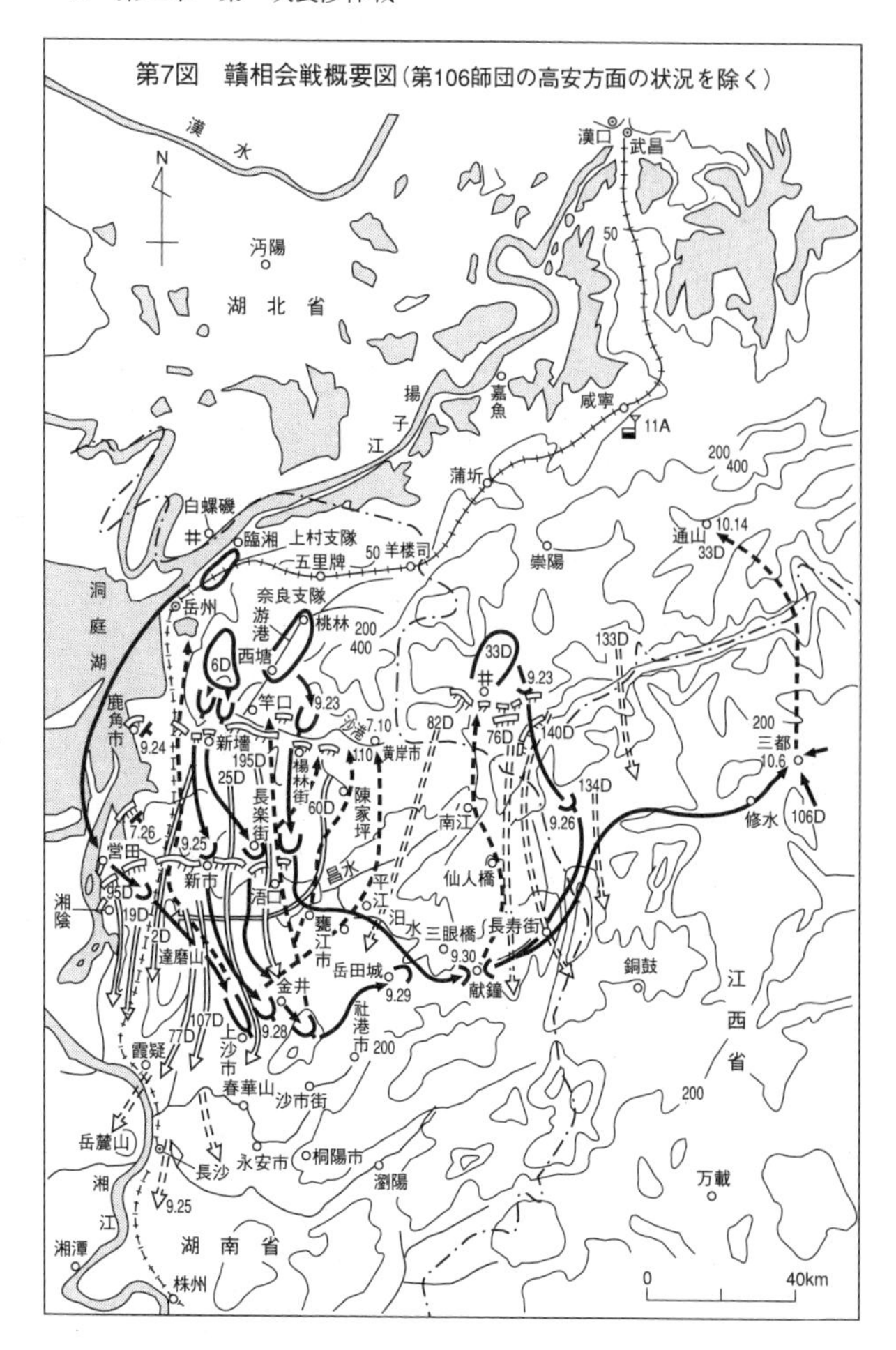

昭十八年度平均五〇万
（戦史叢書『香港・長沙作戦』より）

つまり十六年の初頭においては、夏秋の候に国力を挙げて雄渾な作戦を指導して長沙を攻略し、重慶に勝てないことを悟らせて和平工作に持ち込む腹づもりであった。ところが四月から始まった日米交渉は難航を重ね、六月二十二日に独ソ戦争が勃発すると、南方作戦準備と関東軍特種演習（略称関特演。対ソ侵攻作戦準備）とが同時に始まったが、七月二十八日の南部仏印進駐によって事態は決定的になった。

従って大本営と陸軍省に長沙進攻中止論が起こったのは当然である。だが四月十七日に着任された阿南軍司令官の日誌には、16・5・7の項に「一三―一五〇〇、軍の兵力量、占拠地域並ニ夏秋ノ作戦等ニツキ研究」、6・8の三項に「昨日頃ヨリ江南作戦（長沙の意）ニ関シ具体的研究ニ入ル　成功ヲ期ス　高山大河何スルモノゾ」とあり、6・16の板垣総参謀長の来漢に当たり「長期戦態勢移転前ニ一大決戦ヲ指導スベキ……」と具申し、6・24に「夏秋ノ候ノ作戦大要ニ判決ヲ与フ　同時ニ作戦指導上ノ注意、軍ノ厳然且ツ果敢ナル指導ニ関シ主張ヲ示ス」と誌し、6・30には「参謀長（木下勇少将）南京ヨリ帰来　夏秋ノ候ニ於ケル総軍ノ戦力綜合発揮企図ハ結局戦力ノ個々分散発揮ニ終リ　軍ハ孤軍従来ノ任務ヲ徹底スルニ帰ス」などと記してある。つまり東京や南京の中止論を意に介せず、ひたすら作戦準備に邁進しながらも、総軍から何等の増援もないことに不満を示している。

しかして長沙作戦参加兵力は自ずから制限せられ、当初の「国家全力を挙げて一大決戦を指導し、重慶に和を乞わしむる機会を作為する」構想は崩れ、結局は従来のピストン作戦を繰り返すことになったわけである。南方作戦準備のために支那派遣軍から六個（四、五、十八、二十一、三十三、三十八）師団の転用が指定されたのと、万一対ソ戦の生起に備えて兵力の抽出（第十一軍からは四、六師団、状況によりさらに三、十三師団）を予令されたための所産で、やむを得ない仕儀であった。東京や南京で中止論が起きたのは、使用可能兵力からして戦局の転換は期し得ない、ムダな作戦であると見たからに外ならない。

しかし阿南軍司令官以下の現地軍は強気で、着々と次のように作戦準備を進めた。けだし兵力上、目的は縮小せざるを得ないが、三、六、十三の骨幹師団が抽出される前に第九戦区軍に一大打撃を与えておかねば、軍の自活自存そのものが危ないという考慮も働いたものとみえる。

〈第一次長沙作戦の準備〉

6・22　作戦計画第二案審議（独ソ開戦の日）。
6・24　作戦指導の大綱決裁・指示（前述）。
7・10〜12　兵団参謀長会同（兵棋演習による軍の作戦意図の徹底、準備の促進）。
8・9　南部仏印進駐（7・30）の波紋により、統帥部は南方専念に決す。
8・14　兵団長会同（各兵団の任務内示）。
8・17　統帥部、長沙作戦（加号作戦）の実施を総軍に内示。

8・19　総軍、加号作戦実施を第十一軍に内示。第十三軍から三個大隊を増援し、第三飛行団を協力せしめる指示。

8・21　統帥部、限定条件下における作戦実施の検討を総軍に要求。

8・21　第十一軍、集中命令発令。

8・26　大陸命第五三八号発令（作戦の認可）。

「……一時規定ノ作戦区域ヲ越エテ作戦ヲ実施スルヲ得」

9・1　総軍、右大命を第十一軍に伝達。

9・上旬　統帥部に再び中止論台頭し、次の条件付きで決行に決す。

1、南方展開兵力は使用しない。

2、なるべく早く切り上げる。

この条件が、作戦の徹底性を欠き、反転時機を著しく早めたことは言うまでもない。そしてそれが、二次長沙の悲劇を生む原因になったのである。

作戦目的

作戦目的は「敵抗戦企図を破摧するため、西部第九戦区軍に対し一大打撃を与う」ことにあり、「地点の占領」や「物資の獲得」が目的でないことが強調された。

けれども、中国の人口は無限に等しく、その弱点は兵器・弾薬の製造能力不足にあった。従って英米の援蔣物資に頼っていたわけだから、敵の部隊にいくら打撃を与えてもあまり痛痒を感じないわけで、従来のピストン作戦がそれを証拠だてていた。従って私は幼稚ながら、なぜ敵の弱点を狙って工業地帯や兵器、弾薬庫を目掛けて進攻しないのだろう、これらを狙えば自然に敵を撃滅できるだろうに、と不審に思った覚えがある。

従って作戦方針は「九月中旬、新墻河（しんしょうが）ノ線ヨリ株州（しゅしゅう）（長沙南方四〇キロ）方面ニ攻勢ヲ採リ西部第九戦区軍ヲ主トシテ汨水（べきすい）以南長沙以北ノ地区ニ撃滅シ　概ネ十月上旬ニ反転ス」と計画されている。なお敵情は、進攻正面の重慶軍は五個軍一五個師、汨水の線で抵抗する公算大と判断していたという。（公刊史三七六～七頁）

〈作戦参加兵力〉


第三師団……甲編制、二個旅団、四個連隊の四単位師団。定員二万三九九〇人。約三分の一を残留せしむ。

第四師団……甲編制、三単位師団、南方抽出予定のため全力（一万二三七七人）出動。

第六師団……甲編制、三単位師団、定員二万九四人。一部を残留せしむ。

第四十師団…丙編制、三単位師団、定員一万四二六〇人。出動兵力七個大隊。

早淵支隊……第十三師団（乙、四単位）の歩四大、砲二大基幹。

荒木支隊……第三十三師団（丙）の歩三大、砲一大基幹。

江藤支隊……独混十四旅団の独歩六十二大隊。

平野支隊……同右の独歩六十三大隊。

独立山砲兵第二、第三連隊（山砲二四門）、同五十一、五十二大隊（山砲六門）その他略。

＊師団の編制――師団にはつぎに示す四種類の編制上の違いがあった。

甲編制：常設師団。平時から常置されている師団で、もっとも優秀な装備を持っている。一個師団の兵力は二万五〇〇〇名、師団司令部のもとに原則として歩兵二個旅団（それぞれ二個連隊編制、後に旅団編制は廃止されて三個連隊編制になった）、騎兵一個連隊、野（山）砲兵一個連隊、工兵一個連隊、輜重兵一個連隊および師団通信隊などで編成された。

乙編制：特設師団。動員計画に基づいて戦時に編成された師団。甲編制と同等の装備を持つ。

丙編制：臨時編成師団。支那事変（日華事変）の拡大、長期化に伴い、臨時に編成した警備師団。兵力は一万四〇〇〇名で、装備も甲、乙に劣る。

丁編制：治安師団。警備に適するよう特別に編成した師団。二個旅団、八個独立歩兵大隊（大隊長は大・中佐が本則だが、のち大尉も任ぜられた）を基幹とした。なお、独立混成旅団は独歩大隊五個を基幹とした。

つまりわが進攻兵力は歩四六大、砲二九大であった。敵一個師（平均六～八〇〇〇人）に対しわれは歩二大（一大平均七〇〇～八〇〇人）で対抗し得るとみれば（経験値。敵一個師にわが歩一大で対抗し得るが、撃破するには三倍の歩三大を要す、という見方もあった）三〇個大隊で足るが、敵の他戦区からの増援と余裕を考慮して決定したものという。中国軍の編制装備はそれぞれだが、一例は別表のようであった。

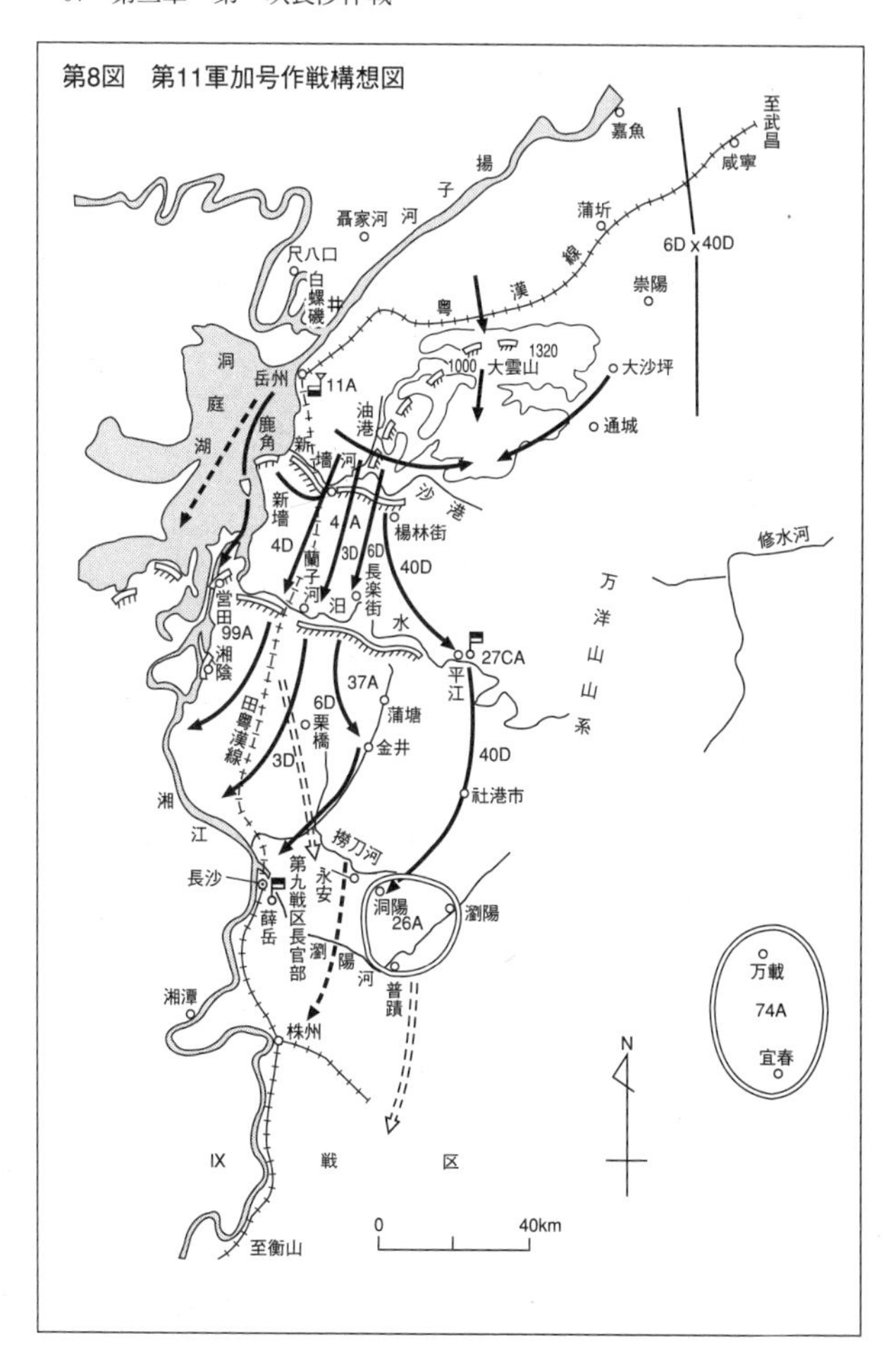
第8図　第11軍加号作戦構想図
嘉魚
至武昌
咸寧
揚
子
河
聶家河
蒲圻
6D
40D
尺八口
白螺磯
崇陽
粤
漢
線
1320
1000
大雲山
大沙坪
洞
庭
湖
岳州
11A
油港
通城
鹿角
新
新
牆
河
沙
港
新牆
4A
楊林街
修水河
4D
3D
6D
蘭子河
長楽街
40D
万
洋
山
山
系
営田
汨
水
99A
27CA
湘陰
平江
37A
6D
田
粤漢線
栗橋
蒲塘
金井
3D
40D
湘
社港市
江
撈刀河
長沙
第九戦区長官部
永安
洞陽
26A
瀏陽
薛岳
瀏
陽
河
万載
74A
宜春
湘潭
普蹟
株州
N
IX
戦
区
0
40km
至衡山

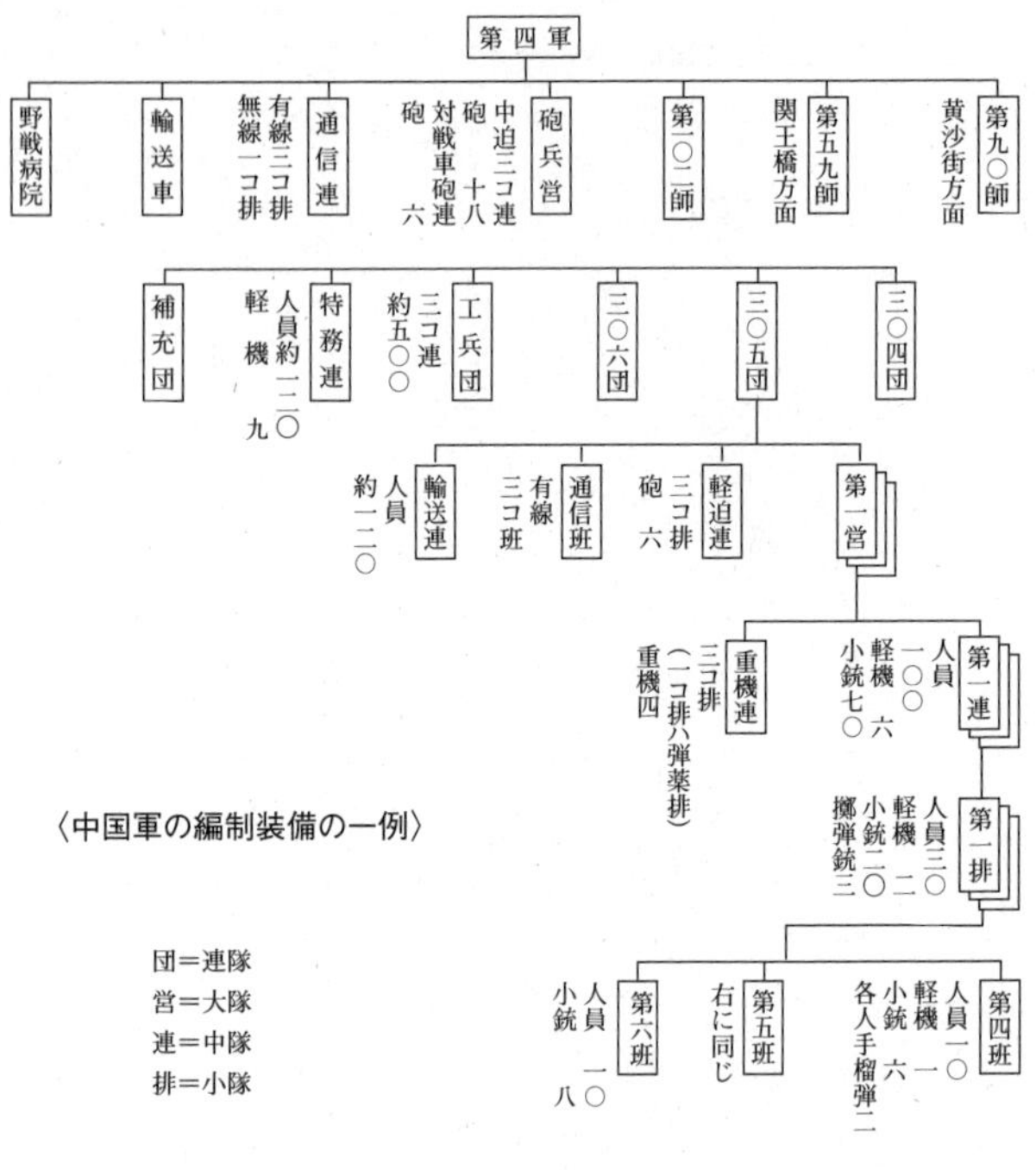

〈中国軍の編制装備の一例〉

作戦構想

構想は〈図8〉の通りであった。事前作戦として第六師団を以て大雲山周辺を掃討して左側背の脅威を排し、二〇キロ正面に東から第四十、六、三、四師団を並列し、ヨーイ・ドンで発進させて先陣を競わせ、主力は右旋回しながら敵を湘江に圧迫撃滅する。第四十師団には平江を攻略させて敵第二七集団軍の根拠を覆滅させ、次いで東方山地からの側撃を排除するため、社港市から洞陽市に向かい突進させる計画であった。

従来の作戦はほとんど分

図9　重慶軍長沙防衛方針図

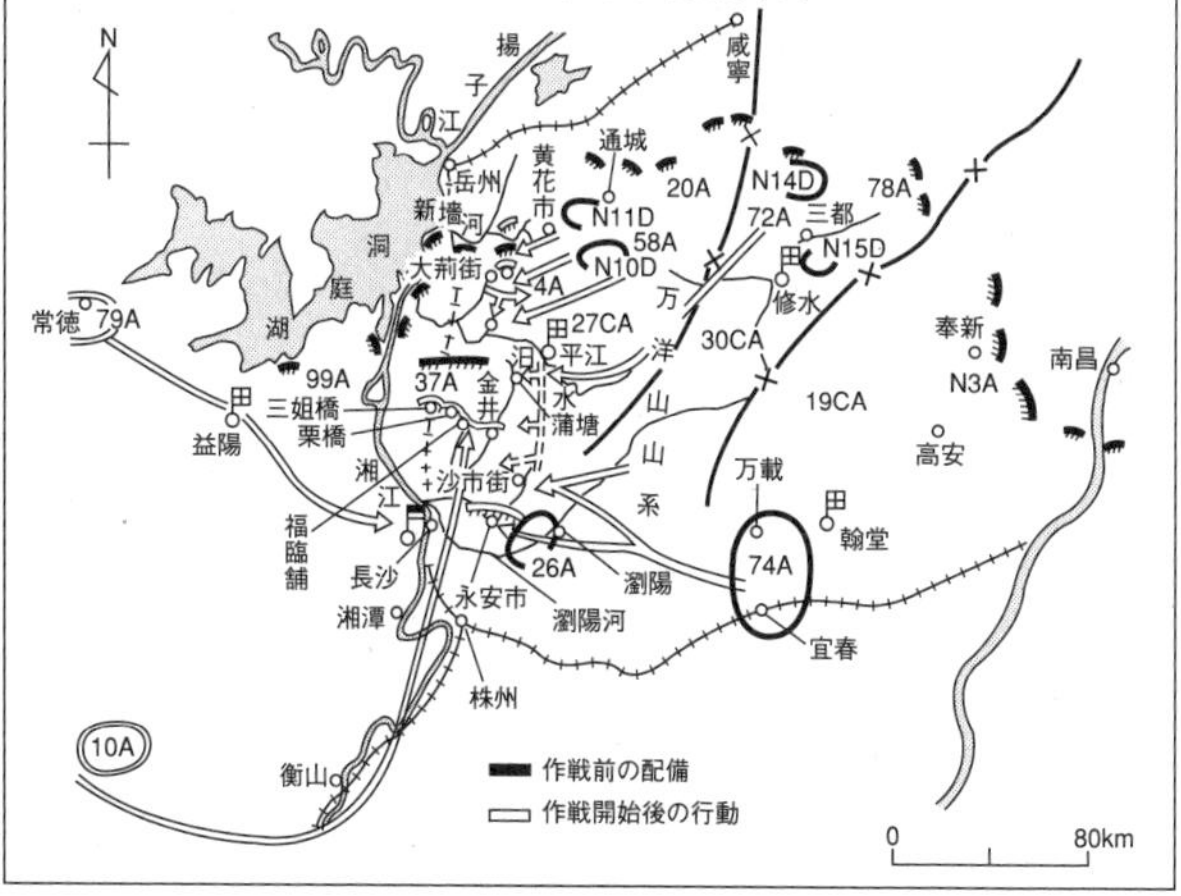

作戦前の配備
作戦開始後の行動

進合撃であったのに、四個師団を並列して突破し、のち包囲に導こうという作戦は珍しかった。それは西は湘江、東は万洋山山系で区切られた地形に基づくものとみられるが、関東軍から転じた作戦主任参謀・島村矩康中佐（36期）の性格の反映と思われるけれども、第六師団の攻撃方向を長沙方面に予定して万洋山山系には第四十師団のみを作戦させたのは、阿南軍司令官の重点に徹底する積極果敢、放胆を信条とする性格の具現と思われる。

ところで重慶軍の長沙防衛方針は〈図9〉の如くであったという。つまり、日本軍を汨水と撈刀河の間に誘致して東部山系を根拠に東から西に向かって側撃し、後方を遮断するとともに北から南に向かって尾撃して進攻軍を殲滅する方針で、参謀旅行、幹部演習、攻・防演習等を実施し、かつ各部隊に準備を整えさせていた。（公刊史三八六〜三八七頁）

この防衛構想は、やはり地形から生まれた所産と思う。峨々たる万洋山山脈の支脈は黄花市—長楽街—金井—永安市の東側まで張り出していて湘江河盂を画しているが、第十一軍主力の攻勢地区であるいわゆる湖南平地は丘陵と水田とが交互に織りなしているの外、騰雲山、麻刀尖、基隆山、磨石山、達摩山等の山塊が点在して攻防の拠点を提供しているからである。

従ってもし計画通り作戦が遂行されたならば、軍の左側を掩護する位置にあるわが第四十師団は、山地内で立ち往生を余儀なくされ、側撃されて、酷い目に遭っただろうし、軍主力は雑魚は捕捉し得たかも知れないが、各兵団は薛岳（せつがく）将軍の術中に陥って各個に側背を衝かれ、散々な目に遭ったに違いない。なお重点形成は次のように行なわれた。


左翼の第四十師団……独山砲五十一大隊（六門）属。

中央の第六師団……独山砲二連隊（二四門）、野砲一大隊（八門）、迫撃第三大隊（三六門）属。

中央の第三師団……独山砲三連隊（二四門）、他山砲一二門属。

右翼の第四師団……独山砲五十二大隊（六門）、迫撃第一大隊（三六門）、十五榴（一五センチ榴弾砲）二四門、戦車十三連隊（軽戦車五一両）その他属。

阿南将軍の性格

それは積極果敢を信条とする精神至上主義家に尽きよう。

昭和十三年十一月、人事局長から第百九師団長（山西・太原）として出征するに当たり、

大君の深き恵に浴みし身は
　いひ遺すへき片言もなし

と遺しているが、出征半歳にして次の所見を記録していることでわかる。

出征中ノ管見（14・6、109D〈D＝師団〉長終期）
一、対支那軍戦ニ於テ発揮シ得タル精神要素ヲ把握向上　恐蘇病ニ還元セザル事
二、勇怯ノ差ハ小ナリ　然レ共責任観念ノ差ハ大ナリ　智謀ノ差ハ小ナリ　然レ共実行力ノ差ハ大ナリ
三、重点主義ノ高唱
　主決戦方面ニ必勝ヲ期ス主戦力ノ集中（方面軍も軍も）鳩豆式用兵ニ堕ス　腹力練レテ居ラヌ
四、各兵団ノ協同連繋ハ一層徳義的ニ
　武士道ノ廃頽ト利己的自由主義ノ残影
五、積極果敢ト徹底的戦果（追求？）ノ欠如
　責任観念ヨリ来ル恐怖心、壮（不明）化ノ真価
六、作戦指導（計画）ト必勝条件
　手、コウ　カナイ　陸大ノ理論教育ノ弊
七、主動的地位ノ確保ニ乏シ（大本営ノ〈不明〉ナド考ヘ過グ）

　虎ハ檻ヲ出ラズ　黄河渡過点占領
八、化学兵器ノ使用等不徹底
九、包囲ノ形式、大規模ノ包囲ト敵翼ニ近キ数段ノ捕捉的包囲〈図10〉
一〇、戦機ノ看破、平素ノ修養、判断ノ適否ト遅速　四ツニ組ムカ　払ッテ廻ハルカ等、戦
　機ハ勇者ノ前ノミニ存ス
一一、軍機保護徹底中々困難
一二、各典範ノ綱領ノ精神要素ノ体得、綱領モ一層戦争哲理ニ徹スル事
一三、三単位ニモ歩兵団長必要
　戦場ニ於ケル将帥ノ人格的勢力
一四、戦場ノ報告悲観消極ニ陥リ易シ
　将ハ楽シムベク　憂フベカラズ
一五、統帥部ノ逡巡ハ直チニ軍隊ノ躊躇消極トナル　大本営ノ消極判断ノ悪反影著大ナリ
一六、陸士、陸大ノ鍛錬的精神教育ノ要大ナリ
一七、補給ニテ軍隊ノ行動拘束スル事少ナカラズ　唐ノ太宗　二日食ハザレバ戦必ズ勝ツ
一八、軍司令官並ニ第一線師団ノ戦略上正当ナル判断ニ基ク要望ヲ実行セントスルノ熱意ト
　努力ニ乏シキ軍幕僚ノ女性的態度ハ　軍将来ノ為最モ遺憾トス（軍渡方面駐兵問題／四
　月及六月リ号作戦ニ於ケル軍ノ態度？）
一九、明確ナラサル情況判断ニヨリ軍ノ作戦ヲ決セントシ　常ニ動揺ノ風第一線ニ反響ス

（S号作戦〈十二月〉ニテ一特務機関ノ判断ヲ採用シ関係兵団長ノ判決ヲ待ツ事ナクS号作戦ヲ二週間延期シ第一線ノ不審ト嘲笑トヲ受ク、閻〈錫山〉ハ絶対来ラズ）

二〇、一号作戦ニテ軍ノ主力方面タル109Dヨリ、一大隊ヲ抽出シテ凡ソ縁薄キ北部山西ノ36Dノ警備ニ増強セルガ如キ、決戦場裡ニ必勝ノ戦力使用ノ原則ニ反スル事大ナリ

二一、責任ヲ第一線ニカブセントスル傾向ハ不可ナリ、リ号取止メ（四月）及渡河点砲兵共ニ師団ノ罪トス　後ニ至リ軍司令官始メテ其経緯ヲ知リ軍参謀長ヲ戒ム

二二、上記補給ノ困難ハ七月雨期ニ於ケル潞安（ろあん）ニ於テ極度ニ徹シ、沁県出発ヲ二日延期セントシ　又潞安ヨリ高平ヘノ進出逡巡ノ因ヲナセリ　指揮官ノミナラズ幕僚モ万難ヲ排シテ補給ニ拘束セラレザルヲ要ス

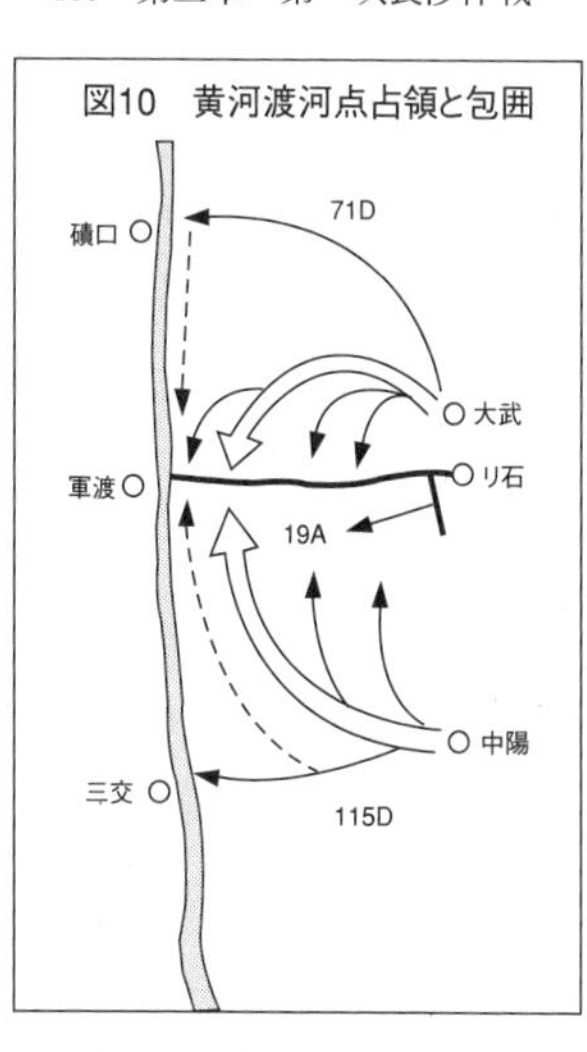

図10　黄河渡河点占領と包囲

予ハ為ニ補給困難ナドハ理由トシテ採用セズトテ進攻ヲ断行セリ　現地ニ何カアリ　餓死セルモノ一人モナシ〈図11〉

唐太宗ノ曰ク　二日食ハザレバ戦必ズ勝ツト

二三、梳（くしけずり）戦法ト重点主義（山地ト平地）

二四、自然ニ生ズル戦略的任務ニハ更ラニ忠実ナレ　沢州突進ニ際シ予ノ迅速ナル決

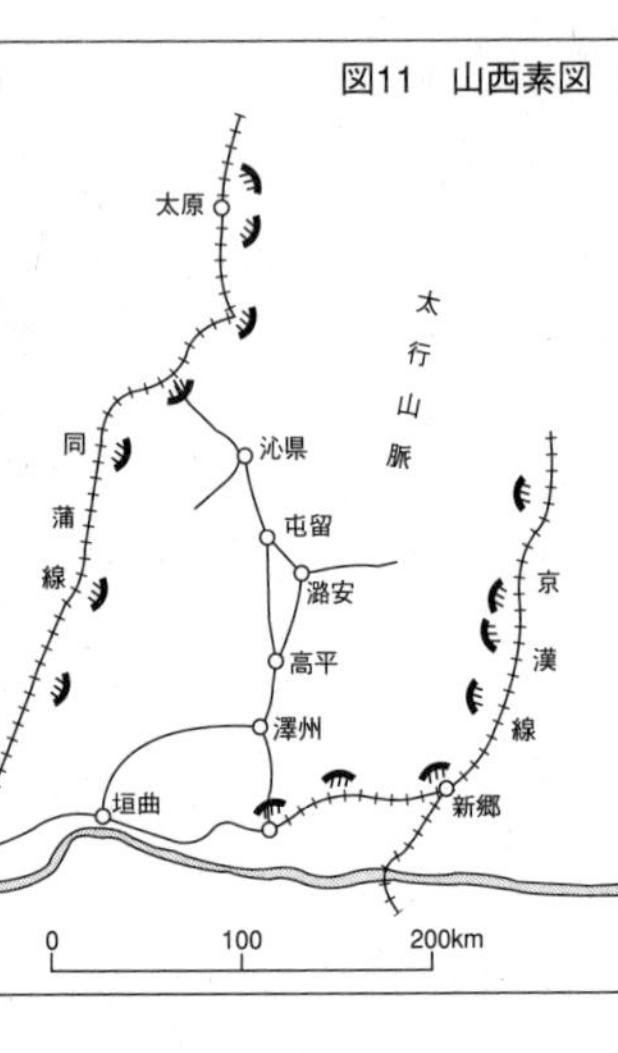

図11　山西素図

心ニ対シ大部ガ著シク逡巡退嬰ナリシハ軍ノ任務ニ控制性ヲ認メ　又参謀長会議ノ際ノ申合セ等ニ拘束セラレタル結果ナランモ　戦略的戦機ノ逸スベカラザルモ明カナルヲ以テ尚決心ノツカザリシハ恨ムベシ況ヤ予モ屯留ヨリ直チニ歩一大、砲一中ヲ高平ニ先遣シテ主力ノミ潞安ニ入ラントセシ決心ノ如キ一笑ニ附シタルガ如キ如何ニモ明ナキモノノミアリ但シ当時予モ屯留占領ヲ厳ニ軍ヨリ制限セラレシ経緯モアリ余リ主張セザルモ　今日トナリテハ誠ニ遺憾多キコトトス（一四・七・一五記）

二五、共産系軍ノ戦術的思想ノ堕落　清野空室、又ハ遊撃ノ如ク正々堂々ト決戦ヲナスノ勇気ナシ、斯クテハ一国否一村ノ民心モ繋グベカラズ　況ヤ民族ノ向上ヲヤ（注：歴史は逆になった）

二六、己レノ弱点ハ敵必ズ之ヲ知ルト考フベカラズ（孫子）　否レバ放胆果敢ノ処置ハ不可能ナリ　騎兵及歩一大隊ヲ速カニ高平ニ先遣　沢州方面敵ノ背後ヲ脅威セントセシトキ兵力小ナリトテ逡巡セルモノアリシガ如キ是ナリ

二七、戦闘行動ト死傷（訓練上ノ着眼）
　歩砲兵ノ火力準備ハ正確沈着ナル事（至近距離）、兵力用法ハ重点主義ニ徹底シ常ニ積極ナル事、戦場ニ於ケル下士官兵ノ運動ノ敏速ト地物利用、訓練上単純必勝ノ直突ニ自信ヲ得ル事、常ニ戦況ヲ悲観スルコトナク動揺ヲナサザル事
　以上ハ死傷ヲ減少スル大ナル原因ヲナシ射耗弾薬ノ節約ニモ大ナル効果アリ　109Ｄハ敵屍四千七百ニ対シ戦死二九（晋東作戦）

　つまり果断断行、万事積極を旨とする古武士的風格と統率力とを具備した勇将であったことは疑いない。最後の陸軍大臣を勤められた偉材であるから、衆望を担った方であることは事実である。しかし凡夫には精神家過ぎて、ついていけない面もあったろう。「二日食ハザレバ……」の言が一例だが、戦場で二日食わなかったら頭も体も働かない。この果断な性格が、二次長沙で万骨を枯らすことになる。将帥の精神力には限界がなかろうが、第一線の将兵には自ずと限界がある。

いざ作戦、集中

　以上の経緯や計画が第一線に漏れてくる筈はなく、戦後、公刊史『香港・長沙作戦』の発刊によって初めて知ったことである。当時は何かがざわついているような感じしか受けなかった。歩兵砲隊長兼作戦・教育主任の富田正一郎大尉（45期）に聞いてみても、「何か噂があるようだ」

というくらいであった。

やがて雀落の候に入り、八月の声を聞くと、大作戦の噂が広まった。正式には何の指示もなかったが、兵隊さんが「軍は岳州地区に弾薬の集積を始めた。負傷者の収容に備えて兵站病院は患者を退院させるか後送しているそうだ。恐らく長沙に違いない」とまことしやかに触れるのだ。連隊長に伺うと「そんなことを言っているのか。具体的には知らんが、何があってもよいように準備しておけ」と驚かれた。戦場では何事でも生死に直結するから、機密中の機密が兵の五感で察知され、口コミで電波のように伝わるのである。

となれば、私は軍旗を奉持しなければならぬ。そこで密かに体力と腕力の鍛錬を始めた。古い連隊の軍旗はふさだけ残っているので軽いのだが、わが連隊の軍旗は御宸筆（天皇の直筆）が墨痕鮮やかに残っている新品だから重いのである。ところが八月中旬末の団隊長会議から帰られた連隊長から「兵の噂は本当だったよ。長沙だ。今度はひと戦さあるぞ。……軍旗は置いてゆく。お前は富田（作戦主任）の補佐としてついてこい。この機会に勉強するんだ」と言い渡された。せっかくの旗手が軍旗を奉持出来ないとは情けなかったが、内心はホッとした。旗手は弾丸の中でもやせ我慢を張らねばならぬし、ただ護持するばかりで、作戦のことには蚊屋の外に置かれて何の勉強もできないからである。

亀川連隊長が、いつも軍旗を奉安して作戦に持っていかれなかった理由は聞き漏らした。恐らく軍旗の安全に気を取られて戦力発揮を妨げられるのが嫌いだったのと（旗護中隊は危ない所に出せずたいてい遊兵化する）、いざとなれば土佐人は必ず連隊長の下に集まってくるという信念があったからだと思う。

かくして作戦準備が始まり、集中行軍が始まった。暑い盛りのときで、なぜもう少し涼しくなってから作戦しないのだろう、と訝ったものである。私には幸い馬を宛がわれたので助かったが、三〇〜四〇キロもの装具を背負った兵隊さんは難行軍であった。連隊長は乗用車で移動されたが、いちいち兵をねぎらわれていた姿が目に浮かぶ。また作戦参加は初めての初年兵が、休憩ごとに荷造りを直していた姿が印象深い。

そして書き忘れてならぬのは、九中隊の白坂勝上等兵が志願して私の伝令に来てくれたことである。前任のＩ一等兵は初年兵であり、病気がちで困っていた際であったので、利発で頑健な彼の来援は本当に嬉しかった。ところで出発の前日、白坂君が「毛布は何枚にしますか」と聞く。作戦は十月には終わると聞いていたし、兵は毛布なしなのに将校だけ毛布持参とは血気の正義感が許さなかった。そこで断わると、彼は「作戦ちゅうもんは、いつ、どう変わるかわかりません。持ってゆきましょう」と勧めてくれたが、頑なに断わった。これが大失敗で、夜は震え通しになろうとは露知らずにである。歴戦者の忠告を聞かなかった罰であった。

確か九月一日に集中行軍を開始する直前、図嚢一杯になるような五万の地図を配布され、大隊長を集めて兵棋演習が行なわれた。開陳された軍の作戦構想は〈図8〉の通りであった。

わが師団（出動兵力七個大隊）は外翼兵団となり、重畳たる万洋山山脈の中の平江、洞陽を攻略すべく予定されていた。緊張の気がみなぎった。只事ではすまぬようであった。そのとき前任の天谷師団長が「沙港河を渡るときにはキューーキューーいうだろう。平江攻略で閉口し、洞陽攻撃はどうにもならんだろう。ご苦労なことだ」と言い残して離任された噂が広がった。だから悲愴感が一段と高まった。私は久留米の予備士官学校に入校する幹候生に、お別れの辞を述べたほどである。新着任の第一大隊長・中山左武郎少佐（38期）も、大作戦は初めての第二大隊長・水沢輝雄少佐（38期）も、緊張されていた。

だが亀川連隊長だけはすでに心の準備ができておられたのか、全く普段と変わりなかった。「中国軍はわが師団を四国の山猿師団と呼んで恐れている。今度の戦場は山ばかりだから、もってこいの戦場だ。擲弾筒の弾丸と手榴弾、そして赤筒（くしゃみ剤入りの発煙弾）を出来るだけ持ってゆけ」と励まされて、気負った様子もなく、淡々と話されていたのがかえって印象的であった。また、「山道ばかりだから患者の後送に難渋するだろう。駄馬に担架を余分に積んで行け」と注意された。経験の所産とは思うが、将兵を思う慈愛に心を打たれたものである。

以下、軍の全般状況を述べる代わりに阿南軍司令官の従軍日誌から関係事項を抜粋し、併せてその心事を紹介したい。

〈阿誌9・7〉日　大雨

二、元陸軍省記者神田氏来訪、日米交渉ハ余リ期待シ得ズ米ノ遷延策ニ乗ゼラルル恐レアリ国民ノ大部ハ南方一戦ヲ希ヒアリト　道義ヲ元トシ利害ヲ衡量セザル様示ス

三、神田師団（6D）東西共第一線ヲ突破シ戦況有利ニ進捗、……幸先ヨシ、大雲山周辺獲物多キガ如

シ（注：事前作戦として6Dは大雲山南麓を東西から挟撃し、軍主力の左側背の安全を期した〈図8〉）

〈阿誌9・8〉　月　曇　小雨

五、第一期作戦指導中、蒲塘附近山地内ノ陣地ヲ掃蕩スル為6D、40Dヲ此処ニ吸収セシムルハ不利更ニ研究ヲ命ズ……一地ニ吸収セラレザルノ覚悟ヲ以テ大規模ニ作戦ヲ指導スルヲ要ス

〈阿誌9・9〉　火　小雨

二、第一期会戦計画修正セラレタルモ未ダ長沙、蒲塘山墨、平江ヲ主線トスル敵ノ抵抗ニ対スル（後方兵力ヲ此ノ中間ニ増強スベク）準備ニ乏シク6D、40Dノ用法個々ナルノ嫌アリ、第一次軍命令ヲ認可ス

四、独混20旅、迫撃一中、独工3連隊等ヲ俄カニ抽出セラルルコトトナル　国策ノ命ズル所何ヲカ言ワン

〈阿誌9・10〉　水　曇

二、神田師団、大雲山背後ヨリ包囲、一〇二、五九師ノ半部、第四攻撃団主力ヲ潰乱セシム、本日反転ス　我戦死二七（内将校四）傷五六（四）将校ノ損失ハ特ニ大作戦前ニ痛惜ニ不堪、二七英魂ヲ弔フ

四、……敵第九戦区ニ対スル攻撃命令及訓示ヲ発ス

集中行軍中に新任の青木成一中将が初度巡視に見えられた。師団長は二四期、連隊長は二五期だから、市ケ谷台で顔見知りの筈である。階級も立場もこんなに違った現在、双方がどう応対されるかと興味を持って見ていたが、青木中将が気負っておられる様子であったのに対し、亀川大佐は懐かしげに挨拶され、いつものように淡々と状況報告をされたのが対照的にみえた。青木中将の訓辞は長かった。連日の行軍の疲れがたまってきたところだからそう感じたのだろうが、カン高い黄色い声であった以外は覚えていない。だが英敏でカミソリのような将軍だ、という感じを受けた。

九月初旬、連隊は第一次集中地に指定された桃林南側に集結を終え、病兵や弱兵を警備地に帰し、弾薬や食糧の増加配分を受けるなど、最後の作戦準備に入った。そのとき私は師団の命令受領者に指名された。そこで司令部と本部とを往復するあまりパッとしない任務についたが、ある時、連隊長が、司令部に帰ろうとする私を呼び止めて「靴を見せろ」と言われる。これが最期になるかも知れぬと考えて私物のきゃしゃな靴をはいていたが、恐る恐る足を差し出すと、「これじゃもたん。補強しろ。できたら官物と換えろ」と注意された。だがどこでどうして補強するかがわからない。新前の悲しさだ。思案しながら桃林に帰ると集落の入口に「軍移動靴修理班」ののぼりを立てたトラックが停まっている。頼むと鍾馗ひげを蓄えた軍曹ドノが靴を見て「少尉ドノは初めての作戦だね。よくもこんなぼろを履いてこられたもんだ。これじゃ一週間も作戦すればはだしだよ。作戦を甘くみちゃいけん」と訓戒をたれながら半張皮を二枚も打ちつけ、ところ構わず鋲を打ってくれた。おかげで重りのような靴になったが、これで助かった。作戦が終わったときには寿命がきたから、もし連隊長から注意されなかったらお手上げは必定であった。今でも連隊長の気配りに感謝している一例である。恐らく初めて作戦に参加し、単独行動をとらねばならない新前少尉が心配だったのであろう。

また、手続きも伝票も切らずに即座に修理してくれた移動修理班は有り難かった。自衛隊でも、民間活力を利用してこの種の制度（例えば移動式の給油班、車両修理班、無線修理班など）を考えたらいかがであろう。

九月十日、軍は攻勢発起を次の如く下達した。（略記）

一、軍ハ九月十八日攻勢ヲ開始シ……汨水ノ線ニ進出シテ爾後ノ攻勢ヲ準備セントス。

二、４Ｄハ十八日早朝新墻河左岸陣地ヲ突破シ　主力ヲ以テ粤漢線方面ニ進出シタル後、汨水ニ向カウ。

三、早淵支隊ハ４Ｄニ続行シ新墻河左岸ノ敵ヲ掃蕩シタル後汨水ニ前進。

四、３Ｄハ十八日未明ヨリ沙港河左岸ノ敵ニ対シ攻撃開始、二十日頃蘭子河付近汨水ニ進出、渡河準備。

五、６Ｄハ十八日早朝沙港河左岸ノ陣地ヲ突破、二十日頃長楽街付近汨水ニ進出、渡河準備。

六、40Ｄハ十八日早朝揚林街西北高地ノ敵陣地ヲ突破シ　爾後速ニ平江ニ向ヒ前進スベシ。

七、荒木支隊ハ軍予備。（以下略）

九月十一日、師団は托垻付近に集結地を推進し、沙港河北岸の小塘—団山披の線への進出を準備した。そのとき大雲山周辺の掃討〈図8〉を終えた第六師団が一部を団山披に残置して師団の集中を掩護していたので、重松支隊（二百三十四連隊の一大欠、二百三十五連隊の一大属）を先遣して交代させた。重松支隊からは昼ごろ「敵を攻撃しながら南下中」と報告してきたが、今村作戦参謀は「まだ敵が残っていたのか？　だが六師団が掃討したのだからたいした敵ではあるまい」とつぶやかれ、司令部に緊張した空気は見られなかった。

翌十二日、敵が師団集結地の東側にそびえる鶏婆嶺に進出したという情報に接した師団は、亀川部隊（第三大隊欠、各中隊の実動現員は一二〇名内外）に、一部をもって掃討するよう下令した。馬を飛ばして伝達すると、亀川連隊長は怪訝な顔をされて「噂はあったが、師団は確かめたのか？」と聞かれる。確かめたのかどうかは知らなかったので「井上情報参謀は確かに言われました」と答えると、「おかしいな。朝から見ていたのだが敵らしいものは見えん。これからは情報源を聞いてくるように」と戒められた。それでも第一大隊長・中山少佐を招致されて掃討を口命された。私はてっきり旧軍調の「……セントス。……スベシ」と命令されるかと思っていたが、案に相違して土佐弁で、「中山ょ。師団から……と言うてきた。ごくろうだが、最小限の兵力で掃除してくれんか。恐らく誤報と思うが、命令された以上やらずばなるまい」

という意を述べられた。中山少佐は初めての作命を与えられて「ハッ」「ハッ」と緊張して答え、すぐ行動に移られたが、このとき命令書や電文と口達命令との差、つまり冷たい命令文と温かい口命との違いを知った。一方は冷厳な指揮の内容だけを表わすが、他方は血の通う命令であると思われた。

昼ごろ、亀川部隊から報告がきた。それには「鶏婆嶺ヲ確保セリ。敵ヲ見ズ」とあった。おかげで後で中山少佐から「佐々木が持ってきた命令で富士山（標高三六〇メートルの鶏婆嶺の意）に登らされた」と皮肉られた。すると連隊長が「あれは佐々木少尉ドノの命令だったのか！」と高笑いされてその場を取り持って下さった。とかく戦場では気が高ぶってトゲトゲしくなり易い。連隊長は機先を制して空気を鎮められたものと思う。その十二日の夜の司令部の空気は、のんびりしていた。師団の首脳部は一新された直後で、大作戦は初めてという方が大部であったから、よくわからないながらもぎこちない感じがしたが、「明日はいよいよ攻勢発起線に推進だ。それからは忙しくなろう。今夜は一杯呑んで寝ておこう」という空気であった。

白羊田の不期遭遇戦

九月十三日昼ごろ、司令部が堀切りのような鶏婆嶺南側の隘路口を通過して白羊田に出ると、これまで山に遮られて聞こえなかった銃砲声がにわかに轟きだした。耳をすますと、只事でない。近づくにつれて激しさを増し、彼我の砲声の区別がつきかねた。初体験だから仕方がない。

だが、激戦が突発していることは疑う余地がない。昨日の命令では亀川部隊、仁科部隊（歩二百三十五連隊）、司令部、砲兵連隊の行軍序列であったから、わが連隊は真っ先に渦中に入っているはずだ。

山陰に患者収容所に当てられている民家が見えた。馬を飛ばしてみると凄惨この上もない。目をそむけながら軍医を探すと、マラリアを直してくれた伊藤軍医が目を血走らせて手当ての最中であった。そこで連隊本部の位置を尋ねたが、口もきいてくれぬ。衛生兵からようやく〝あっちの方角のようだ〟と聞いたので馬を急がせ、点々といる後方の将兵に尋ねながら白羊田の水流(幅五〇メートルの砂川)を渡っていると、迫撃砲弾が二、三発近くに落ちた。狙われたようで気味悪く、伝騎を督励して必死で渡り終え、山陰の集落に入った。ところがそこは仁科部隊の患者収容所で、目も当てられぬ惨状を呈していた。

亀川部隊本部を聞いても誰も知らない。困って銃砲声を目当てに南下すると亀川部隊の兵にあった。その兵のいう方向に進むと、そこで会った兵が「こちらじゃない。あっちだ」という。その「あっち」の方に進んでいると、急射撃を受けた。トトンパン、トンパシッと射弾が身を包む。泡食ってトンボ返りで難を避けた。当たらなかったのが不思議なくらいである。

とある山陰に入ると将校がいた。誰だったか忘れたが「戦場を勝手にうろつくバカがいるか!」と怒鳴られた。そして丁寧に本部位置を知らせてくれた。それはひと山越した山陰の集落であった。戦場でものを尋ねるときは将校に聞かねばならぬ、という常識を身をもって体験したわけである。

本部では沈痛な空気がみなぎっていた。戦さ慣れた連隊長(ノモンハンの第二十三師団高級副官から着任され、これまで数次の作戦に参加されていた)は冷静に見えたが、いつもとは少し違ってい

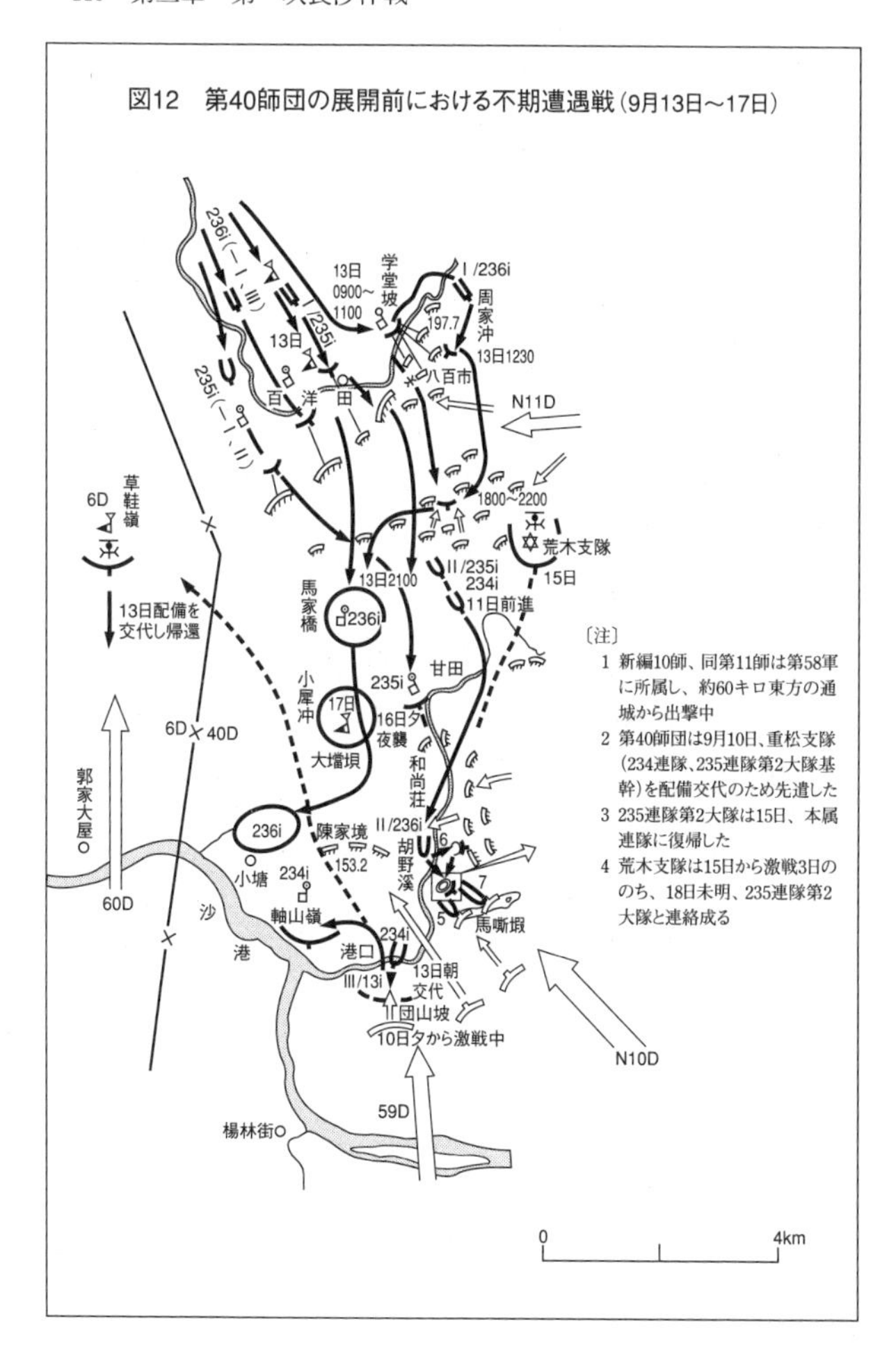

図12　第40師団の展開前における不期遭遇戦（9月13日～17日）

る。何だか重苦しい。だが語調は普段のままで、「師団と連絡が取れずに困っていた。良い時に来た」と前置きされて、手短に話された要点は次のように記憶する。

「〇八〇〇ごろ、水沢大隊（第二大隊）が砂川を渡っていると、南岸台上から猛射を受けた。攻撃して一皮むいたが、敵は意外に優勢でひと山ずつの争奪戦になった。水沢は主力で敵の左翼を包囲しようとしたが、これも正面攻撃となって進めない。

そこで中山大隊（第一大隊）に敵の右翼を求めて攻撃するよう命じたが、敵の右翼を探しているうちに次第に東方に転位していつしか離れ離れになり、敵は両大隊の中間から溢出して各隊が包囲される形勢になった。やむなく島田（下士官候補者教育隊の五〇人で、本部の警衛隊）まで使ったが、その島田（少尉）と二機の末政（少尉）、五中隊の浜田（中尉）とが戦死した。

そこに後続の仁科部隊（歩二百三十五連隊、第二大隊欠）が駆けつけてくれたので、その第一大隊で中間の穴を塞いでもらい、主力で敵の左翼を包囲するよう攻撃してもらったが、これも正面攻撃となって捗らない。戦線は朝のままだ。

師団に、主力砲兵で仁科部隊の正面を叩くよう伝えてくれ。弾丸の補給も頼む。またすぐ有線を引くよう言ってくれ。

佐々木、こっちは不期に遭遇した。向こうは待ち受けだ。苦戦だよ！　戦場では、いつ、何が起こるかわからないのだ。よく覚えておけ。支那軍をバカにしてはならん。敵の戦意はかつてなく旺盛で、射撃もうまい、と報告してくれ」

この間にも周囲に迫撃砲弾が落ち、流弾が空を飛び交っていた。本部位置や各大隊の戦線が図上のどこになるかと尋ねたが、見る通りの丘陵地帯だから五万の地図（等高線二〇メートル間隔）ではけっきりしない、とのことであった。

川を駆け渡って山上の戦闘司令所に登り、以上の知り得た状況を報告した。師団では何がどうなっているかがわからなかったらしく、首脳部が全員集まって聞かれたが、各大隊や本部位置が図上のどこになるかわからないと申し上げると、偉い人から「間抜け。そんな報告があるか！」と怒られた。

そこで山頂に登って目の下二、三キロに立ち登っている四ヵ所の砲弾煙を指差しながら、一番東が中山大隊、その右が仁科の第一大隊……と説明し、「図上のどこになるか、参謀ドノが当ってみて下さい」と報告を終えると、「それがわからんので焦れているのだ」とまた怒られた。参謀にわからんのに少尉にわかるはずはないだろう、と腹の中で向かっ腹を立てたが、亀川連隊長の落ち着いた説明と司令部首脳の慌てぶりがいかにも対照的であったのを思い出す。

亀川大佐も、初めはショックを受けられただろうが、私が会った時にはその跡は見えなかった。だが師団司令部が受けたショックは長びいていたようだ。師団長の「参謀長、参謀長、二個連隊・四個大隊の攻撃正面がこの程度なんだよ。覚えておかねばならん。師団といっても、これくらいの能力しかないのだ」と叫ぶ黄色い声が聞こえていた。

やがて有線の誘導を命ぜられて下山すると、十数人が立っていた戦闘司令所の山頂に十数発の迫撃砲弾がドカドカと落ちた。危険を冒して戦況を最初に報告した者に、ごくろうの一言もかけてくれる人がいなかったから、内心、いい気味だと思ったのは、不遜ながら事実である。

やがて右前方で、わが山砲が激しく撃ち出した。有線班を案内して午後の中ごろ連隊本部に着いたが、戦況は進展していなかった。敵は少し後ずさりしたが、戦線は朝と変化なく、死傷者は漸増して、本部の空気は一段と沈んでいた。だが亀川連隊長は憂色をたたえながらも、

「山砲が撃ち出すと普通なら退がるところだが、今日のは違う。さすがに薛岳（第九戦区司令長官）はやるのう。陣前出撃をしてきよった。かつてないことだ。師団は予備がないから困っとるじゃろう。こっちも手一杯で、島田まで死なせてしもうた。昼の正面攻撃はどうもならん。師団に夜襲すると言うてくれ」

と悲愴であった。迫撃砲弾があちこちに凄い音を立てて炸裂し、頭上には間断なく流弾が飛んで、敵の火力は少しも衰えをみせていなかったのだ。

末政さんと浜田さんは、顔を見知っていた程度であったが、島田七五三少尉とは仲良しだった。少候一九期（下士官から将校になる制度）の方で、同日付で任官し、互いに幹候と下士候の教官だったからよく話し合った。彼には妻子があり、よく世事を教えてくれた。その彼の戦死状況を聞くと、彼を殺した敵が憎かった。友人が殺されて初めて敵愾心を覚えるのであろう。

師団との電話が通ずると、連隊長は久保満雄参謀長（32期）を呼び出されて現況を報告され、夜襲の企図を告げられた。その理由を「これまでの敵の射撃ぶりからすれば、敵の弾丸は底をつくころだ（敵の携行弾は小銃二〇〇発、軽機五〇〇発、重機四〇〇〇発、迫撃砲四〇発といわれていた）。またひと戦さして夜に退がるのが通例である。だから、夜襲につぐ夜間追撃で敵を沙港河北岸で捕捉して、昼間の仇を討ちたい」と説明されたように覚えている。そこで、なるほど戦さは敵の

四一式山砲。口径75ミリ、最大射程7100メートル。歩兵連隊に４門が配備され、通称連隊砲と呼ばれた。歩兵と共に行動し、火力支援に欠かせなかった。

残弾を考えながら積極的に指導するものか、と勉強した次第である。

帰途、射弾に追われて右手の山陰に避けると、この山が仁科部隊の第一線という。物珍しさに登ってみると、連隊砲（四一式山砲）が第一線と同じ線に出て盛んに射撃していたが、辺りには血痕や血布が散乱して激戦を物語っており、朝この山に取り付いてから動けない、ということであった。稜線から頭を出して敵方を見てみると、あちこちからバリバリと撃ってくる。するとある人から「誰だ、頭出すのは。今もやられたばかりだ。邪魔だから退がれっ！」と殺気だった声で怒鳴られた。だがこれでは昼間攻撃は無理だ、と納得したものである。

夕刻、司令部は砂川の南側集落に推進した。督戦の意味らしかった。

日が暮れた。だが銃砲声は一向に止まない。普段、どんな激戦でも夕方になると自然に静かになると聞いていたが、この日は激しくなるばかりであった。やがて明十四日の戦闘指導に関する口達命令を受けたので、夕闇の中を急いだ。電話が断線して通じないのである。頭上を敵の曳光弾が飛ぶ。作戦発起前に大変な戦さが起こったものだ、本格的な作戦が始まったら一体どうなることだろう、と案じながら迫の合間をぬって本部にたどりつくと、本部は憂色に包まれていた。薄暮攻撃や夜襲をかけたがどうにもならず、一個小隊が全滅したらしい（誤報であった）。またようやく連絡が取れた中山大隊の損害は、ショックを受けるほど多かった。だが第二中隊（内之八重威（まもる）中尉、53期）の楔入攻撃によって敵の右翼が潰乱した、という初めての朗報を聞いたのはこの時であったと思う。

命令（本夜山砲を第一線に推進して、明払暁から攻撃を再興する内容であったと思う）を差し出すと、「電話で聞いた。ごくろうだった」ということで、いっぺんに力が抜けた。昼食も食べてない腹の虫が鳴く。

そこに水沢大隊長が報告に見えられた。水沢少佐は師団の高級副官から転ぜられた方で、貴公子然とした風格があった。連隊長は立ち上がって抱くように迎えられ、「朝から大変だった。オレの不明で苦労をかけてすまぬ」と心からねぎらわれた。水沢大隊長は「思うようにゆかず、ご心配をかけてすみません」と恐縮されていたが、私には美しい情景に見えた。

水沢大隊長の報告によれば、「夜襲はむずかしい。どうしてわかるのか動き出せば撃ち出すし、深い壕に入っているから制圧は困難だ。近づくとかつてない手榴弾の弾幕を張る。一個小隊が行方不明になった。明朝、山砲で撃ち上げて攻撃したい」という悲痛なものであった。

連隊長は「無理はよそう。もう退がるころとは思うが、師団からもこう言ってきてるので、明日やろう。だが追撃の機を失するな」と指導された。連隊長は実は夜襲して敵を逃がさないつもりのように思えたが、大隊長がこう言う以上、夜襲の成功は覚束ないと判断されたらしかった。気の進まない部下に無理に実行を命じても、碌なことはないのである。

帰ろうとすると、連隊長が、「飯は食ったか」と聞かれ、「上岡（連隊長の身の回りの世話をする伝令。当時は当番と言った）、佐々木に何か食わせてやれ。腹をすかせて動けないようだ」と辺りの沈鬱な空気を吹き飛ばすように大声で命令された。上岡豊秋兵長は「こんな夜に今から帰るんですか」と心配してくれながら、明朝用の飯を出してくれた。おかずは何であったか忘れたが、ササニシキの新米よりも美味かったように覚えている。

星明かりの銃声の中を電話線を伝って帰っていると、伝令が「敵らしい」と言う。聞き耳を立てると、まさしく中国語が聞こえ、スイヤーと誰何したかと思うとババンと撃ってきた。すると右と左の高地の敵も一斉に撃ちだして、やがて全線に広がった。幸い弾道が高いのでほうほうの態で引き返したが、敵の電話線を友軍のものと間違えたのだ。でもこれで水沢大隊長の報告が納得できた。

どこをどう迷ったのかわからなかったが、星の光で北方に急ぐと、幸い司令部にたどりついた。もう夜半だった。連隊に電話すると、とうに帰ったはずの者が一向に帰った様子がないので、本部では途中で死んだと思っていたそうで、亀川連隊長は「帰すんじゃなかった。あれは作戦は初めてだから……」といたく心配しておられたそうである。

その夜の司令部の空気は沈鬱で、とげとげしかった。情報参謀が、「閣下、明日は死んでも状況と地形を正確につかみます」と今日の不出来を詫びると、「バカッ、死んで何がわかるか」と叱られていた。また後方参謀は「患者は下げたのか？　なぜぐずぐずしている」と怒鳴られていた。また通信隊長らしい人が、「通じないならお前が走れ」などと怒鳴られていた。癇癪持ちのうえに、軍の攻勢発起日は十八日だから、焦(あせ)っていたらしい。

その夜は星空の下の畦の陰で寝た。命令受領者には部屋の割り当てがないのである。実は托填に集中したとき司令部の管理班長に部屋の割り当てを願ったのだが、「その余裕はない。自分で勝手に探して寝ろ」と相手にされなかったのだ。「急用がある時、命令受領者を探すのに困りますよ」と抗議したが、側の参謀ドノも知らんふりをされていた。そこで勝手に寝ることになったが、後で不具合が続出することになる。

しかし眠れなかった。一晩中、銃爆音が絶え間なく、時々曳光弾がシューン、プスッと近くに飛んでくる。よく弾丸があるものだ、と不思議であったが、後で、昭和十二年の上海戦に参加した都築第二中隊長に聞いたところでは、一晩中のべつまくなく撃たれたのは上海戦以来のことであったそうである。

〈阿誌9・13〉　土　曇

四、加号作戦（注：今次作戦の秘匿名）第一第二期会戦指導計画モ完成シ、神田師団ノ大雲山攻撃ノ成功ト併セテ（遺屍一四〇〇、捕五〇、鹵獲品沢山）第九戦区ノ敵ヲ呑ムノ慨アリ　成功ヲ祈ル（注：

（第四十師団の不期遭遇戦はまだ伝わっていない）

長蛇を逸す

だが、人は環境に順応する動物である。いつしかとろとろと眠っていると、山砲の一斉射撃が始まった。飛び起きて近くの小山に登ってみると、正面二キロ幅にわが砲弾が帯状に炸裂して壮観であった。やがて青い信号弾が各所に上がった。攻撃開始である。山陰から現われた縦隊が、横広に散開して接敵してゆく。しかし昨日とはうって変わって、敵は一発も応射しない。でも、もう撃ち出すか、弾幕を張るか、と固唾をのんで見守っていたが、日の丸を持った友軍は難なく山脚に取り付き、ダッダッダッダッと力強く撃ち出した数梃の重機に掩護されて山をよじ登り、擲弾筒の集中射に膚接して突撃し、山頂で日の丸を振った。だが追撃射撃の銃声がしない。敵は昨夜の猛射で欺騙して、すでに退却していたのである。亀川連隊長の予想が的中したのだ。師団は慌てて追撃命令を発し、〈図12〉のように沙港河岸に進出したが、捕捉し得たのは逃げ遅れた雑魚ばかりであった。またも裏をかかれたわけで、せっかく沙港河を越えて出撃してきた大魚を逸したわけである。もし師団が羹（あつもの）にこりて膾（なます）を吹くことなく、亀川大佐の意見に耳を傾けていたならば、奇襲を受けた仕返しができたであろう。

午後、師団は〈図12〉のように開進の配置についた。南下途中、至るところで敵の遺棄死体を見た。多くは砲瘡で、櫛に似た破片で頭を削ぎ取られたのや、首を半分も切られたのがあり、総じて肩から上の傷痕が目についた。その数は意外に多く、こちらが苦しい時には敵も同じように苦しい、という諺が実感された。亀川連隊長はこの辺の実相を十分のみ込んで、積極的に意見を具申されたものと思う。やはり歴戦の人は違うなあ、と昨夜の司令部の情景を思い起こしたものである。

しかし十三日の不期遭遇戦で受けた師団の損害は、この第一次長沙作戦の全期を通じて生じた損害の過半数に達するほど多かったから、慎重になった師団は亀川連隊長の意見を容れなかったのであろう。ショックを受けた差と、戦機を看る眼の違いである。

〈阿誌9・14〉日　快晴
二、神田、青木両師団敵ノ進出部隊猛攻、新墻河以南ニ圧迫スト　幸先ヨシ（注：師団司令部が受けたショックと、軍司令官が受けた感触とは、こうも違うものかと驚かされる）

沙港河〈図12〉
けれども、先遣された重松部隊は団山披が奪れず、その配属下の後藤大隊（歩二百三十五連隊の第二大隊）は十八日まで包囲下で苦闘した。また軍が配属した荒木支隊（33Dの歩三大、砲一大）は十六日から十八日にかけて苦戦したというから（公刊史三九七〜三九九頁）、司令部はこれらの始末に忙殺されていた。

阿南軍司令官は次のように記している。

〈阿誌9・15〉　月　晴
一、岳州軍戦闘司令所ニ前進
五、各兵団参謀長会議　第二期会戦（注：汨水南岸作戦）指導ヲ説明ス
　矢ハ将ニ弦ヲ離レントス必中必勝ヲ期スノミト訓示　乾盃
　八木参謀ヨリ楊林街東北方ノ敵58Aノ主力（N10一部、N11）及4Aノ一部（51、60）ノ反撃急ナルヲ知ル6D及40D主力ニテ撃退中、荒木支隊ヲ40Dニ増加左側ヲ掩護セシム（注：中国軍符号のNは新編、Tは暫編、Rは予備師を示す）
〈阿誌9・16〉　火　晴
二、第一線視察、……4、3、6D司令部訪問……各師団共ニ十八日未明汐港ヲ渉リ（三〇〜四〇センチ）、八―八三〇迄砲撃爾後攻撃ノ予定
三、敵ハ我配備整理ト判断シ37Aノ一部隊モ北上攻勢ニ出テ来リシハ幸ナリ　捕捉殲滅ノ機ヲ捕ヘ得シコトヲ喜フ
　なお阿誌9・17付に、
「40Dハ速カニ当面ニ来攻セルN10、60、59師等ヲ捕捉スルニ専念スルコトナク　軍当初ノ攻撃準備ヲ墨守シアルヤノ感アリ　作戦主任ヨリ此ノ点督促ス」とあるのは、師団が十八日からの渡河攻撃を斉整と行なうよう腐心していたのに対し、軍司令官は、今次作戦の目的は敵の撃滅にあ

るとあれほど説明した（阿誌8・31）のに、飛び出してきた好餌を叩かぬとは何事だ、と不満であったことを示していよう。青木師団長に対する不信の兆しである。

従って亀川連隊（第三大隊欠。第三大隊は武漢の警備中）は東方で断続する銃砲声に気をもみながらも小塘付近に集結して、沙港河の渡河を準備していた（沙港河と桃林から南流する油港河とが合流して新墻河となる）。

いつだったか、何の用事であったか忘れたが、連隊本部を訪れてみると、連隊の首脳は裏山で会議中という。登ってみると、一同は赤茶けた稜線から一〇メートル位下がった窪地で鳩首協議中で、挨拶する隙がない。

そこで稜線に乗り出して、目の下を流れている沙港河と敵の南岸陣地とを遠望した。沙港河は河幅こそ五〇〇メートル余りもあったが、水量は少なく、どこでも渡渉できそうであった。南岸の小さい堤防には処々に掩蓋が見え、堤防の南五〇〇〜六〇〇メートルにある台地や集落には煉瓦で造ったらしいトーチカが見えた。敵の主陣地である。ここを十八日から突破するのかと考えて武者震いを禁じ得ないでいると、「稜線に乗り出している奴は誰か？　ここに来い」と怒鳴られた。連隊長の野太い声である。

ようやく会議が終わったのかと思って挨拶すると、「バカ、皆が集まっているのに稜線に乗り出すとは何事だ。迫の集中射を受けたらどうなると思う。お前がやられるのは自業自得だが、他の人に迷惑がかかるのがわからんのか。また連隊の企図もばれる。勇敢ぶったのだろうが、そんなのは勇敢でなく、バカの不用意というんだ」と雷が落ちた。目玉から火が出るようであった。

こんなに叱られたのは初めてで終わりであったから、とくに「連隊の企図がばれる。人に迷惑がかかる」というご注意を昨日のことのように記憶している。そして亀川連隊長を思い出すたびに、このことが必ず頭に浮かぶ。

　このご注意は骨身に滲みた。だからことあるごとに想起して、不用意に稜線に乗り出すことを慎しんだ。だから生きて帰れたのだろう、と感謝している次第である。

平江への突進

　九月十八日の攻勢発起日には、山砲の観測所に登って観戦した。千載一遇の機会と思ったからだ。数十門の野山砲が定刻に撃ちだすと、正面四キロ位に弾幕が展張されて壮観であった。だがトーチカや掩蓋には一向命中しない。気をもんでいると山陰から現われた数縦隊が河原で散開し、渡渉を開始した（水深二〇〜三〇センチ）。だが、敵は沈黙したままである。

　右の第六師団の方を見ると、早や紐のような数縦隊が続々と渡渉しており、砲声一発聞こえない。眼鏡で見ると駄馬の列である。わが師団は所命のように攻撃を開始したばかりだというのに、六師団は早や輜重が渡っているのだ。後で聞けば、六師団は敵の退却を察知して、未明に突破したとのことだった。

　連隊の第一線は河岸に取り付いた。そして南岸台地に向かったが、散発的な銃声が起こっただけであった。砲撃もいつしか止んだ。

　戦場は静かになった。すると観測手が「あっ、敵がサクラ集落の裏山を逃げている」と叫んだ。

中隊長がすぐ号令をかけた。眼鏡で見ると、日本馬らしい大きな馬がいる。「友軍かも知れん、撃つな」と必死で叫んだが、時や遅し、二、三発撃った。当たらないよう祈ったが、爆煙が続けざまに縦隊を包んだ。南無三、と祈ったが、この砲撃で第二機関銃中隊長の川野住雄大尉が戦死された。後でお悔やみを申し上げると、連隊長が「川野は、友軍にやられるとは残念だ、と遺言して逝ったそうだ。歩砲の協定が十分でなかったのだよ。川野に申し訳ないことをした。歩兵の行動を詳しく砲兵に知らせておかねばならぬ」と沈んだ声で悔やまれた。

そこで以上の経緯を報告して砲兵の誤射であったことを説明し、「爆煙がはれると日の丸を振っているのが見えた。砲兵の中隊長が泣きそうに謝った」と報告して慰めると、「いや、砲兵に歩兵の進路をはっきり知らせるよう、注意するのを怠った俺が悪い」と自責の念に堪えないようであった。責任逃れをする人が多いのに、この連隊長の言葉は胸を打った。

〈阿誌9・18〉 木 小雨 快晴

一、満州事変記念日ヲ期シ加号作戦ヲ開始ス

二、六時出発……殷々タル重砲声ヲ聞キツツ二〇三高地司令所ニ上レバ雲漸ク霽レ重砲、山砲ノ間ニ機関銃声盛ナリ　八、三〇頃4D正面ハ一斉ニ煙幕ト共ニ前進開始、同五十分ニハ左岸敵第一線ヲ抜キ続テ前進……3D方面ハ七、三〇頃前進攻撃準備射撃ヲナスコトナク敵第一線ヲ突破シテ大荊街ニ向ヒ突進シ　6D方面砲声盛ニシテ所々部落ニ火災ヲ見ル　一大戦線ヲ展開ス　軍ヲ統率シテ此ノ戦況ヲ親シク望見シツツ会戦ヲ指導スルハ今日ヲ以テ鎬矢トス　光栄ニ慄フ思ヒアリ天ニ謝セズンバアラ

ズ

四、一五〇〇頃迄ニ4Dハ第一線陣地後端ニテ統制、3Dは突進已ニ大荊街ニ進出セントス　6Dハ同様急南進ノ後関王橋附近ニテ40D方面ニ協力　40D右縦隊（236i）ハ依然南進左縦隊（234i）ハ稍遅レアリ　荒木支隊ハ二十一日頃迄後方掃蕩

五、6D、3D予定以上ニ前進汨水ノ線ニ迫リアリ

散発的な銃砲声が逐次南下した。司令部は予備の仁科部隊とともに両第一線連隊の中間を躍進したが、夕刻近くなると南方の銃砲声が漸次激しくなってきた。かねて偵知されていた歩仙橋付近の既設陣地にぶつかったのである。〈図13〉

連隊本部に追及してみると、連隊長の顔色が冴えない。「どうかしましたか」と伺うと、「坂口（前第二大隊長）や大槻（前第一大隊長）がいてくれたらなあ。今の二人は作戦は初めてだから、正面からばかり攻めよって捗らん。両大隊が協力し合って初めて突進力が生まれるんだ。助け合って敵の側背を攻撃せねば、損害ばかり出て埒があかん。樋口（三郎少尉。剣道の達人として知られていた）を戦死させおった。師団に、遅れてすまんと言ってくれ。慣れれば上手くなるじゃろう」と呟くように漏らされた。中山、水沢の両大隊長とも作戦は初年兵だから、歴戦の目でみればもどかしかったのであろう。今村参謀に報告すると、「フーム、仕方がない」と溜め息をつかれた。

司令部が谷間の集落に入ったので、例によって野宿していると、「亀川部隊の命令受領者はい

ないか！」と暗い中を探し回っているのに気がついた。急いで出頭すると参謀が「どこをうろうろしていたんだ。小一時間も探したぞ。戦機を逸するじゃないか！」と烈火のように怒った。部屋の割り当てがないので野宿していたと説明すると、「声の届くところで野宿しろ」と擲らんばかりである。でも司令部の周囲は馬だらけであったから、その旨を申し上げると、「いちいち口答えする」と持っていた鉛筆を投げ付けられた。こっちは部屋割りして貰いたい一心でそれとなく抗弁するのだが、ムダだった。

そこで諦めて「急用はどんなことでしょうか」と伺うと、待っていたような久保満雄（32期）参謀長に招かれて「夜も遅くてごくろうだが、これを亀川部隊長に届けてくれ。明日からの戦闘指導だ」と一枚の地図を渡された。見ると、赤と青の鉛筆で、連隊は南から迂回し、この稜線に敵がいたら南方から、この稜線にいたら北方から攻撃して、速やかに朱公橋盆地に進出するよう地図一杯に記入されている。

大事な任務だと直感して、暗闇の中を急いだ。道を間違えたら敵中に入る虞れがあったので、司令部の明かりで覚えこんだ六キロ余りの地図を思い出しながら、神経を針のように尖らせてであった。山腹道は小さい中国馬しか通れないように崖を削ってあるので、危なくて仕方がないのである。

ようやく部隊本部を探し出して連隊長に報告すると、怪訝な顔をされて、「もう遅いのに何しにきた。危ないぞ」と気遣わしそうであった。そこで口上を添えて地図を差し出すと、ちらりと見られただけで山崎副官に渡された。命懸けで届けた物にあまり興味がなさそうなのでガッカリ

し、「明日からの戦闘指導だそうですが」とよく見られるように催促すると、

「わかったよ。早く行け、ということだろう。敵がどこに、どのくらい、どのようにしているかわからんのに、人の図上戦術を見ても仕方がないだろ。現地を見なければ戦さの仕様はわからん。参謀長にはわかりましたと言っていた、と伝えてくれ。これからは部隊は師団主力と離れるから、来るには及ばん。無理するな」

と教えられた。確かに師団の作図は図上戦術だが、ここは実戦場なのだ。戦場では、敵がここにいたらどうする、ここでぶつかったらどうしたらよいか、の事前研究は慌てぬために不可欠だが、いざぶつかった時は敵情、地形に最もマッチする最良の方策を採らねばならず、先入観に災いされてはならぬのである。せっかくの届物が役に立たずに残念であったが、教えられたものは大きかった。帰りに馬が崖に落ちて苦労したので、この件はよく覚えている。

爾後、師団は翌十九日から二十一日にかけて〈図13〉のように攻撃した。進路は中国には珍しく針葉樹が生茂った深山幽谷であり、朱公橋は敵六〇師や五九師の本拠地であったから、至る処の掩蓋陣地で頑強に抵抗した。しかも土砂降りの雨と濃霧が続いたから、朱公橋の攻略は成らなかった。


この間、エピソードが多かった。

十九日に司令部が胡小保に差し掛かると、山砲弾の見舞いを受けた。山砲は初速が早いから、ガーンドンと断わりなしに破裂する。司令部は集落に走り込んだが、師団長の武者震いはおかし

かった。
友軍の山砲が布置すると、発射前に制圧されて、立ったままの小隊長が目の前二〇～三〇メートルで戦死した。壮烈というより、不用意だったと思う。集落の中から砲門を開けて撃てば、防げた犠牲であった。
その十九日の夜、師団長が凄い剣幕で今村一二参謀（34期）を怒鳴りつけていた。今村参謀が師団長の認可を受けることなく、重松連隊に転進を命じたということで、爾来両者はしっくりいかなかったようである。公刊史によれば、今村参謀は軍の島村参謀から「山地に深入りせず、六師団に近い平地を進め」と連絡されていた。そこで朱勝得を重松連隊独力で攻撃させるのは無理で危険であると見て、独断で主力に近く招致したという。つまり敵の指揮中枢であった平江占領に熱意を燃やしていた軍司令官と、中央突破を抱懐する作戦主任参謀との思想が一致していなかった所産の波紋であった。青木師団長は「おかげで一日損をした」と述懐したという。山奥にある平江の占領を命じておいて、平地を行けと指示した軍高級参謀の考え方は理解し難いし、また今村参謀の勝手な命令は理解の範囲を越える。（公刊史四一〇～四一二頁）
注：これらの為か、今村作戦参謀は作戦終了と同時に更迭された。

〈阿誌9・19〉　金　晴　断雲多シ
三、6Dハ長楽街ヲ八、〇〇頃占領　十一時頃汨水南岸ニ進出シ　40Dハ敵ノ抵抗ヲ排除シツツ重松（234ｉ）ヲ左縦隊トシ平江道方面ニ二縦隊トナリ進出ノ隊勢（ママ）ヲ完成セリ　早淵支隊ハ正午ニ

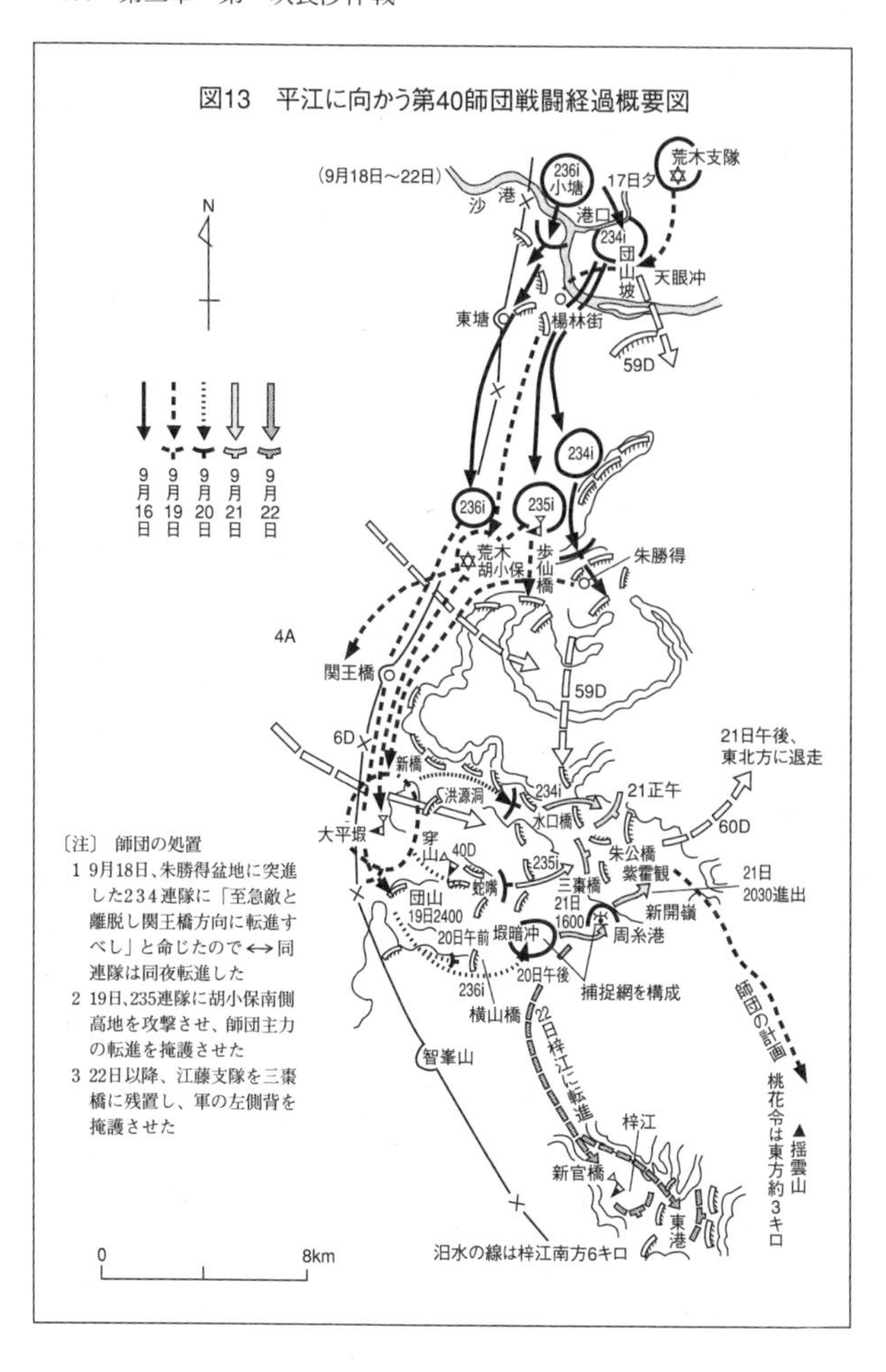
図13　平江に向かう第40師団戦闘経過概要図
(9月18日〜22日)
荒木支隊
236i 小塘
17日夕
沙
港
港口
234i
団山坡
天眼冲
東塘
楊林街
59D
9月16日
9月19日
9月20日
9月21日
9月22日
234i
236i
235i
荒木
胡小保
歩仙橋
朱勝得
4A
関王橋
59D
6D
21日午後、東北方に退走
新橋
洪源洞
234i
21正午
水口橋
60D
大平堨
穿山
40D
朱公橋
235i
紫霞観
21日 2030進出
蛇嘴
三秦橋
団山 19日2400
21日 1600
新開嶺
20日午前
堨暗冲
周糸港
20日午後
捕捉網を構成
236i
横山橋
22日梓江に転進
師団の計画
智峯山
桃花令は東方約3キロ
▲揺雲山
梓江
新官橋
東港
汨水の線は梓江南方6キロ
0
8km
〔注〕師団の処置
1 9月18日、朱勝得盆地に突進した234連隊に「至急敵と離脱し関王橋方向に転進すべし」と命じたので↔同連隊は同夜転進した
2 19日、235連隊に胡小保南側高地を攻撃させ、師団主力の転進を掩護させた
3 22日以降、江藤支隊を三秦橋に残置し、軍の左側背を掩護させた

鹿角ヲ占領……
四、敵ハ汨水左岸高地陣地ニ一部ヲ進出セシメタル外、未ダ我大規模ノ攻撃ヲ知ラザル如ク本日中ノ敵ノ行動ヲ確カメタル上二十二日夜半ヨリノ攻撃部署ヲ決定スル筈
七、軍ノ企図又ハ要望ヲ示サズ単ニ各兵団ノ行動ヲ示スガ如キ風アリ　寧ロ目的ヲ明示スレバ手段ハ各兵団長適宜施行スベシ

しかも二十〜二十一日は土砂降りで、両側の山には霧が立ち込めていた。いわゆる深山幽谷で、しかも敵は根拠地（家族の住居）の防備にあらゆる施設を張り巡らせていたから、第一線の苦労は想像するに余りある。

〈阿誌9・20〉　土　曇勝　雨

二、一般状況大差ナキモ6Dハ大部汨水南岸ニ進出、一部ヲ以テ40D方面敵退路ヲ断ツニ努メ最良ノ隊勢（ママ）ニアリ　3Dハ新市附近南岸ニ地歩ヲ占メ……架橋中ナルガ如シ
三、……敵将薛岳、軍ノ南進ニ対シ果セルカナ一部ヲ以テ汨水南岸高地ヲ守備セシメ各師主力ヲ以テ其南方五里、李家堰、麻峰嘴、茶井坪ニ亘ル線ニ西ヨリ99、92、95、104、32師ヲ　甕江東北ニ90ヲ　26A（41、44）ヲ以テ金井附近ニ集結　機ヲ見テ東方ヨリ西方ニ向ヒ反撃スベキヲ命ズ　又20Aヲ以テ通城　30CA主力ヲ以テ通山方面我後方ニ攻勢ヲ命ジ　第九戦区大部ノ隊勢（ママ）動クヲ見ル
四、軍ハ撈刀河北方地区ニ於テ此ノ敵ノ捕捉殲滅ヲ期シ　40Dヲ平江ヨリ依然社港市ヲ経テ洞陽市ニ迂

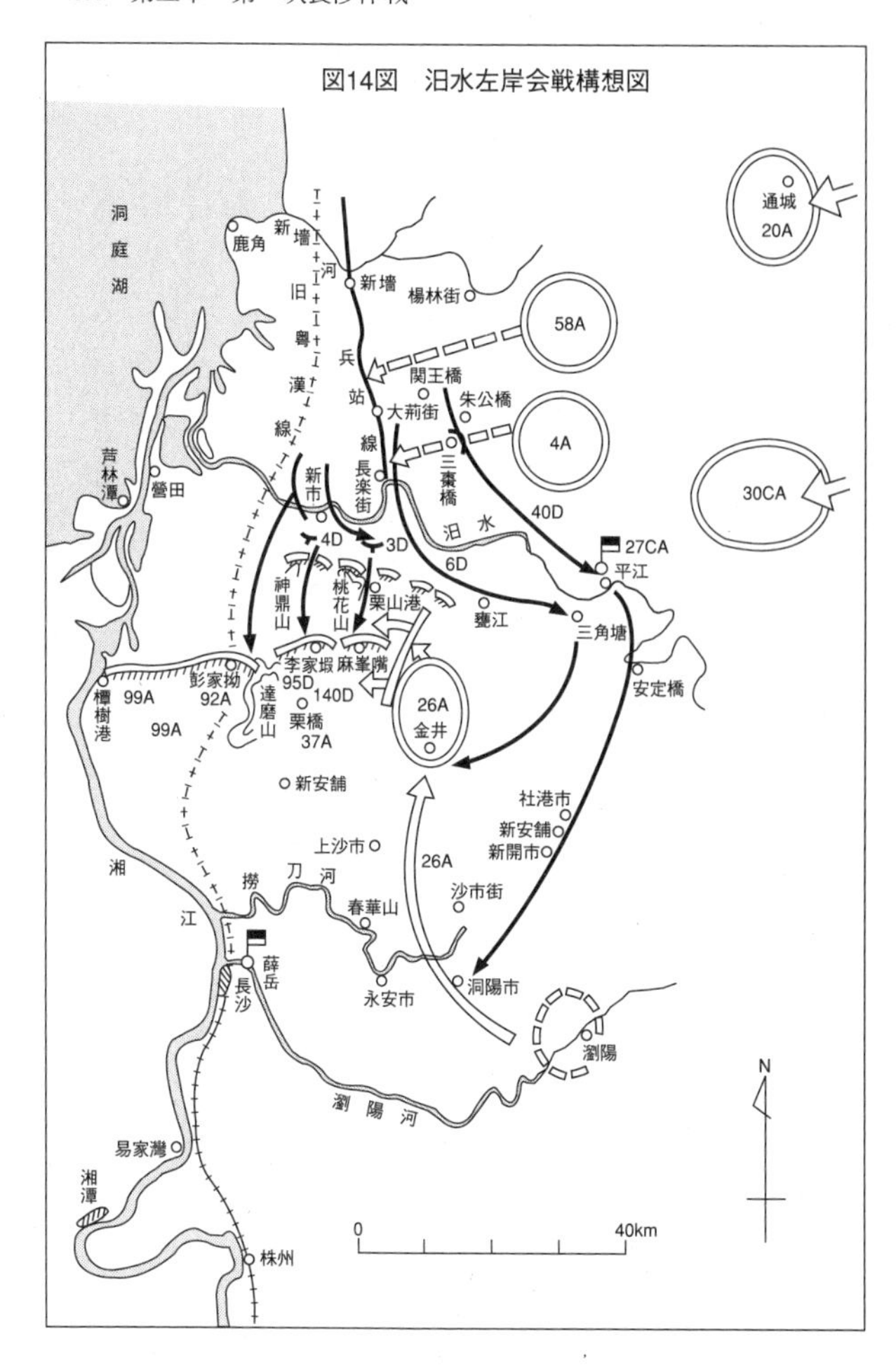
図14図　汨水左岸会戦構想図
洞庭湖
鹿角
新墻河
新墻
楊林街
通城
20A
58A
粤漢線
兵站線
関王橋
朱公橋
大荊街
4A
三嚢橋
長楽街
新市
30CA
40D
汨水
27CA
平江
4D
3D
6D
神鼎山
桃花山
栗山港
甕江
三角塘
安定橋
彭家坳
李家堰
麻峯嘴
95D
140D
達磨山
栗橋
37A
26A
金井
潭樹港
99A
92A
芦林潭
營田
新安舗
社港市
新開市
上沙市
撈刀河
春華山
沙市街
湘江
薛岳
長沙
永安市
洞陽市
瀏陽
瀏陽河
易家灣
湘潭
株州
N
0
40km

回セシメ6Dヲ以テ甕江、三角塘方面ヨリ金井方面ニ　3Dヲ麻峰嘴ヨリ　4D其ノ右翼ニ連リ東南面シテ攻撃スルニ決シ準備命令ヲ電報ス（正午頃）

つまり軍は、敵が汨水南岸地区に決戦場を求めて北上した情報（特情及び空中偵察）を得ると、右旋回して敵を湘江に圧迫撃滅する当初の構想を一擲し、四十師団に既定の如く敵を大きく包囲させるとともに、六師団を敵前横行させて東から、三師団を旧六師団正面に、四師団を旧三師団正面に転移させて、打撃軍である敵第二六軍を金井北方地区（すなわち騰雲山塊や蒲塘の山地帯）に包囲撃滅するよう決心を変更したのである〈図14〉。阿南軍司令官の積極放胆な性格が躍動した結果であろう。機敏な作戦指導で、さすがはと思われる。戦略能力とは、状況の変化に即応し得る能力のことであるからだ。

二十一日午後は雲が高かった。すると友軍機が盛んに飛来した。平江占領を目指した軍司令官の配慮であった。だが当時の空地連絡は幼稚なもので、対空布板で「この方向を爆撃せられたし」と連絡するだけだから、爆撃機はその方向の敵を勝手に攻撃した。だから今のシステムのように、歩兵が真に爆撃して欲しい目標の授受はできないわけで、その効果に疑問無きを得なかった。けれども午後はにわかに攻撃が進展し、明二十二日は朱公橋に入れそうであった。山砲と迫の炸裂音が一日中山々にこだまして、山地戦の苦労を偲ばせた。

その二十一日の夕刻、司令部が急に慌ただしくなり、命令受領者を呼んでいる。出頭すると、

「なぜお前はいつものろいんだ」と怒鳴られた。藁を被って寒さに震えていたから、聞こえなかったのだ。だがまだ三分の一も集まってなかったから、なぜ怒られるのかわからなかった。小一時間待たされて命令が口述された。それは「梓江に転進して平江に突進する。亀川部隊は……」の内容で、軍から指導されたという。

梓江に回るより今の計画の方が早く平江に行けるのに、と立ちすくんでいると、早く伝えよと怒られた。南に迂回した連隊までは二〇キロもある。しかももう暗い。「無線は不通ですか」と尋ねると、ハッとして「よし、電報する」というので助かった。師団長があまりガミガミ叱るので、幕僚たちはどうかしているらしかった。

〈阿誌9・21〉　日　雨夕晴　皆既日蝕

三、一一〇〇司令所ニ到リ軍攻撃命令ヲ下達セシム　包囲圏ヲ更ラニ東方ハ三重ニ西方ハ二重ニ且ツ大規模ナラシム

五、40Dハ朱公橋西側高地ヲ占領セル敵60Dノ為拒止セラレ平江進出遅ルル恐アルヲ以テ　飛行隊ヲ協力セシメナシ得レバ夜間主力ヲ以テ直チニ平江ニ突進セシム　6Dモ亦一部ヲ平江ニ向ハシムルノ企図アリ

六、成ルベク多クノ兵力ヲ主決戦方面ニ集結スルノ目的ヲ以テ荒木支隊ヲ6Dニ配属南下セシム

二十二日、師団は山また山の小道を一本縦隊で南下した。その長径は二五キロに達したと思わ

れる。夕、新官橋に宿営した頃は前衛の仁科部隊方面で盛んに銃砲声が轟いていた。〈図13〉

〈阿誌9・22〉 月 晴

一、七、〇〇島村参謀来リ40Dニ平江ヲ廻ラシムルコト困難ナルヲ以テ 平江ハ6Dノ一部ヲ以テ占領 40Dハ一部ヲ現地附近ニ残シテ軍ノ左側背ヲ掩護セシメ 主力ヲ6Dト3Dトノ中間ニ使用セントスト 許可ヲ与へ、6Dノ平江占領ヲ確実ニ命令シ 又40Dニ通報セシム

二、一一〇〇……参謀長、副長、作戦主任来リ敵37A北方及東方ニ向ヒ移動ヲ開始セルヲ以テ軍ハ即時攻撃ヲ開始スルヲ可ナリトストノ事ナルヲ以テ夫レ丈ケデハ決心変更ノ理由トナラザルモ全般ニ敵ノ攻勢ニ先テ戦機ヲ捕フルノ意味ニヨリ之レヲ認可ス 蓋シ各兵団ノ準備完了シアリタレバナリ

三、第74A果シテ東進（注：西進の誤り）ヲ開始ス 直チニ南昌大賀師団及中山旅団（注：九江）ヲ以テ陽攻ヲ命ズ

四、6Dハ已ニ正午頃北進シ来リシ32Dト衝突、3Dハ正午ヲ期シ 4Dハ三時頃攻撃前進ヲ開始ス 40Dハ今夜遅クモ甕江ニ達シ得（注：通信筒の誤投下と電信の未着が重なって、40Dの受令は発令後二〇時間後の二十三日〇五三〇であった〈公刊史四二二頁〉）

五、午後五、三〇参謀長等来舎 次期会戦指導ヲ定ム 74Aニ対シテハ6Dヲシテ抑留ニ努メシム 其ノ東（西？）進長沙方面ニ向ヒ軍ノ直接左側ニ殺倒スル場合アレバナリ

六、夜島村参謀来6Dニ右任務ヲ今ヨリ命ズ 但シ平江守備ノ任ヲ解キタルハ過早ノ感アリ

二十三日朝、司令部は騒がしくなった。師団は軍命令によって平江進撃を中止し、汨水を渡河して騰雲山の包囲攻撃に参加することになる。当時軍は、側撃を企図して騰雲山地区に北上した敵第二六軍の撃滅を期して、第三、第六師団をもって東西から挟攻中であった。〈図15〉

再言する。敵第二六軍が陸続として北上し、騰雲山を根拠として側撃を企図していることを察知した軍は、前述したように当初の方針のすべてを一擲し、三、六、四十師団（計三二個大）を以て騰雲山地区において第二六軍を包囲殲滅する方針に一八〇度転換したのであった。作戦は、いつ、何が起こるかわからない一例であろう。彼我が互いに自由意志を持ち、互いに死力を尽くして戦うのだから、当然である。

騰雲山〈図15〉

九月二十三日朝、師団は汨水北岸に進出して渡河を準備した。汨水は河幅八〇メートル位であったが、水量豊かな青い水が両岸の断崖を削って流れ、渡河を許さなかった。〝汨羅の淵に波騒ぎ〟の軍歌「昭和維新の歌」に出てくるあの河で、屈原が国を憂えて投身した有名な清流である。しかし師団は渡河材料を持っていない。

これは時間がかかりそうだと休んでいると、藤原二朗見習士官（55期）が現われた。五五期は八月中旬に着任したが、中隊に配属すればこの作戦で一人も残らないだろうという連隊長の思いやりで、本部付として同行していたのである。聞くと命令受領者を交代にきたと言う。作戦主任の富田大尉（45期）が転任したので、本部に帰って代わりのM大尉を手伝えということであった。

居心地のよい司令部ではなかったので申し送りや申告を急いで飛んで帰ったが、部隊は民船を探している最中で、本部は昼食中であった。

見ると連隊長も、やっぱり生姜に粉みそをつけてかじっておられる。やっぱりと言うのは、この辺りは生姜畑ばかりで他に何もなかったから、この三日間ばかりは、朝は生姜のみそ汁、昼は生姜とみそ、夜は生姜の醤油煮の繰り返しで、うんざりしていたからである（だから今でも生姜は好きでない）。だが連隊長は長方形の将校飯盒でうまそうに食べ終えられた。よほど生姜がお好きかと思って尋ねると、「上岡が作ってくれたんだからなあ」という返事で、赤面したものである。

余談だが、後任の連隊長は食べにくい飯盒を嫌がって、食器を携行された。中には重い陶器の茶碗や皿を駄馬で運ばれた方さえあった。だが亀川連隊長は将校飯盒で終始を通された。当時はそれを当たり前と思っていたのだけれども、他と比べてみれば頭の下がる思いがするのである。

やがて前兵大隊が渡河を開始した。北岸に銃砲を並べて掩護し、一個小隊が泳ぎ渡ったが、敵はいなかった。やがて二〇人乗り位の平底船を引いてきた。渡し場近くには必ず隠してあるものだ。馬は水馬（馬を泳がす）で渡したが、二〇人乗りで約二〇〇〇人を渡すのだから、全隊を渡すには二十四日の夜中までかかったと思う。軍はゴムボートを投下してくれたが、それは主力が渡った後であった。もう一日早かったらなあ、と残念がったものである。

〈阿誌9・23〉　火　雨　一一〇〇全ク晴ル

一、四、三〇雨声ニ驚キ目覚ム　今日コソ決戦ノ日ナリ天希クバ雲ヲ散シ給ヘト合掌念願シ　一眠シテ
七、二〇起出レハ小雨ニシテ雲薄シ　射撃ニハ十分ナルモ飛行機ハ如何ヤ
二、3D方面払暁攻撃ニヨリ戦況進展　当面ノ140Dハ悲鳴ヲアゲ増援ヲ要請スルニ至ル一角已ニ崩レタリ　6Dハ13iヲシテ依然南方ニ向ヒ攻撃　主力ハ東南方ヨリ背後ニ迂回金井ニハ今夕進出予定、一部ヲ三角塘ニ、4D稍遅レシモ営田攻撃ヲ中止シ全力ヲ主決戦場ニ集結ス
三、敵ハ国家存亡ノ分ルル所ナリト激励　兵力ヲ戦場ニ送リ第七四軍モ午後三時頃瀏measure陽北方新開市方面ニ進出シ来リ全線互ニ緊張ス
五、蔣介石モ狼狽、白崇禧ヲ衡陽ニ派遣督戦セシムト
六、本会戦ハ今夜ヨリ明朝ニカケテ大勢決スベク　次デ七四軍ヲ如何ニ料理スベキヤガ問題トナラン

二十四日は小敵を駆逐しながら南下すると、甕江の南側で堅固な陣地にぶつかった。敵三一師の既設陣地らしかった。命を受けて水沢大隊に飛んで行くと、第一線は二〇〇メートル位の乾田を隔てた小山で敵陣と対峙していたが、第七中隊長・真鍋中尉によれば、「出ると十字火を撃ってくるので近寄れない」という。木の茂みからのぞいてみると、鹿砦に守られた掩蓋が四〇～五〇メートルおきぐらいに見えた。水沢大隊長に企図を伺うと、「山砲で叩き上げねば奪れないが、その山砲が遅れている」と言われる。

見上げると騰雲山が黒々とそびえ、山麓には雑木が生い茂った山々が重なり合っていた。何か妖気が漂っている感じで、不用意な攻撃は禁物と見えた。そこで配属山砲大隊の進出を急がせる

ことを約して帰ると、本部は平江——甕江——金井——長沙を結ぶ軍公路を敵が破壊した堆土の陰に進出していた。〈図15〉の喩家関あたりで、そこは甕江盆地の真ん中であった。

連隊長は水沢大隊長の企図に同意され、伝騎を派して山砲大隊の進出を督促された。だが渡河に手間どったらしく、山砲はなかなか見えず、やがて夕方が近づいた。そこに師団から急電がきた。その内容は「第六師団は金井に進出中。仁科、亀川両部隊は夜に入るも攻撃を続行し、敵の捕捉に努むべし」であった。つまり、第六師団は敵の退路の金井に迫っているから、間もなく当面の敵は退却するはずだ。攻撃の手を緩めず夜襲して退却を攪乱し、その機に乗じて捕捉せよという督促の意である。そのころ第一線では、時々迫の弾幕が友軍を包んでいた。

すっと立ち上がられた連隊長は「見てみよう。佐々木、案内せい」と言われて馬で駆け出された。ようやく追いついて水沢大隊本部に案内すると、状況は全く変わっていないばかりか、迫撃砲弾一発で七人が死傷する惨事が起きていた。炊飯に集まったところに落ちたらしい。

山に登られると、兵が「連隊長殿が見えられた。連隊長殿だぞ」と嬉しそうに逓伝する。連隊長という上級の指揮官が、自分と同じ危険に身をさらすのは何とも嬉しいような、安心するような気になるらしい。

やがて真鍋中尉が現われると、抱えるように近づかれ、心からねぎらわれた後に状況を聴取されたが、その様はわが子に接するように見受けられた。無理もない。前述したように、真鍋中尉は四ヵ月前の旗手だった。

連隊長は大隊長と中隊長に夜襲の可否を尋ねられた。水沢大隊長の答えは「敵情も地形もわか

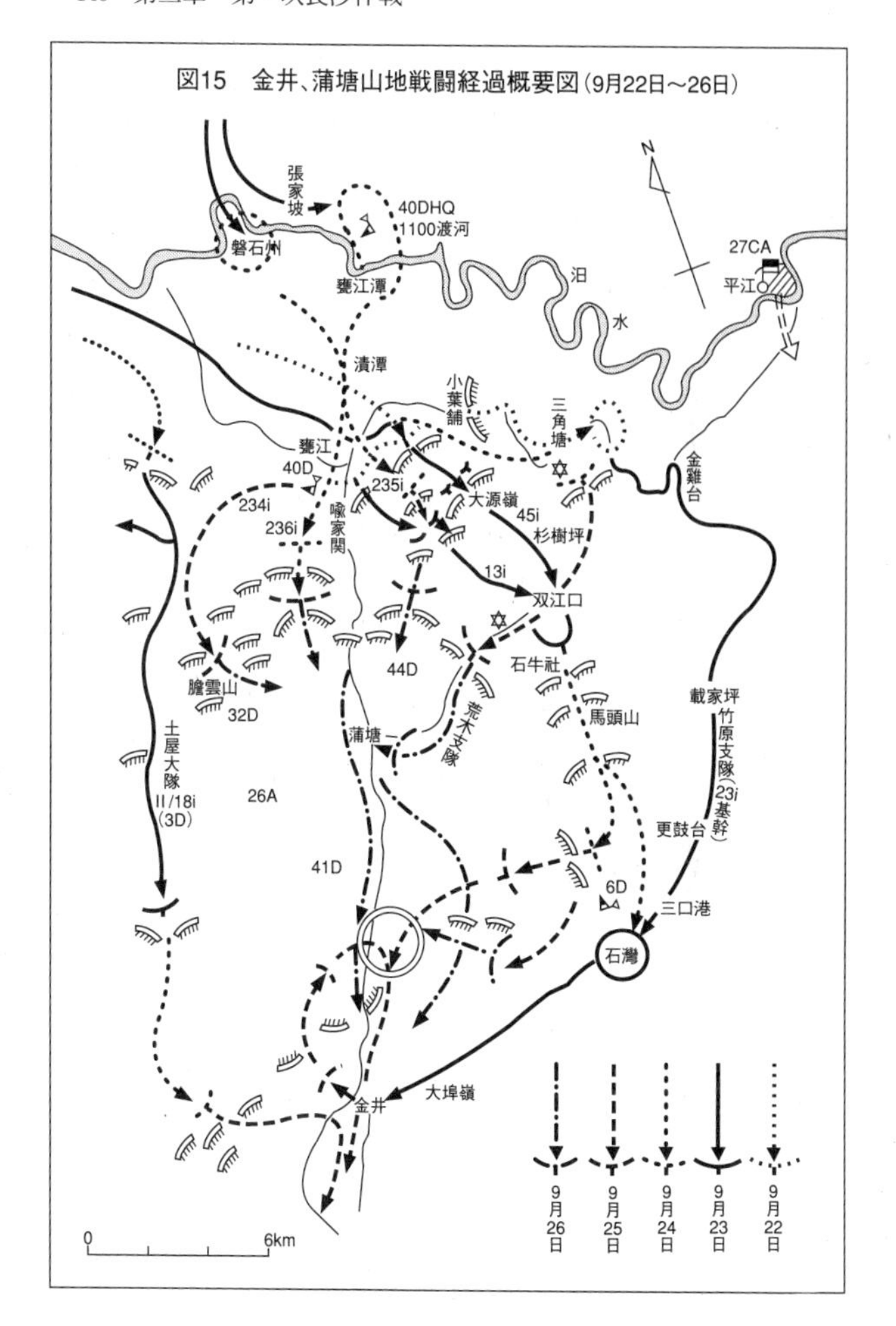
図15　金井、蒲塘山地戦闘経過概要図（9月22日～26日）
張家坡
40DHQ
1100渡河
磐石州
甕江潭
汨
水
27CA
平江
N
清潭
小葉舖
三角塘
甕江
40D
235i
234i
236i
喩家関
大源嶺
45i
杉樹坪
13i
双江口
金雞台
石牛社
44D
膽雲山
32D
荒木支隊
馬頭山
蒲塘
土屋大隊
II/18i
(3D)
26A
載家坪
竹原支隊（23i基幹）
更鼓台
41D
6D
三口港
石灣
大埠嶺
金井
0
6km
9月26日
9月25日
9月24日
9月23日
9月22日

っていますから、やれとおっしゃればやります。でも相当な犠牲を覚悟しなければ……」であった。真鍋中隊長は「やれと命ぜられれば、死ぬ覚悟でやります」と答えて、連隊長の日に焼けた赭ら顔を見つめた。緊張の一瞬である。

連隊長はしばらく考えておられたが、いつもの土佐弁で「攻撃はしなければならんが、時機は山砲が到着してから別命する。しかし、敵は今夜退がるかも知れん。動静に気をつけよ。退がる兆候が見えたら、機を失せず攻撃してあの山を奪れ」と本道西側のコブ山を指示された。真鍋中尉のホッとした顔が今も目に浮かぶ。真鍋さんは陸士に中学四年から合格した秀才で、ヒゲが濃く怖い顔立ちだったが、笑うと童顔にかえる人だった。

つまり連隊長は〝当面の敵は早晩退がる。だが、第六師団が金井に迫っていることを知らされてないかも知れない当面の敵は、死に物狂いで抵抗するかも知れぬ。敵が退がり始めたころ攻撃した方が犠牲が少なく、戦果も挙がる。とにかく山砲を招致して変に備えねば〟と考えられたようである。厳密に言えば師団の命令に従われなかったわけだが、当面の状況は当面している指揮官が最もよく承知しているのだから仕方がない。この連隊長の判断が、恐らく数十人は失われたであろう部下の命を救うことになる。

本部に帰ると、連隊長は久保参謀長に状況を詳報し、明朝からの攻撃を具申された。長い電話であったから、師団は容易に納得しなかったのだろう。

日が西山に没するころ、戦場は静かであった。ところが、ポーンと迫の発射音が聞こえ、やがてシュルシュルと音を立てて後方一〇〇メートル位に落ちた。しばらくすると、今度は前方五〇メートル位にシューッ、ガンと落ちた。本部を狙っているんだろうが案外下手だなあ、と白羊田を思い出していると、連隊長が「挟まれた。くるぞ。伏せろ」と大声で叫ばれた。敵の試射に気がつかなかった一同は、慌てて散って伏せた。

その瞬間、ポン、ポン、ポン、ポン、ポーンと四門の迫の発射音が聞こえ、三〇秒経ったか経たぬ間にドカ、ドカ、ドーンと一斉に辺りに落ち、続いて数十発の集中弾がところ構わず落ちた。生きた気がしなかったが、やがて硝煙が晴れると「皆、大丈夫か?」と気遣われた連隊長の声がした。

一同、ホッとして無事を確かめ合ったが、側に寄ってきた寺岡久吉見習士官が「肩をやられたようです」という。小さい破片が右肩に刺さっていて生命に別条はなかったが、聞けば、彼は堆土の斜面に伏せていたそうで、それでは斜めに立っていたのと同じことである。馬を貸してやりたかったが、不用意を忘れないためにも敢てやめた。

やがて暗くなり始めた。山崎幸

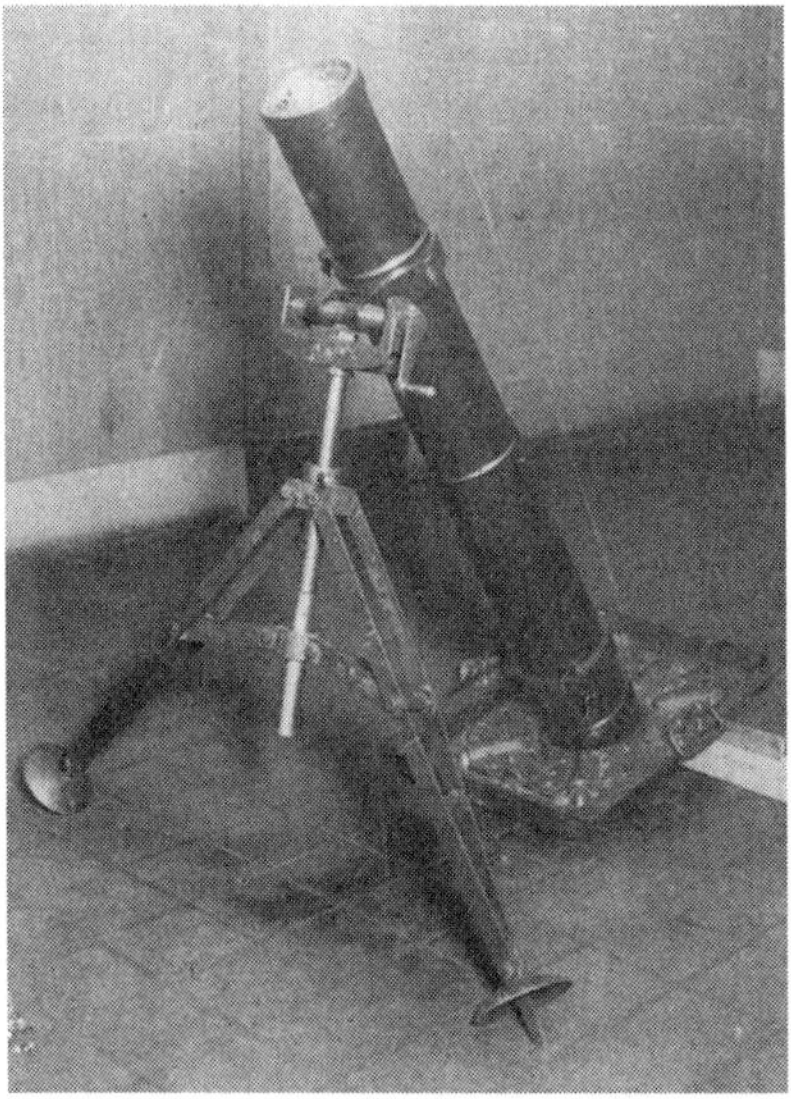

日本軍が鹵獲した中国軍の中迫撃砲。迫撃砲は簡単な構造で移動も容易であり、中国軍も多用した。

吉副官が集落に入ることを勧めたが、連隊長は、「今夜はここが安全だ。もう移動したと思って、ここには撃ってこない。……集落に入ると、先に入っている者を追い出すことになる。今夜はここで我慢しよう」と聞き入れられなかった。夜露に濡れると身体がだるくて困るのだが、連隊長の判断は的確であった。敵は測地や標定（あらかじめ目標を決め発射諸元を整えておくこと）をしていたのか、一晩中あちこちの集落に迫弾が落ちた。

また本道東側の仁科部隊（「夜這いの徳島連隊」と呼ばれて夜襲がうまいという定評があった）正面では一晩中銃爆音が轟いていたが、戦線は少しも南下しなかった。

〈阿誌9・24〉　水　快晴

一、天佑神助ヲ恭ウセル軍ノ作戦ハ此快晴ニヨリ飛行機ト砲兵ノ協力トヲ容易ナラシメ　愈々大捷ノ栄冠ヲ握ラントス……

二、6D急進シ竹原支隊ハ二十三夕金井ニ突入26Aノ背後ヲ全ク遮断シ……主力ハ之レニ追及石湾西北ヲ一部ニテ確保　三角塘方面ヨリ荒木支隊ヲ以テ蒲塘ノ26Aヲ攻撃セシム……40Dノミ遅レテ甕江ニ到着夕刻カラ攻撃開始

三、蔣介石ノ狼狽一方ナラズ第九戦区主力ヲ以テ長沙ヲ確保、第六戦区ヨリ10Aヲ　広東ヨリ暫編2Aヲ北上セシメ化学戦部隊ヲ以テ長沙ヲ保持セシム

迫の直撃を受ける

高島山砲兵大隊長が本部を訪れられたのは、二十五日の明け方だった。砲と弾薬の渡河に手間どったのだという。連隊長は直ちに天明からの攻撃を決心された。その要点は水沢、中山の両大隊を並列し、山砲で銃眼を潰してから攻撃を発起する。要すれば煙幕で敵の観測所を目潰しする、であったと思う。

二十五日朝、霧が晴れるのを待って攻撃が始まった。ところが山砲弾で直撃しても、敵の掩蓋は壊れない。そして目の上の騰雲山に観測所があるらしく、敵は的確に迫の弾幕を張った。こうして正面攻撃は意外に捗らず、二十五日一杯攻撃して敵の第一線陣地帯を突破しただけであった。

図16　9月24日付阿南軍司令官の戦況日誌

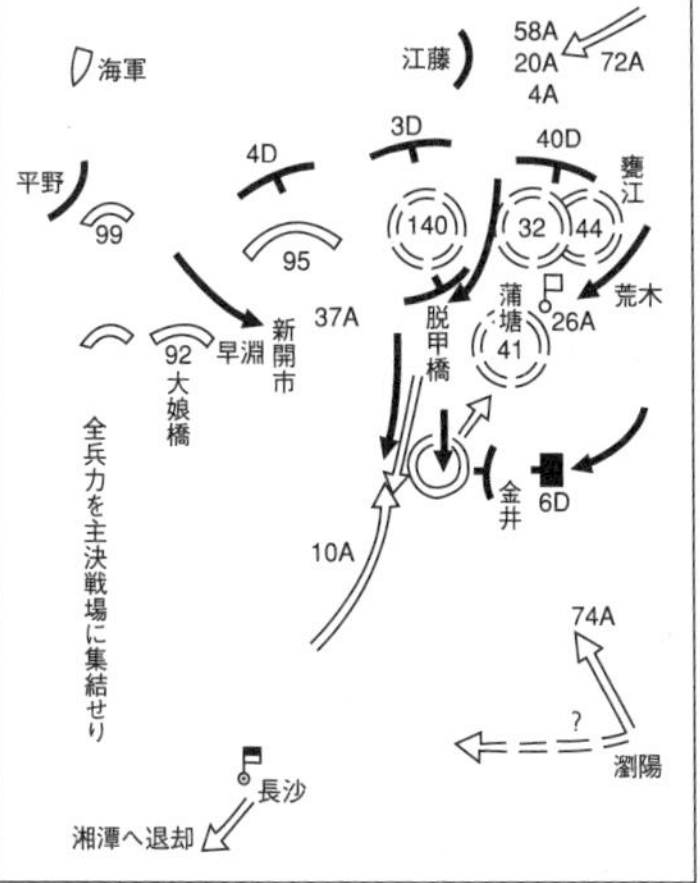

もし所命のように夜襲していたならば、悲惨な結果になったであろう。

午後遅く、昨日と同じ主旨の師団命令がきた。第六師団は金井で敵を捕捉中という。連隊長は夜襲を水沢大隊に下達された。そして私に、「真鍋が夜襲するはずだ。状況を見てこい」と命令された。何を見てくるかわからなかったので連隊長の目を見ると、「敵はもう持ちこたえられまい。明らかに動揺の兆候がある。盲滅法に撃っているのがその証拠だ。真鍋が無理せねばよいが……」とつぶやかれた。

ははぁ、真鍋さんに無理するなと言えという謎だな、と感じたので小走りに大隊本部に急ぎ、七中隊の命令受領者に案内して貰って真鍋さんを訪れると、各一個小隊で三つのコブ山を確保されていた。「頭を出すと撃たれるぞ」と注意されながら茂みからのぞくと、敵は深い谷間を隔てた向こう側の稜線に陣取って、パン、パンと探り撃ちを入れている。あたかも、ここにいる、早くかかってこい、と言わんばかりに見えたが、盲撃ちに撃っているところをみれば、まだ頑張っていると虚勢を張っているようでもあった。

「夜襲されるとのことですが、どこをいつ攻撃されますか」と伺うと、困った顔をされて「朧雲山を夜襲しろ、とだけ命令されているが、この大きな山のどこをどうして夜襲したらよいのか考えあぐねている。オンシならどこを攻撃するかゃ」と反問された。

そこで地図を広げて全般状況を説明し「敵は退却の機を窺っていると思う。無理せずに、薄暮か前半夜に本道西側の稜線に探りを入れてみたらどうか。連隊長殿は無理する必要はないとのお考えのようだった」と申し上げると、愁眉を開かれたようだった。するとポン、ポポン、ポンと連続発射音がする。聞き耳を立てても何の音もしない。真鍋さんが「きたぞっ！　伏せろ」と絶叫されるかしない間に、目の前の地図に何かがドサッと落ちて白煙を上げ、続いて数十発の迫弾がドカ、ドカ、グワーンと四周に落ちた。南無三、これで一巻の終わりかと硝煙にむせんだが、永い永い集中射がようやく止んだ。

するとと真鍋さんが「大丈夫か、負傷した者はいないか。点検しろ」と命ぜられた。幸い一人の負傷者もない。真鍋さんによれば、「最初の一発が不発だったから助かった。オンシもオレも運が良い。吹き飛ばされるところだった」と太い吐息をつかれた。

考えてみれば、二階屋の庭先で地図を広げ、あちこち指差していたのだから、敵が重要人物と見て撃ったのは当然だろう。自分の不用心さにゾッとした。弾丸は地図を突き通していたから、もし破裂していたら上半身が玉砕したであろう。生も死も、寿命も紙一重の運命である。

思わぬ好運にホッとしていると、また連続発射音がする。伏せて耳をすますと、今度はヒュル、ヒュル、シューッと飛翔音がする。落下点はここではないと安心していると、五〇〜六〇メートル離れた左小隊の布陣するコブが爆煙に覆われた。しばらくして集中射が止むと、「異状なし」と叫ぶ声がする。真鍋さんはホッとした顔をされたが、「見る通りだ。オレはいつやられるかわからん。オンシも気をつけろ。ここは危ないから早く帰れ。連隊長殿の気持ちはわかった。よろしく申し上げてくれ」と悲愴であった。

危ないから帰れと言われてすぐ帰ると卑怯なようなので、ぐずぐずしながら穴の開いた地図を折り畳んでいると、「早く今の状況を報告してくれ、早くだ」と怒鳴られた。先輩の情であった。

連隊長に以上の状況を報告し、「敵は初めから効力射を繰り返しています。私には、敵が退がる気配は見えませんでしたが、真鍋さんにはこう伝えました」と付け加えると、「お前は集中射を受けて少し動転しているようだ。集中射が退がる兆候だよ。ごくろう」と教えられた。

真鍋さんが探りを入れたのか、前半夜は銃爆声が盛んであった。だが夜半にばったり止んだ。連隊長はすぐ命令受領者を集められ、追撃命令を口達された。内容はよく覚えてないが、本道上の蒲塘に先回りするような命令であったと思う。実はこの命令の下し方が亀川大佐の流儀であった。M大尉という作戦主任がいたのだが、相談されたり、M大尉に命令を下達させられたことは一度もなく、すべて一人で決心し、命令を起案する手間を省いて自ら地図を見ながら口達されるのが常だった。M大尉は手持ち無沙汰で不平だったようだが、器も、ものを見る目も違ったから、仕方のないことであったと思う。

この二十五―二十六日夜、師団の攻撃が進捗しないのにいら立った軍は、騰雲山の攻撃を中止して金井に進出し、北上した敵第七四軍（中央直轄の三個師）の撃滅戦に参加するよう電命したが、師団は騰雲山に深入りしていた重松連隊を見捨てるに忍びず、不可能と返電した一幕があったという。〈図15〉（公刊史四四四頁）この件を阿南軍司令官は次のように叙している。

〈阿誌9・25〉 木 快晴

一、大勢已ニ決シ薛岳司令部モ長沙ヲ退キ湘潭ニ移リ 26Aハ悲鳴ヲ挙ケ東北ニ逸脱ヲ計ル 新来ノ10Aハ早クモ3Dニ痛撃セラレ混乱ニ陥リツツアリ

二、右当面ノ情況ニ二十四日夜追撃命令ヲ下シ 3D、4Dヲ以テ長沙ニ追撃セシメ 6Dヲ撈刀河谷ニ進メテ74Aノ撃破ニ当タラシメ一部ヲ以テ金井周辺ノ残敵ヲ掃蕩セシム……

三、26Aハ東南ニ逸脱ヲ計ラントシ 40Dノ攻撃意ノ如ク進捗セズ 二〇四〇頃参謀長ヨリ40Dハ戦闘中止金井方面ニ進出ヲ命シ度旨電話アリシモ 26Aハ今夜中ニ退却スベキニ攻撃中止ハ如何ヤト更ニ

研究ヲ命ゼシモ　作戦主任モ来リ熱望セシヲ以テ　電報到着ハ（二十六日）午前一時頃ナルベク　其ノ頃ニハ40Dモ何レカニ決心シ得ベシト思ハレシヲ以テ之ヲ許セシモ　師団信用ノ道ニハアラズ
四、74A愈々永安市付近ニ進出　撃破ノ好機到ル

「恩賜の酒」から酒好きに

こうして二十六日未明に追撃を発起し、敗残兵を捕らえ、敵を尾撃しながら蒲塘に向かって追撃していると、天明ごろ南方で熾烈な銃砲声が起こり、流弾がしきりに飛んでくる。そこは切り立ったような山の狭間で、道だけしか通れない峡谷であった。仕方なく停止していると、十分ぐらいで止んだ。急進してみると、蒲塘付近は足の踏み場もないぐらいに生温い遺棄死体が数え切れないほど転がっていた。東方から迫った荒木支隊が捕捉したものであった。敵将が退却の機を逸した所産だが、これほど多数の遺体を見たのは初めてであったから、戦争とはむごいものだと思った。なぜ見ず知らずの人と人とが殺し合わねばならないのだろう、と世の無情を恨んだことである。

蒲塘から南下すると、道の両側の民家は皆改造兵営であった。敵が騰雲山北麓で真面目に抵抗したのは、彼らの家族を守るためでもあったろう。板茅田の隘路口を通過して金井平地に入り、休憩した頑丈な家に火を付けた。敵の司令部だったからである。その家を三ヵ月後に見ようとは露知らずにであった。

金井では第六師団に捕捉された夥しい無惨な遺体を見た。戦争の悲惨さと人の無常、明日のわ

が身を案じて目をそむけながら金井の焼跡を通過し、正午前に金井南側地区に到着すると大休止の命令がきた。十八日に攻勢を発起して以来初めての休養であったから、親しい中平少尉と枕（図嚢）を並べながら久しぶりで靴を脱いで熟睡したことを思い出す。しかも夕方には弾薬、糧食の他に恩賜の酒とタバコ、及び甘味品の加給さえあった。加藤工兵団が造った野戦道路（伐開道）を、軍直の自動車隊が輸送したものである。嬉しかった。たちまち、士気が揚がるのがみえた。大東亜戦争（太平洋戦争）の前であったから、まだ国力が充実していたのだ。

ところで、加給品の分配ではもめ事が起こる。少しでも多く受領したい一心で現員を水増しして報告したり、われがちに受領したがるからである。そこで連隊長は小畠高級主計を招致されて「まず配属部隊、ついで大隊、直轄諸隊、最後に連隊本部に配分せよ」と注意された。配属部隊を大事にされる気持ちの現われであった。だからわが連隊の歩砲工の協同はうまくいき、犠牲の割に戦果を挙げ得たのは、配属部隊が真剣になって協力してくれたおかげだと思う。大事にされれば、誰でも親身になるからである。後で聞けば、加給品を配属部隊に分配するのを忘れて悶着を起こし、爾後協同がうまく運ばなかった部隊があったそうである。配属部隊や協力部隊を大事にする部隊は強い。自衛官がこの事を覚えておくことを願う。有事には自衛隊は地球の裏側からはるばる来援する異人種と協同するわけだから、この心構えは特に大切と思う。

久しぶりに側を流れる小川で戦塵を洗い、夕食には将校会食があった。会食といっても各人が伝令が作ってくれた飯盒飯を持ち寄って、飯盆の蓋に三分の一ほど注がれた「恩賜の酒」を大事に飲むだけである。ところが副官が気をきかして、連隊長にはなみなみと注いだ。連隊長は目を細めておられたが、一同には三分の一ぐらいしかないのに気がつかれると、黙って近くの者に分けられた。そして一言、「敵襲でもあると困るからな」と漏らされただけだった。もしこれが三代目の小柴大佐なら、黙ってぐいとやられたであろう。亀川大佐の仕種が何気ないものであっただけに、かえって印象深く覚えている。根が、食物に卑しいからであろう。でも「恩賜の酒」は実にうまかった。この世にこんなうまい物があろうとは思わなかった。本当の酒好きになったのは、これからであったと思う。

〈阿誌9・26〉金　晴

二、40Dハ果セルカナ敵ヲ撃攘シテ十三時頃ニハ金井ニ進出ス　74A亦続々予期ノ如ク永安市東方地区ニ進出シ来レルヲ以テ断乎之レヲ攻撃スベク意思ヲ明示ス

三、後宮（淳）総参謀長来岳の件

五、今ヤ作戦有利ニ進捗ス　兜ノ緒ヲ締メ油断ヲ戒メ九仭ノ功ヲ一簣ニ欠カザルノ注意ヲ促ス

六、夕刻3Dノ花谷旅団早クモ永安市ニ突入　74Aハ同地ニ一部主力ヲ南方高地線ニ展開本日正午ヨリ陣地構築中トノ捕虜ノ言ニ依リ3D、6D之レガ撃滅ヲ期ス　快哉!!

獅形山へ

良い気持ちで夕食をすました直後、早淵支隊が長沙に猛進中という朗報がもたらされた。一同歓声を挙げて祝し、これで進攻作戦は終わりかと思いながら眠っていると、夜半に、北上した敵

第七四軍を撃滅するため直ちに洞陽市（長沙東方三五キロ、金井南方三五キロ）に向かって急進すべき電命がきた。二十七日未明、取るものも取りあえず出発したが、この二十七日は敵と遭わなかった。進攻作戦以来、一発の銃砲声も聞こえなかったのはこの日だけであったので、妙に記憶している。

九月二十七日夕、大橋市（金井南二五キロ）東側に進出して大休止していると、連隊長は近くの司令部に招致された。随行すると、会議室に入られた連隊長は間もなく出てこられ、「すぐ帰隊して出発準備を整え、俺が帰るのを待て」と命令された。暗夜に馬を急がせてM作戦主任に伝えたが、「それはお前の聞き違いだ。さっき宿営命令がきた」と動じない。状況が急変したようだ、間違いない、と何度言っても出発準備を下さない。では私が代わって出発準備をかけると言うと、お前にはその権限はない、生意気言うなと張り飛ばされた。今でも謎のM大尉の言動である。恐らく、連隊長がM大尉には何事も相談されず、私に目を掛けられて教育されるのが不満であったものと推測される。

やがて小一時間して連隊長は帰られたが、むろん出発準備はできてない。経緯を報告すると、連隊長は烈火の如くM大尉を戒められた。初めて見た怖い顔であり、最後に聞いた荒々しい叱声であった。

直ちに出発準備が令せられ、前兵の中山大隊には「なるべく速やかに出発し……」と命ぜられた。そして私には「道を間違えたら厄介だ。お前は尖兵に同行して、この渡河点まで案内せよ」と、撈刀河のある渡船場を示された。我田引水になるが、私は地図の判読に定評を得ていた。

陸士での測図演習の作業が天覧を賜わったぐらい地図が好きだったからで、連隊本部の位置を標定したことが再三あったのだ。約一〇キロ位の道程を覚えこみ、頃合いをみて、中山大隊と合流する予定の三差路で待った。だが、一向に現われない。連隊長も焦れておられる。仕方なく様子を見に行ってみると、炊爨(すいさん)の最中である。

「なるべく速やかに、との命令でしたが?」と伺うと、「だから炊爨をなるべく急いでいる。明朝は炊けないだろうからな。なるべくだから、なるべく努めているんだ。そんなに急ぐなら、直ちにとか、すぐ出発と命令せい」と機嫌が悪い。「では急いで下さい」と連絡して連隊長に報告すると、「日本語は難しいな。人は自分に都合よく解釈するから、なかなか気持ちが伝わらん。人をみてものを言わんといかんなぁ」と嘆かれた。

連隊の任務は、師団の先遣隊となって、第三、第六師団に不意急襲されて大損害を受け、永安市(長沙東側二〇キロ)から東方に退避中の敵第七四軍を捕捉することであったから、一分一秒を急いでいたのである。第七四軍は優良装備の蔣総統直轄軍で、重慶の認可がなければ動かせない精鋭軍として知られ、軍が目の仇にしていた敵であった。

やがて暗闇の中から尖兵が現われた。尖兵長は同期の木下少尉であったので、強がって路上斥候を案内した、討伐では尖兵長は何度も務めたが、作戦で先頭を歩くのは初めてであった。だから気味が悪かったが、やせ我慢の見栄を張ったものである。木下は心配して「オイ、斥候の後を歩け」と何度か忠告してくれたが、我を張った。ある同期生が、佐々木は本部付きで楽しよる、と言ったことが聞こえていたからだ。

途中、処々で道路脇の藁におが燃えていた。敵が照明代わりに火を付けたことは明らかだった。だからいつ撃たれても対応出来る心の準備をして急いだが、案に相違して何事もなく、夜半に所命の渡船場に着いた。ところが船がない。撈刀河の上流は幅三〇メートル位であったが、水量が豊かで渡れない。浅瀬を探そうとしたが、暗くてわからない。まごまごしていると、十字の白ダスキを掛けた中山大隊長が現われて「だれがこんな所に案内したんだ！」と怒鳴られる。「佐々木少尉です」と申してるると、「俺は上流で渡るつもりであったのに、なぜこんなバカな所に案内したんだ。なぜだ！」と大声で詰め寄られる。連隊長殿の命令です、というわけにもいかず、もじもじしていると、「オーイ、俺だ。俺が命令したんだ。――そう怒るな」と連隊長が現われた。地獄に仏であったが、正直な方だなぁと感じ入った。戦場でも、自分の失敗を認める人は案外少ないものである。

〈阿誌9・27〉　土　晴　長沙進入

一、二十六日迄ノ戦果偉大ニシテ敵第九戦区ノ体系指揮組織共ニ全ク混乱ニ陥レリ

140、95、190ノ三師　……潰滅

32、41、44（26A）、3、予10ノ五師……損害甚大

92、99ノ二師　……損害大ナラズ

戦場ニ集中セル敵ニ四師ニ及ビ　尚暫編第二軍及第八二師ヲ以テ長沙直接守備ニ任ゼントセリ

遺屍九、八〇〇　俘虜一、二〇〇　……26軍長、190師長負傷、10副師長、団長等戦死

二、爾後ニ於ケル作戦方針ハ速カニ主力・早淵、４D、３Dヲ以テ長沙占領　６D、40Dヲ以テ敵74Aヲ破リ　６D瀏陽河畔鎮頭市ニ　40Dヲ永安附近ニ集結、株州及瀏陽方面ニ警戒セシメ　三十日夜半ヨリ反転ヲ開始セントス

三、本夕一八二五、早淵支隊遂ニ長沙ニ突入ス　二二〇〇一同……祝盃ヲ挙グ

渡渉場を発見したのは二十八日の明け方で、連隊の追撃は大幅に遅れてしまった。M大尉の理由なき反抗と、渡河点の選定を誤まったミスが重なった結果であった。亀川連隊長の苦虫をかみ潰したような顔が今も目に浮かぶ。

それでも急進していると、偵察機が天明直後に飛来して、「長沙は昨夕陥落す、敵の大縦隊が貴隊の前方四キロを退却中、急追を要す　〇〇大尉」と記した通信筒を投下した。そこで急進が令せられたが、歩度は思うようには伸びず、遂に追い付けなかった。敵は死に物狂いで逃げるのに、こっちは面白がって追い掛けるのだから追い付ける筈がない。また、駆け足すればたちまち戦力がなくなるからでもある。

諦めて、二十八日夜は北盛倉に宿営した。ここで作戦発起以来初めて、動物性蛋白・山羊の固くて臭い肉を食べた記憶がある。顧みればこれまで住民の姿を見たことがない。全員がどこかに退避して雨露を凌いでいるかと思うと、戦場の民がいじらしくてならなかった。国土を戦場にしてはならないという実感が、今も体に染み付いている。

〈阿誌9・28〉 日 晴

一、大木営及総軍ヘノ報告ニ敵ノ実行シ得ザル積極的企図ヲ記載シ 軍ノ之レニ対スル判断モ企図モ記載セザル為メ 後方ヲシテ著シク不安憂慮セシムル嫌アリ注意ヲ要ス

二、3D及6Dヲ以テ74A主力ヲ十分撃砕シ目的ヲ達ス 3Dハ瀏陽河ノ線ニ進出シテ更ニ敗敵ヲ追ッテ株州ニ前進セントセルヲ以テ之ヲ承認ス

三、軍ハ作戦目的ヲ完遂セルヲ以テ 4D、早淵ヲ長沙ニ 6Dヲ鎮頭市ニ 3Dヲ株州占領後金潭附近ニ 40D、荒木支隊ヲ北盛倉附近ニ集結 十月一日反転ヲ開始シ残敵ヲ掃蕩シツツ原態勢ニ復帰セントス

四、最強ヲ誇リシ74A中 51D主力モ亦6Dニ撃滅セラレ 57、58ト悲運ヲ共ニセルコソ哀ナレ

六、今払暁迄ニ長沙掃蕩ヲ了リ 確実ニ之ヲ占領ス

翌二十九日に前進目標の獅形山の山麓に進出したが、敵も住民も見なかった。獅形山は名の如き岩山で、東南一五キロの山中に敵の抗戦基地・瀏陽(りゅうよう)がある。恐らく明日は瀏陽攻略かと思っていると、集結して瀏陽方向に対し警戒すべしという命令がきた。やっぱりそうか、と観念して地図に見入っていると、瀏陽までは見るからに防御し易い竜王嶺山脈が横たわっていて、難攻不落を思わせた。〈図17〉

〈阿誌9・29〉 月 晴 株州占領

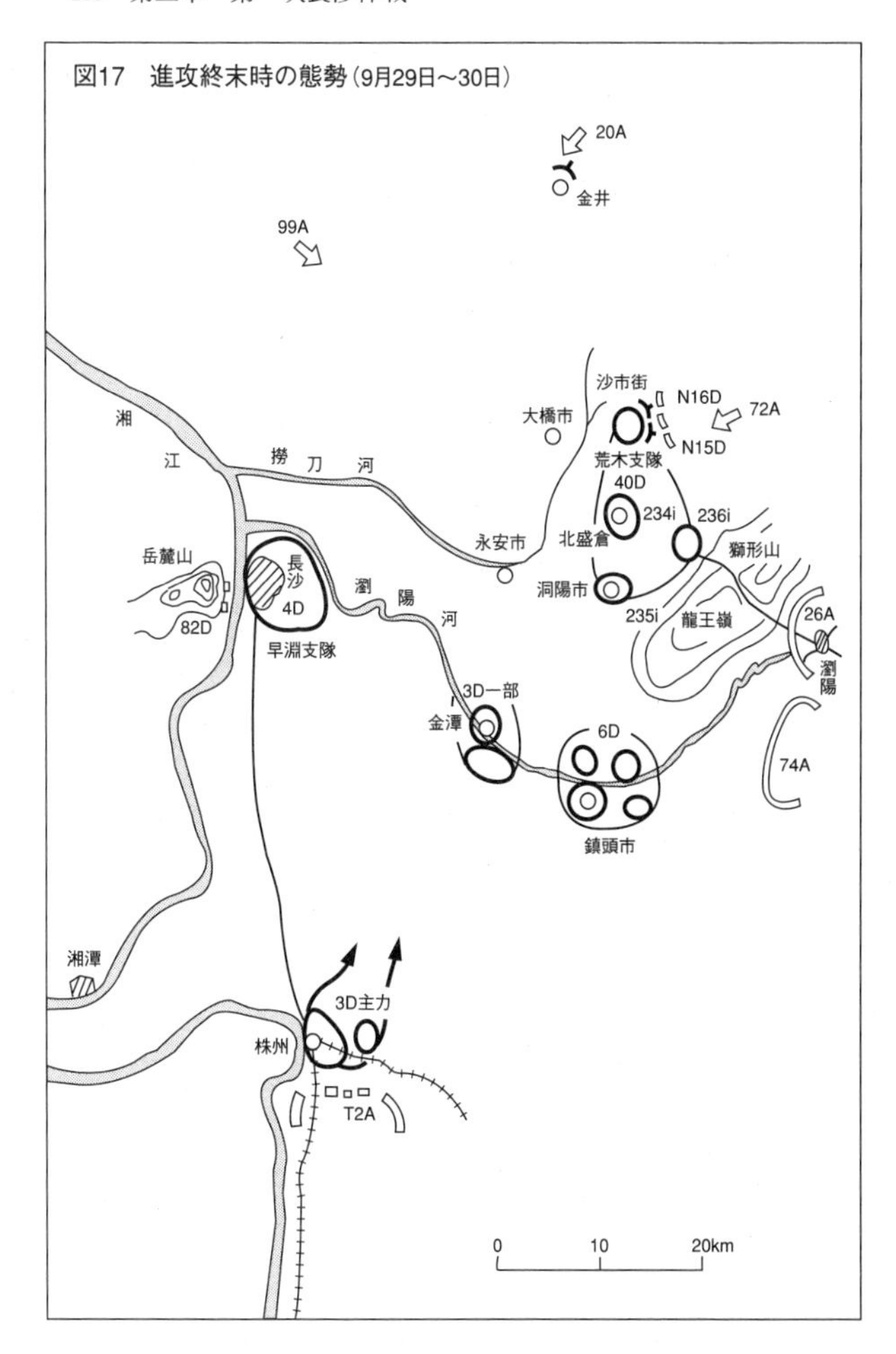
図17　進攻終末時の態勢（9月29日～30日）
20A
金井
99A
沙市街
N16D
72A
大橋市
N15D
荒木支隊
湘
江
撈
刀
河
40D
234i
236i
北盛倉
永安市
獅形山
岳麓山
長
沙
4D
瀏
陽
河
洞陽市
235i
龍王嶺
26A
82D
早淵支隊
瀏
陽
3D一部
金潭
6D
74A
鎮頭市
湘潭
3D主力
株州
T2A
0
10
20km

二、九、四〇反転計画ヲ認可……
四、正午3Dハ花谷旅団ヲ以テ株州ヲ占領ス　作戦計画当初ヨリ目標トセシ所ナレバ　占領ニ及バズナド今更理由付ケラル人ハ諒解セズ　占領シ得タルハ軍司令官ノ意図ニ合セルモノナリ　積極ノ士コソ戦勝ノ宝ナレ
五、今次作戦ハ第九戦区戦力ヲ破砕シ　道ヲ重慶ニ開クニアリ　豈長沙市ノ占領食糧ノ採集ナド目的ニアランヤ　之ヲ宣伝セシム
七、今朝4D長沙ニ進入ス……爾今加号作戦ヲ長沙作戦ト命名ス

この時「外人記者団が明三十日十二時頃に機上から戦線を視察する。日の丸で戦線を標示せよ」と妙な命令がきた。友軍の態勢を外国人に見せるとは変だなぁと思ったが、仕方がない。所命の時刻にありったけの日の丸で標示していると、旅客機が飛来して旋回して行った。後で聞けば、軍が長沙占領を公表しても外人記者は「こんなに早く取れる筈がない。嘘だ」と信用しないので、また重慶政府は盛んに長沙の固守を放送していたので、飛行機で見せるより外に納得させる方法がなかったからという。当時三師団は株州（長沙南四〇キロ）、六師団は鎮頭市（長沙南東三五キロ）、四十師団は洞陽市（長沙東三五キロ）から獅形山にかけて進出し、荒木支隊は沙市街で七二軍と対戦し、四師団と早淵支隊は長沙の警備中であった。〈図17〉

〈阿誌9・30〉　火　快晴

二、各兵団休養整理ノ日ナリ　３Ｄモ疲労中金潭ニ兵力ヲ集結ス　努力見ルベキモノアリ
三、独二、米三人ノ新聞記者午前中長沙確認（保？）ヲ視察シ一四二〇来岳……作戦目的ヲ語リシモ爾
　後ノ行動ハ機密ナリトシテ答ヘズ
十、本日迄ノ戦死六八八、戦傷二、三五〇　恐懼ニ不堪

反転作戦〈図18〉

九月三十日昼に反転命令がきた。瀏陽を攻略するものとばかり思っていただけに驚いた。大本営の早期切り上げの意図を具現したと思われる。でも瀏陽は敵第二六軍の根拠地であり、途中の山脈は岩山だけにその攻略は難戦が予想されていた。だから実にホッとしたが、ホッとしたついでに、集落の池に手榴弾を投げて魚を取っていると、連隊長が走り寄って「帰りが危ないのだ。敵は側撃したり、待ち伏せたりする。作戦はこれからなんだよ」と注意された。帰りは歩くだけと思い込んでいた私には、頂門の一針であった。そして連隊長の予言は翌日に的中した。

九月三十日夜、北盛倉に集結していると、「荒木支隊と交替して沙市街を確保中の重松連隊は、敵第七二軍（Ｎ14、Ｎ15師）の重圧を受けて離脱困難なり。亀川部隊は敵の北翼を求め、仁科部隊はその南翼を求めて攻撃し、離脱を容易ならしむべし。攻撃開始は明朝とす」の意であった。

だが重松連隊（歩二百三十四連隊の二大）の態勢も、敵の北翼も一切わからない。どうされるかな、と地図に見入っていると、「Ｍ大尉、どうするか」と初めて問いかけられた。Ｍ大尉は慌てた様子で「重松と連絡します」と答えられたと思うが、「佐々木、オンシならどうするかや」と

試問された。思ったままに「すぐ水沢大隊をア高地（沙市街北北西四キロだったと思う）に先遣して敵情を偵察させる。ア山に敵がいれば明朝攻撃、爾後水沢でイ山を、中山でウ山を攻撃します……」と答えると、「なぜ水沢か」と聞かれる。「慎重だからと、中山を主攻にするため」と申し上げると「五〇点だ。帰り道は誰でも早く帰りたい。戦いたくない。まあ、衝力は行きの半分だろうな。また敵を撃退すれば足りるから、そんなに深入りする必要もない」と教えられた。なるほどなぁと感じ入ったものである。

しかし「水沢大隊（山砲一中属）は直ちにア山に向かい前進、黎明攻撃を準備すべし。主力は零時出発……」と命令されたから、五〇点の意味が了解できた。

十月一日の夜明けごろア山に近づくと、銃砲声が起こったが、すぐ止んだ。先行して山上の水沢少佐に敵情を尋ねると「ここにいたのは一〇〇人ばかり、すぐ逃げた。イ山には相等いる。ウ山は暗くてわからん。連隊はどうするんだ……」と聞かれる。困って「大隊長ドノならどうされますか?」と反問すると、「深入りはしたくないが、オレんとこでイ山を、中山でウ山を攻撃すれば敵は退くだろう」と言われる。飛び帰って復命すると「じゃ、そうしよう。ゆんべの試問の点数は八〇点にしとく」と加点された。

ア山の山上に各大隊長を集められた連隊長は「やっぱり、あのイとウを取らねば重松は退がれん。水沢はイを、中山はウを攻撃してくれ、高島（山砲第二大隊長）は左を優先支援。しかし無理するな、火力で撃退せよ。突撃してまで取るに及ばない」と命令された。

山砲九門がドカドカ撃ち始め、両大隊とも山脚に取りついた。しきりに火力支援の要請がくるので目を回していると、エ山から掃射された。慌てて山陰に入り、予備中隊で攻撃させたが、敵が満を持して撃ったなら大事になったであろう。

両第一線とも、慎重に攻撃していた。突撃の許可を求めてきたが、連隊長は「側方に回って撃退せよ。突撃する場合じゃない、間もなく敵は退がる」と指導されていた。

昼頃、小用を足していると、バチッとタマが股間を抜けて前の土手に突き刺さった。飛び退いたが、どこから狙っているのかわからないのが不気味であった。混戦になったらしい。

図18　沙市街の戦闘（昭和16年10月1日）

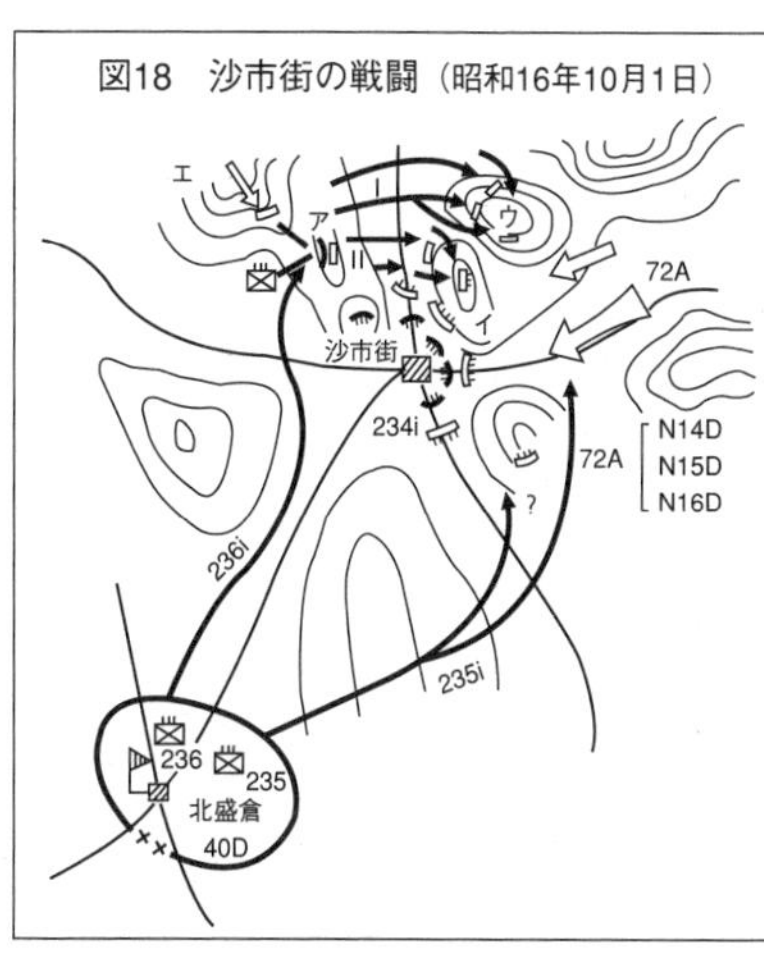

両大隊が目標を占領したのは、夕方だった。ということは沙市街正面の敵を撃退したことを意味する。連隊長は直ちに「反転する。水沢前兵、中山後兵、日没後離脱し金井に向かう」と命令された。

敵も味方も戦い疲れていて激戦こそ起こらなかったけれども、八〇点も貰ったので妙によく覚えている。

水沢大隊はさっと引き揚げて、夕食をとった。ところが後兵の中山大隊が敵に食い付かれたらしく、なかなか追及しない。銃爆音が盛んになって夜のしじまを破っているが、真っ暗で手の打ちようがない。「見て来ます」と立ち上がると、「行かんでええ、今度はお前を探すのに苦労する。そのうち退がってくるじゃろう。敵はわれが退がり始めると強くなるが、大隊がどうこうなるわけじゃない。恐らく担送患者が出たんだろう……」と沈痛な面持ちで教えられた。中山大隊は夜中に引き揚げてきた。案外の激戦だったらしい。大隊長が見えると、連隊長は走り寄られたように思う。

〈阿誌10・1〉水　快晴

二、各兵団ノ戦果予想以上ニ大　3Dノ如キ株州ニテ重砲一ヲ獲……6D、4D何レモ健闘ノ跡歴然タリ各兵団ニ偉勲ヲ祝シ……（注：40Dに言及なし。外翼兵団の目に見えない苦労を忘れられたのを残念に思う）

八、日没後第一線兵団ハ長沙及瀏陽河ノ線ヲ出発　月ヲ踏ミ残敵ヲ撃滅シツツ汨水ノ線に前進ヲ開始ス

十月一日夜から二日未明にかけて敵と離脱し、二日は埃の多い道を休憩も惜しむかのように北上した。ははぁ、反転とは退却の同意語だな、と感じたものである。勝った満足感はなく、後方で銃声が起こるたびに追い立てられているような気分になった。金井南側の丘陵地帯での抵抗を予期したが、何事もなく通過して、金井西側に宿営した時は本当にホッとした。

〈阿誌10・2〉木　晴　総司令官来岳

一、各兵団反転順調ニテ九、〇〇頃ニハ前後シテ撈刀河ノ線ヲ越エ　早淵支隊及青木師団ハ二十九日以来当面ノ敵ヲ攻撃ス
二、畑総司令官来岳……
三、東京ノ空気ハ対米妥協　支邦事変ヲ日華条約程度ニテ終結セント努力シアリ、随テ対米戦ノ決心ハ遅延スベシ　長沙作戦ハ此ノ意味ニテ効果大ナリシト共ニ　引上ゲ時機ハ最早問題トナラズ　却テ早キヲ可トストノ畑大将ノ言ニ大ニ責ノ軽キヲ覚ユ
（注：だが早期撤退が敵の「長沙不陥」の逆宣伝の材料になり、第二次長沙作戦の悲劇を生む根因になる）
四、杉山参謀総長ヨリ祝ノ名刺ヲ受ク……予ノ快速作戦ニ多大ノ興味ヲ有スルガ故ナリ
五、……対米戦ノ理由カ僅ニ石油問題トシテ取扱フガ如キハ商工省カ企画院ノ仕事ナリ　堂々タル大本営ハ正義ト道義トヲ立テ大義名分ヲ明ラカニスベキナリ　然ラザレバ国民ハ之レニ追随セザルベシ　天下ヲ率スルハ石油ニアラズ　道ナリ　大義ナリ

十月三日未明に北進を再開し、脱甲橋西側を北上していると、東側で銃砲声がする。丘に上がって見ると、敵は騰雲山から流れ出た陵の台端を占領して足下の急造野戦道路を火制しており、脱甲橋から金井にかけて二〇〇両以上のトラックがひしめいている。公刊史（四七五頁）によれば、約一二〇〇名の患者をかかえた兵站輸送隊であったという。

さあ大変だ。敵が攻勢に出ればトラックは全滅である。連隊長はすぐ水沢大隊長と高島山砲兵

大隊長を招致されて、「見る通りだ。水沢、すぐあの敵を攻撃してトラックを通してくれ。高島はここから全力で支援。深追いする必要はないよ」と命令された。

水沢大隊は、各中隊に目標を割り当てて発進した。山砲の秀川中隊が布置を終えたとたん、重装甲車に先導された山陰のトラック二両が全速力で飛び出すと、数梃のマキシムとチェコが一斉に撃ち始め、トラックは曳光弾に包まれた。装甲車は走りながら撃っている。同時に秀川大尉の「直接照準、一五〇〇、各個に撃て」と大音声で号令されると、間を置かずドカ、ドカ撃った。すると敵はたちまち撃ち止め、トラックは無事通過した。ほんの一瞬の出来事であった。

ほっとしていると、敵は見えないのに秀川大尉が「原点××。右四つ、三つ下げ、撃てっ」と号令された。弾丸は敵がいた高地の右向こうの凹地で次々に爆煙を上げた。「何を撃ったんですか」と尋ねると、「山砲に撃たれたら、君だって山裾に下がるだろ。今ので三〇〜四〇人はやっつけた」と説明された。歴戦の士は、敵の心理を考えながら戦うのだな、と感心したものである。秀川大尉（少候出身）はわが中山大隊地区に駐屯しておられ、名中隊長と謳われていた。

水沢大隊が数縦隊になって野戦道路を横切るころ、敵はぼつぼつ撃ち始めた。だがわが山砲九門と連隊砲二門はたちまち敵を制圧し、大隊は難なく台端を確保した。するとトラックの縦列が、日の丸をお礼代わりに振りながら、続々と北上したのが印象的であった。

三日夜は隘路の中の栗山港に宿営し、四日は長楽街に架かっていた汨水の軍橋を渡り、五日は関王橋付近で兵站路を掩護していた江藤支隊を収容し、六日に沙港河を渡った。この間、師団の騎兵隊長（のち捜索第五連隊長としてジットラ・ラインの突破に功を樹てられた佐伯静夫中佐）に遭うと、同期の西原恭三少尉が「騎兵隊と言っても、乗馬一中隊、機関銃一個中隊だけなんだ。それなのに独立任務、兵站線掩護に使われて参ったよ。歩兵が羨ましい」とこぼしていたのを思い出す。彼はすらっとした美男子でバキ（馬気違い）でグルメット（軍刀をつるす鎖）を自慢していたのだが、ここ中支でもやはり騎兵は時代遅れになっていた。

また長楽街までは野戦道路を北進したが、それは砂埃の道で、畦や松林を切り開いただけの凸凹道だった。この道をトラックで後送された患者の苦痛は想像に余りがある。

六日夜は攻勢を発起した小塘付近に泊まったが、沙港河を渡る時は嬉しかった。生きて還れたという実感が湧いたからである。

七日朝、攻勢発起前の激戦地・団山坡を確保していた内之八重隊に引き揚げの連絡に行くと、待ちかねたようにさっと引き揚げた。聞くと「敵の遺体を野犬が食い荒らし、臭くておれたもんじゃない」と言われ、内之八重中尉はまだ鉄帽を被っている。もうよいのではと申し上げると、鉄帽の弾痕を見せられて、「もう、外せない」と説明された。

七日夜、托墳に集結して作戦を終えた。

途端に青木師団長のよからぬ噂が耳に入った。師団長は石橋を叩いてなお渡らぬ人、と兵が話してくれたのだ。噂のもとはわからなかったが、兵隊さんたちが噂したのは事実である。青木師団長は同期一選抜の師団長で俊敏のほまれが高く、見るからに鋭敏そうであったが、頭が良すぎると先が見え過ぎて、戦場には不向きになるのかも知れない。

〈阿誌10・3〉　金　晴
一、昨夜平野支隊ヲシテ湘陰ヲ攻略セシムル件申出アリ　同支隊ニ花ヲ持タスル厚意ナランモ稍蛇足ノ感ナキ能ハズ　意義少キモ已ムナク認可ス
二、4D、61i第十一中隊ヲ長沙東北方ニテ敵中ニ残置セシ為　第三大隊及飛行隊ニテ収容セシム　幸イ救出シ得タリ

〈阿誌10・4〉　土　晴　湘陰陥落
一、北方随県ヘノ敵ノ反攻ノ件
二、湘陰ハ一六〇〇荒木支隊背面ヨリ突入占領セリ
三、……等八名ト会食ス
四、明月ヲ賞スベク岳陽楼ニ上ル　衛兵ヲ伴フ　戦勝ノ賞月、謙信ノ心事ト一致ス　家郷又遠征ヲ思フナラン洞庭湖上水波起ラズ　人ヲシテ切々ノ感ニ堪ヘザラシム

〈阿誌10・5〉　日　晴　中秋満月
一、各兵団共残敵ヲ撃破シツツ汨水ニ近ク……
三、宜昌正面ニ総反攻ノ兆現ルノ件
八、中秋ノ明月ヲ賞ス……
汨水の戦友（とも）も憩はん　今日の月

亡き戦友（とも）は　上より愛（め）でん今日の月
鉄甲緒をときながら（脱いで見上げる）今日の月

二、各兵団共ニ新墻河畔ニ集結中ナリ

〈阿誌19・6〉月　快晴

一、海軍ニ謝辞ノ件

〈阿誌10・7〉火　晴

一、江北情勢緊迫の件

六、……戦勝ノ祝宴ヲ催ス　幾多難事トセラレ未ダ手ヲ染メ得ザリシ長沙並ニ株州ヲ攻略シ　第九戦区ノ戦力組織ヲ破壊シ重慶ヲ震撼セシメ　以テ国際信用ト抗戦自信トヲ喪失セシム　断乎トシテ行ヘバ鬼神モ之ヲ避クベシ……　戦没勇士ノ霊ヲ弔フ　月明カニ秋気洞庭湖ヲ渡テ清シ

作戦をふりかえる

作戦期間は二五日間であったが、思えば作戦のヤマ場は九月十三日の白羊田の不期遭遇戦であったと思う。

軍は今次作戦の戦果を、支作戦を含めて交戦兵力約五〇万、遺棄死体五万四〇〇〇、捕虜四三〇〇、鹵獲品・野山砲等二八門、迫撃砲四二門、重・軽機八二二梃その他とし、わが損害は戦死

一六七〇（一二三）、戦傷五一八四（二七二）等と発表している。（注：カッコは将校の内数で、宣昌方面を含む）

わが鯨兵団は一五個師、約三万六〇〇〇と交戦し、与えた損害は遺体四三〇〇、捕虜七五、迫二、重軽機三八等を鹵獲したとし、わが犠牲は戦死一五七（一二）、負傷五三五（三七）等としている。

敵の遺体とわが戦死数の比は、軍全般は概算一対三〇、師団は一対二七である。だから真なりとすれば作戦目的は達せられたと思われるけれども、遺体をいちいち勘定する余裕はないから、わが戦死数を何倍かして報告するのが例である。だから敵を撃破した実感を覚えたのは蒲塘付近だけで、他は犠牲は払ったが蔣政権に打撃を与えた感じはしなかった。こんなことを繰り返しても、一段と消耗戦に引きずり込まれるだけではなかろうか、の感が拭えなかった。

しかし阿南軍司令官は前出の十月七日の日誌に、

「幾多難事トセラレ　未ダ手ヲ染メ得ザリシ長沙並ニ株州ヲ攻略シ　第九戦区ノ戦力組織ヲ破壊シ重慶ヲ震撼セシメ　以テ国際信用ト抗戦ノ自信ヲ喪失セシム　断乎トシテ行ヘバ鬼神モ之ヲ避クベシ　唯御稜威（みいつ）ト天佑神助トヲ深謝シ　陣没勇士ノ霊ヲ弔フ　月明カニ秋気洞庭湖ヲ渡テ清シ」

と記述されている。すなわち、勝利宣言である。だがその足下に落とし穴が仕掛けられていた。

十月二日に岳州を訪れて、軍が一日夜から反転した理由を聴取した畑総司令官は同日、

「作戦ハ予定ヨリ速カニ進捗シタルガ……反転ガ余リ早カリシ為　日本側新聞モヤヤ力抜ケノ観

アリ　敵側ニテハ長沙撤退ハ未ダ発表セズ依然固守シアリト放送シ一般民衆モ亦之ヲ信ジアルガ如シ宣伝ハ何時モナガラ彼ニ一籌ヲ輸スルハ忌々シキ限リナリ」

と叙している。この宣伝問題が後で大悲劇の原因になろうとは、畑大将も気づかなかったであろうに。

青木師団長は軍司令官に「今後もし長沙方面に行動することがあっても、汨水を渡ってはなりませんぞ」と具申されたそうである（公刊史五八五頁）。

亀川連隊長に作戦所感を尋ねると、「軍人は承詔必謹あるのみだ。いつ、どんなことが起こっても、平常心を忘れるな。このような作戦には疑問がないと言えば嘘になるが、散華された六十数柱を思えば俺の口から軽々しく言えぬ。言い様では無駄死にさせたことになるからだ。……敵を侮ってはならぬ。……いつも先の先を考えておけ。白羊田では奇襲され、少しとまどった。悪い見本だから驚いたろう。油断が一番禁物だ……」と教えられた。

初めての作戦で、私は得るものが多かった。数えれば切りがないが、まず作戦というものの実体を感じ取れたことである。それには天候が許せば毎朝、直協機（単発の連絡・偵察機）が投下してくれる昨夕における軍の態勢図（二〇万に色分けた各兵団の態勢と企図、敵情をコンニャク版で印刷したもの）が、掛け替えのない基本的な判断資料となり、勉強資料になったからである。

また戦場心理、部隊の行動速度、大隊や中隊の個性、責任観念と戦さ慣れとの関係、補給と戦力との関連、情報は遺体と捕虜から得られ偵察には限度があること、などを学び取った。

また陸士では各連・大・中隊を平等な戦力として習い、神様のような判断を下して実行するものと教わったが、決してそうでないことも知った。

しかし死生観については何とも悟り切れなかった。騰雲山で目の前に落ちた迫弾の不発、白羊田で敵陣に紛れ込み、沙市街で股間を抜かれながら微傷も負わなかったことなどを考えれば、また島田少尉が稜線に乗り出して右脇腹をやられ、川野大尉が誤射で戦死されたことを想起すれば、「俺には当たらん」という信念は増したものの、やはり運命論に傾かざるを得なかった。

また錯誤の多いのに驚いた。白羊田の不期遭遇戦、沙港河南岸台地の敵の退却を察知できずに行なったムダな攻撃準備射撃、参謀の専断による重松連隊の転進によって一日を空費した事件、平江攻略中止と騰雲山方面への転進命令が直協機の誤投と電信の不通によって二〇時間も遅れた災難、撈刀河渡河点の選定を誤って半夜も空費した事実、沙市街からの反転順序が逆であったことなどがその最たるもので、些細な錯誤は数知れなかったのである。

であるのに戦さに勝ち、任務を達成できたのは、つまり戦力の優越を期し得たのは、山砲の威力（敵の主火力は迫撃砲）と突撃力の賜物であることを銘肝させられた。日本軍が優れていたのは、戦略的には常に攻勢を取ったからと、戦術的にはこの二点に勝っていたからであった。

なお、兵隊さんたちにとっての聖戦の実態を知った。それは、行く先も目的もわからないままに、三十数キロの銃器と装具とを担いで昼も夜も必死で前の者に付いて行く。落伍はすなわち死に直結するからだ。大休止になれば必死で食糧をあさり、炊爨し、食べて欲も得もなく眠る。だが、よく歩哨に立たされる。敵とぶつかれば、分隊長の命のままに戦う。分隊長は総じて勇敢無比で、この人についてゆくのは命懸けだ。だが付いて行くほかに道はない。これが兵隊さんたちにとっての聖戦の内容であった。

総括

第一次長沙作戦は初めて参加した作戦であっただけに、勉強した作戦であった。

まず攻撃位置につく前に白羊田で待ち伏せられ、多大の犠牲を払わされたのにショックを受けて、作戦はいつ何が起こるかわからない、作戦は彼我の自由意志の衝突で、こっちが必死なら相手も必死で策を巡らして戦う、という当然のことを体感した次第であった。

しかして白羊田で奇襲された要因は複雑である。その一は、精鋭第六師団が掃討したのだからたいした敵が残っている筈はない、という盲信である。しかし第六師団は、その直後に何かと張り合ってきた第三師団と肩を並べて競争するのだから、事前作戦で時間的にも戦力的にも本格作戦に支障を来たすような徹底的な掃討を行ない得なかったのは当然であったと思う。

その二は、相手の慣用戦法に押されて敵が陣前に出撃することはないと侮って、これが固定観念化していたことであり、その三は、剛気な重松連隊長が弱音を吐いたとみられるのを恐れた余り、事実の報告に楽観性を加味したことであろう。奇襲はされるのではなく、自分が受ける一例である。

そのショックが長引いて、沙港河の渡河攻撃は慎重に準備した。しかしいざ攻撃すると裳抜けの殻で、またも裏をかかれたわけである。

次いで平江に向かう深山幽谷での戦闘は、豪雨と霧に祟られて朱公橋盆地の占領は成らなかった。第一線将兵はさぞつらかったであろうが、取れなかった原因は参謀が勝手に部署を変更したことに一因がある。研究し尽くした計画をその場になって急に無断で変更したのだから、これも白羊田のショックが尾を引いた所産と思う。かくして師団は軍の信用を失っていった。

騰雲山の攻撃は激戦であった。大山塊と既設陣地に阻まれて捗々（はかばか）しく進捗しなかったが、ここでは亀川連隊長の将兵の命を惜しむ戦闘指導が印象深い。また敵に打撃を与えた具象をこの目でみた最初であった。

爾後の獅形山までの追撃は、既述したように錯誤が重なって後味が悪かった。だが戦場心理というか人の本性というか、貴重なものを垣間見ることができた貴重な追撃戦であった。

反転作戦は、進攻の場合もそうであったが、常に外翼師団としての神経をつかったのが印象深い。

総じて、白羊田でショックを受けた他は、苦戦とか苦闘したという戦闘はなく、また勝ったとか大捷したとかの実感は湧かない作戦で、こんなことを繰り返していつ蒋介石は参るのかなぁと思ったものである。

また陸士では、攻撃より退却の指導が難しい。攻撃では部隊は逸（はや）るから手綱さばきが難しいが、退却はなかなか退がろうとしないので取り残さないように気を配るのが大変だと教わった。これは一理がある。けれども実際は逆な感じを受けた。攻撃だから誰でも勇み立つとは限らない。むしろ督促しなければなかなか攻撃しない場合もある。一方、退却や反転は早い。むろん、取り残さない気配りは必要だが、それ反転となるとあっという間に集まるのが実態であった。人間性の然らしめるところで、自衛隊でも人間性を忘れた戦術を練磨してはならないと思う。

しかして最も印象深く記憶しているのは、四〜五個師団で一五〇キロ余りのピストン作戦を繰り返していて支那事変はいつ解決するのであろう、という強い疑問であった。そしてわが占領地は廃墟が多いのに、重慶政府の支配地は裕福であり、住民は一人残らず避難していたのが抗戦意欲の現われと感ぜられ、まさしく日本は泥沼にはまりこんでいると感じたことであった。

第四章　第二次長沙作戦

嫌な予感

第一次長沙作戦を終えて原駐地への帰還途中、私たち五四期生は中尉に進級していたことを知った。素直に喜んでくれた方が多かったけれども、嫌味や嫉（そね）みを言う人もいて、人の心の複雑さを知った。ところが少尉に任官して一年未満での思いがけない昇任であったから、階級章がない。仕方なく一つ星のまま申告すると、亀川連隊長が「オレは三つもあるから、祝いに一つ上げよう」と言いながら、自分で雨外套の星一つを外して恵んで下さり、副官の山崎大尉もそれに倣ったので、ここにめでたく新品中尉が誕生した次第であった。些細なことだが、嬉しかったのでよく覚えている。

また毛布を持ってなかったので、寒くて眠れない。作戦をナメた罰である。某少尉に半分掛けてくれと頼むと、とたんに物も言わなくなった。人の心は案外冷たいものだ。

また行軍途中に第七中隊長・真鍋中尉（53期）と遭ってしばらく一緒に歩いたが、愛媛県西条市出身の真鍋さんが騰雲山攻撃などの四方山の話の末に、「何度も、もうダメかと思っだが、今度の作戦に生き残れてショウ嬉しいぞな。オンシも運がよかったねゃ」と本当に嬉しそうにはしゃがれたのが深く印象に残っている。ひと戦さ終えて凱旋する時の気分は、運に感謝する気持ちと安堵感とが奇妙に交錯して、何とも言えないものである。

そして、第二中隊長・内之八重中尉が、まだ鉄帽を被っているのに驚いた。私は首が細いので鉄帽はよほどの時しか被らなかったが、鉄帽で命拾いされた方は離せないのであろう。

大冶に帰ると、戦死された島田少尉の後任として下士候教官に任ぜられた。亀川連隊長は島田少尉の霊を慰めることを兼ねてか頻繁に教育現場を訪ねられ、火力の運用について細部まで教育された。教官を失った下士候を元気づける意味もあったと思う。連隊長は人一倍、下士官を大事にされる方であった。付曹長の広田曠君がよく補佐してくれた。

所定の教育を終えると、十一月末に南京に引率して総軍の教育隊に入校させた。引率将校は五四期生がほとんどで、毎晩のように同期生会があった。あのうち何人が生還できたであろう。第六師団の秀才・能村裕君を知ったのもこの時である。彼はソロモン・ボーゲンビル島で個人感状を授与され、戦後はテレビ界で名を成している。

その帰途、十二月八日に揚子江上の興亜丸の船中で日米開戦を知った。船長やパーサーが興奮して触れ回ったのである。初めは信じられなかった。中国で泥沼にはまり込んでもがいている最中に、米・英と戦うわけはない——と疑ったのだ。でもロビーのラジオは真珠湾やマレーの奇襲を繰り返し放送して浮かれ気味であったから、成算があるのであろう、ともたげてくる不安を自分で打ち消した。だがその時は、遙か南方で起こった戦争が、すぐ自分の生死に直結する作戦に発展しようとは、露ほども考えなかった。他の人たちがうまく戦ってくれるのであろう、という感じであった。人間とは、身勝手で先の見えないものである。自分にとって都合のよい情報はすぐ信じ、都合の悪い情報は痛い目に逢うまで信じたがらない。自分に危険が迫ればその事実を認識するが、この非常事態に自分は何をして全局に寄与すべきかなどの積極的発想は、なかなか湧いてこない。

それは一中尉だけでなく、積極をモットーとした阿南軍司令官でさえそうであったことが、その日誌でわかる。

〈阿誌12・8〉　月　雨　対英米戦開始

大東亜戦争開始

一、歴史的ノ一大記念日ナリ……

二、花咲ク　花咲クノ電報ヲ早暁受領　七、三〇ヨリ英米権益接収ヲ開始……

三、各方面ノ捷報ヲ記述

四、午前一一四〇宣戦ノ大詔ヲ下シ給フ……一死奉公ノ時到ル　天機奉伺ノ電ヲ奏ス

〈阿誌12・9〉　火　晴　暖

一、的ニ向フモ思ヒハ太平洋ニ馳セテカ中（アタ）ルモノ少シ

四、米ハ日本ノ奇襲ヲ怯ナリト怒ル　不意ニ乗ズルハ戦略ナリ　君之レヲ知ラバ何（イズクン）ゾ備ヘザル　罪ハ暴慢油断ニアリ　軍事関係者ニ冷笑セラレンノミ

〈阿誌12・10〉水　曇晴

一、作戦主任会同、申告ノ際英米開戦ストモ当方面ハ決シテ次等正面ニアラザル事、攻勢陣的態勢ト訓練トニツキ要望ス

五、３Ｄ旅団長石川忠夫少将及40Ｄ　　Ｒ長　　着任申告（注：前の空欄は「歩二三四」、後は「戸田義直大佐（27期）」の事）

〈阿誌12・11〉木　晴

二、村田省蔵元（逓信）大臣来部　対英米戦ハ物資ニアラズ　大義名分ニ基キ不正ヲ打ツニアリ何ゾ物ヲ論ゼン日本民族ト自由享楽主義ノ米人等ト不自由不足ニ耐フハ精神力ヲ計算ニ入レザルハ皮相ノ観察ナリ　是ガ大臣ナリシトハ……

〈阿誌12・12〉金　曇　寒

一、弓場ニ立テ心気ヲ沈ム　命中多キモ未ダ会心ノ矢少シ

二、世界平和会議ヲ睨ミツツ作戦ヲ指導スベキハ予ノ主張スル所　日本ハ持久戦ニ残ルコトナシト断言

セシガ果セル哉昨十一日独伊ト共ニ単独媾和ヲナサズ飽ク迄日本ノ英米戦ヲ支持スルニ決シ　泰トハ攻守同盟ヲ結べリト

〈阿誌12・13〉　土　小雪寒風強シ　汨水方面攻勢ヲ決ス

一、弓場ニ立テハ手ノ冷キヲ覚ユ、一矢忽チ天ニ沖シ垂板ヲ射抜ク　心地ヨキ前兆ナリ

二、23A佐野兵団昨十二日九龍一帯ヲ占領　……該方面ハ18Dヲ抽出セントスル等事態急ナリ　時偶々株州方面ノ敵4A及T2A等南下広東攻撃ノ兆アリ　茲ニ於テ軍ハ決然立ッテ汨水方面ニ攻勢ヲ採ルニ決シ　6D主力、40D、3Dノ約半部ヲ使用スベキ準備命令ヲ下シ　総司令官ニ電ス

〈阿誌12・14〉　日　曇

三、夕刻再ヒ弓道場ニ立チ入浴後例ニヨリ午睡、参謀長　島村参謀集中命令ヲ持参認可

四、夜ハ村山副官トラジオヲ聞キッツ戦道ニツキ語ル

つまり、敵が動き始めて初めて牽制の必要を感じ、咄嵯の間に攻勢を思い付いたことが明らかである。かくして、準備不十分のために悲惨な結果を招来した第二次長沙作戦が発想された。

〈阿誌12・15〉　月　快晴

五、一八三〇参謀長、島村、八木来舎、作戦計画及情報ヲ聞ク　李品仙工作ノ人員来漢、河省長モ王陵

基（注：30CA長）ニ認メシト

〈阿誌12・17〉水　晴　総参謀長来漢

一、敵29CAハ第五戦区ヨリ第六戦区洞庭湖南岸ニ移動、58A又平江附近ニ後退　湖南方面ノ薄弱ニ対シ敵ハ兵力配置ノ変更ニ苦心シアルヲ見ル　31CAノ29Aヲ陳誠（6WA長官）ノ麾下ニ入ルルトノ噂アルモ偽騙ラシ

四、一七四〇後宮総参謀長来部　さ号作戦（注：今次作戦の秘匿名）ヲ二十三日ニ開始スルヲ効果大ナル事ヲ述べ之レ決定……

五、蔣介石ハ十二月三十日ヨリ約十五日間遊撃反攻ヲ命ゼリ　好餌タランノミ

むろん一中尉に軍の企図などわかるわけはなく、至極暢気に道中を続け、何日ごろであったか漢口を経由して大冶に帰ると、慌ただしく出動準備を整えているではないか。驚いて申告をかねて連隊長に伺うと、「また長沙正面だ。香港攻略軍の背後を衝くために九戦区の二、三個軍が広東方面に南下した。そこで、それを牽制するためと聞いた。牽制作戦だから、あまり深入りはせず、作戦期間も短いようだ。お前は香月（当時の作戦主任・香月則正大尉〈50期〉）の補佐としてついてこい。だが作戦は生きものだ。いつ何が起こるかわからん。十二分に用意しろ」と命令された。

突然のことであり、心の準備はまるでできていなかったから、驚くとともに嫌な予感が走った

記憶がある。そして二ヵ月前に、真鍋さんがはしゃいだ顔をされたことが、ちらっと脳裏を横切ったことを思い出す。

香港攻略戦

広東の第二十三軍は第三十八師団（佐野中将）と攻城重砲（二四榴、一五加等）とを基幹とする香港攻略部隊を以て十二月八日一二〇〇に英支国境を越え、九日夜、奇襲を以て英軍の主陣地帯を突破、十二日には九竜半島を席捲した。爾後、降伏を勧告しながら香港島の攻略を準備し、十八日夜に渡海して苦戦・難戦ののち二十五日夕に降伏させて遂に攻略に成功した。

しかし、在広東の第十八師団はマレー攻略に、香港攻略後の第三十八師団は蘭印攻略に転用される計画であった。従って、広東の防衛兵力は第百四師団を基幹とする小兵力に減少して、中国軍の真面目な反攻に会すれば危険視される状態になっていた。すなわち、第十一軍が決然として牽制作戦に踏み切ったゆえんであった。

都合のよい噂

二、三日すると、夏と同じ要領の集中行軍が始まった。亀川部隊の編成は第三大隊を欠き、砲兵一大と工兵一中その他を配属されたもので第一次と変わりなかったが、各中隊の出動人員は百名未満に低下し、弾薬の携行量も一次より少なかった。人馬の補充がなかったからと、一次で生じた傷病患者や病馬が癒り切っていなかったからである。従って一般中隊はほとんど二個小隊編成で出動したように思う。例えば第三中隊は将校三、下士官一二、兵五二の計六七名で、二個小隊。小隊は一般分隊二と擲弾筒分隊一から成り、小隊の兵員は二四名、分隊は七〜八名であった。そして虎の子の連隊砲は此元中尉の一門だけであった。

また士気は、必ずしも高いとは言えなかった。二カ月前に行ったばかりの戦場であったから、物資のないことを考えて、誰しも気が進まなかったのであろう。

そこで行軍中に、いろいろな噂が伝わった。覚えているのは「今度の作戦は道義の作戦（阿南軍司令官の日記にしばしば記載されている）である。兵力のない広東の第二十三軍がみすみす苦況に陥り、大本営の兵力運用計画が狂ってしまうのを、第十一軍として拱手傍観すれば戦場道義にもとる」という作戦の主旨であった。〝道義の作戦〟は陸士で習った記憶がなかったから初耳であったし、せいぜい自分の身の回りや連隊の任務の範囲でしかものをみる目がなかった当時としては、「さすがに軍のみる目は違う。国軍全般の戦略を見渡して判断し、戦争に積極的に寄与する方策を採っている」と感銘したことを覚えている。そして阿南軍司令官の悠容迫らざる白皙（はくせき）の温容を想起した。この春、軍司令官が大冶ホテルに宿泊されたとき、一晩警護したことは前に述べた。

この経験と〝道義の作戦〟のイメージとが重なり合って興奮した私は、勢いこんで〝道義の作戦〟を亀川連隊長に報告した。連隊長も感銘を受けられると信じてであった。ところが案に相違して、連隊長は「道義は聞いている。軍司令官であり、軍の首脳の一員であられる方が、全般を見渡して戦場道義として今度の決心をされたのは当たり前だ。だが作戦をすれば犠牲は避けられぬ。いかに犠牲を少なくして目的を達成するかが今度のカギである。……作戦の効果と犠牲とが釣り合えばよいが、もしそうでなかったなら、第二十三軍への道義は立つかもしれんが、隷下将兵への道義はどうなるかだ」と淡々と諭された。恐らく連隊長には何かの予感があったのかも知れない。〝道義〟に酔っていた私は、冷汗をかいたものである。

次に伝わった噂は「今度の作戦は汨水までだそうだ。一次の使用兵力は四六個大隊であったが、今度はその半分位（第三師団〈六大〉、第六師団〈九大〉、第四十師団〈七大〉の計二二大）だから長沙は無理だし、牽制作戦だから汨水北岸の線までで十分だ」というまことしやかなものだった。誰がどうして言い触らしたのかはわからなかったが、汨水北岸までの作戦ならたいしたことではない。つまり自分にとって都合のよい噂であったから、この噂は本物として信じられたようである。私はむろんそれを信じた一人であった。それが戦理であると思えたからである。七〇〇キロも離れた広東方面の作戦に呼応する牽制作戦が、たった四十数キロ余りの進攻作戦でことが足りるのか、二階からの目薬ではないのか、二カ月前の長沙作戦でも、南昌の三十四師団は錦江河畔に、九江の独混十四旅団は修水河畔に作戦して主作戦に策応したのに、所期の牽制効果は収め得なかったではないか、の危惧は拭えなかった。だが、人は自分にとって都合のよい話は信じたがるものなのだ。

だから長沙には行かないことがわかって嬉しかったので、この件について亀川連隊長に伺うと、「噂は聞いている。だがいつも言ってるように、作戦は生き物であり、水物だ。彼我の自由意志の衝突だから、いつ何が起こるか、どう彼我の意志が変わるか、予断は禁物だ。戦場で一番厄介なのは先入観であり、固定観念である。人が往々にして失敗するのは、先入観から抜け出せず、状況に合わない指導をするからだ。耳障りのよい、根も葉もない噂を本気にして、鵜呑みにしてはならぬ」という主旨を諄々と説いて戒められた。

実際、公刊史『香港・長沙作戦』に記載されている二次長沙作戦の当初の作戦構想は〈図19〉の通りであった。それによれば、第六、第四十師団をもって沙港河と汨水の間に蟠踞している敵第二〇軍を関王橋付近で捕捉し、ついで追及してくる第三師団を第六師団の右翼に投入して汨水を渡河し、南岸地区の第三七軍を包囲撃滅しようという構想であって、作戦は汨水北岸までという考え方は全くなかったわけであった。連隊長の判断は、適切であったのだ。

だが、作戦は汨水までという噂が流れたのは事実であり、これを信じた各隊の弾薬使用量に問題を孕む因となった。都合の良い噂とは、恐ろしいものである。

〈第二次長沙作戦参加兵団〉
参加兵団：第三師団（幸）、第六師団（明）、第四十師団（鯨）、独立混成第九旅団ほか
軍戦闘司令所：岳州
作戦期間：昭和十六年十二月～昭和十七年一月

発想と計画

当時、第十一軍は第四師団を大本営予備として抽出されたが、その穴埋めに北支から独混第九

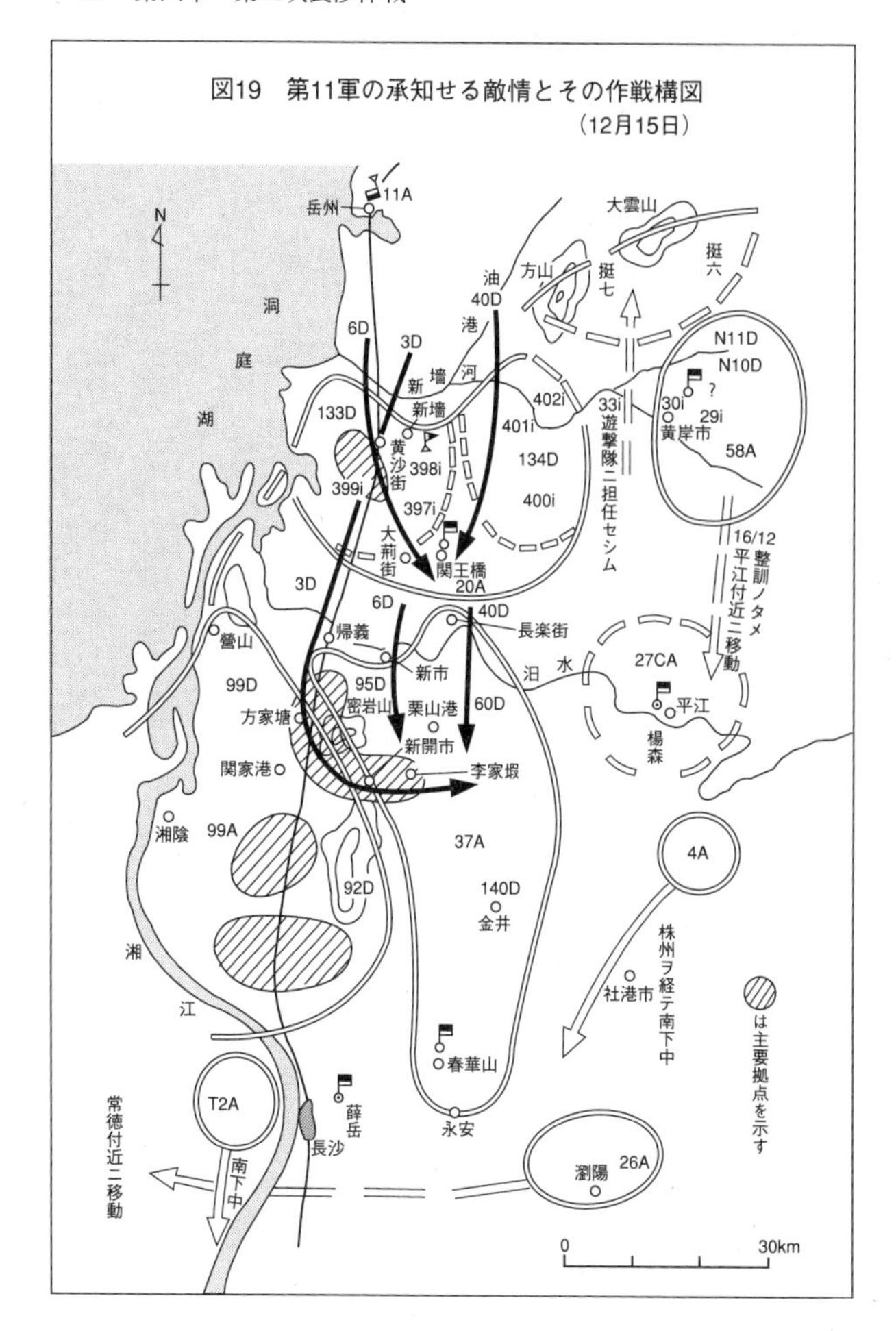

図19　第11軍の承知せる敵情とその作戦構図
（12月15日）
11A
岳州
N
洞
庭
湖
油
港
河
新
墻
40D
方山
大雲山
挺七
挺六
6D
3D
133D
新墻
黄沙街
398i
399i
397i
402i
401i
134D
400i
33i遊撃隊ニ担任セシム
N11D
N10D
30i
29i
?
黄岸市
58A
16/12
整訓ノタメ平江付近ニ移動
大荊街
関王橋
20A
3D
6D
40D
長楽街
帰義
営山
新市
汨
水
27CA
99D
95D
密岩山
栗山港
60D
平江
楊森
方家塘
新開市
関家港
李家塅
湘陰
99A
37A
4A
92D
140D
金井
湘
株州ヲ経テ南下中
社港市
は主要拠点を示す
江
春華山
T2A
薛岳
長沙
永安
常徳付近ニ移動
南下中
瀏陽
26A
0
30km

旅団（一大欠）を配属されて攻勢方針を堅持していた。それは十二月十日に開催した各兵団作戦参謀会同において、阿南軍司令官が南方開戦によって中国方面が次等正面になったとみる風潮を特に戒め、攻勢陣的態勢を整えて訓練に精進するよう訓示していることでわかる。（阿誌16・12・10）

十二月八日、第二十三軍が香港攻略を開始すると、長沙付近から暫編第二軍と第四軍が南下を開始した。また第七四軍も動き始めた兆候があった。そこでその南下を牽制するために、軍は次の手順を以って汨水方面への攻勢を決心したわけである。

十二月十二日夜、木下参謀長は寝ながら状況を判断し、一時間位で牽制の必要を決心し、その場で作戦計画の大綱を《図19》のように策定した。

翌十三日、木下参謀長は島村作戦主任等に牽制作戦の必要性や要領等を開陳したのち、軍司令官に具申した。

軍司令官は、即座に「よし」と決裁し、この日の日誌に次の如く記述した。（再述）

汨水方面攻勢ヲ決ス

第二十三軍ノ佐野兵団（38Ｄ）ハ昨十二日夜迄ニ英主力陣地ヲ突破シ九竜一帯ヲ完全占領、香港ニ勧降ヲ試ミツツ攻撃ヲ準備ス　該方面ハ第十八師団ヲ抽出セントスル等事態急ナリ　時偶々株州方面ノ敵４Ａ及Ｔ２Ａ（注：暫編第二軍）等南下広東攻撃ノ兆アリ　茲ニ於テ軍ハ決然立ッテ汨水方面ニ攻勢ヲ採ルニ決シ　第六師団主力、第四十、第三師団ノ約半部ヲ使用スベ

キ準備命令ヲ下シ総司令官ニ電ス
　万一敵ヲ抑留シ得ザルモ重慶其他ニ対シ一大脅威タルヲ失ハザレバナリ

つまり咄嵯の決心であった。その証拠に、この決心に関連した記述は以前にはなく、対米・英戦に突入すれば中国軍がどう反応するかなどを研究した記述は見当たらない。推測すれば、敵の動きに驚いた「衝動」または「反射的」であったと見られないこともない。

従って後方準備（岳州地区への弾薬・糧秣・医療品の集積と前線への追送準備、患者の後送・収容準備、その他）は全く整っていなかったわけである。そこで十五日に策定した作戦計画は、目的を「汨水ノ線ニ進攻シテ当面ノ敵ヲ撃破シ　第二十三軍ノ香港攻略及南方軍ノ作戦ニ策応スル」とし、期間を「新墻河ノ線攻勢開始ハ十二月二十二日前後トシ　作戦期間ハ約二週間」と限定された。使用兵力は前述の通りだが、これは参謀長・木下勇少将（26期）が、当面の敵は第二〇軍（二個師）、第五八軍（二個師）、第三七軍（三個師）の計七個師くらいのもので、わが第六師団（九大）だけで十分だが、優勢を期するため第四十師団の主力（七大）と第三師団の半部（六大）を用うることにしたという。作戦指導要領は前掲の〈図19〉の通りである。

つまり噂は本当であった。汨水の線を汨水北岸の線と都合よく解釈した誤りはあったものの、軍の機密中の機密がこうして漏れてくるのだから、軍隊とはおかしなところである。

〈阿誌12・19〉金　曇

三、３Ｄ長　豊嶋中将来部　集中途次ノ申告　雉及スッポンヲ贈ラル（注：この時、長沙占領を密議したらしいと勘繰る向きもある）

四、香港ハ十八日十時ヨリ総攻撃開始……

〈阿誌12・22〉　月　晴　岳州戦闘司令所ニ前進

第二次長沙作戦（注：この記述も、軍司令官は初めから長沙占領を決意していた証拠と思われる）

三、戦闘機三機ニ護衛セラレ白螺磯着……小休ノ後装甲艇ニテ懐カシノ良城磯（城陵磯？）ヲ経　岳陽楼下ニ碇シ……戦闘司令所ニ入ル

四、約二十日間長沙作戦ヲ快捷ノ間ニ指導セシ楽シキ思出ニ耽リツツ入浴……

遭遇戦より忙しい攻勢発起

行軍は夏より楽だった。今度は馬の鞍下に三枚もの毛布を置いたので助かった。だが小雪がちらつき、どんよりとした雲が不吉の前兆のように見え、なぜか胸が騒いだ覚えがある。

十二月二十三日朝、集結地の桃林まで二日行程のところを行軍していると、飛電一閃、「自動車輸送によって速やかに托垻付近に集中すべし」という電報が舞い込んだ。そして兵站自動車隊が迎えにきた。急なことで、輸送計画を樹てる暇（いとま）も何もない。仕方がないので行軍序列の順に人と馬と物とを積めるだけ詰めこんで、大隊の三分の二ぐらいを発車させた。このため建制はやや乱れ、特に人と物とが離ればなれになった。後で掌握に手間どったようだが、ピストン輸送を繰

り返して前半夜までに輸送を終えた。二日行程を一時間半ばかりで走るのだから楽であり、これなら初めから輸送してくれればよいものを、と贅沢言ったものである。

　この時苦労したのは、下車点の決定であった。こっちは集結地まで乗りつけたいが、車の折り返し点がない。そこで、もっと行け、いやここで降りろの押し問答があったことを覚えている。早速、連隊長がよく言われる「何が起こるかわからない」が起こったのであった。

　しかも先行された連隊長に追及してみると、はや攻撃命令の下達中であった。細部は忘れたが、要旨は「連隊は師団の右翼隊となり、明二十四日薄暮に沙港河を渡河して攻勢を発起し、関王橋付近に向かい突進する。中山大隊（第一大隊）は全力の集中を待つことなく速やかに油港河（桃林を流れる沙港河の支流）の渡河点を奪取し、爾後、沙港河北岸地区を掃蕩して主力の攻勢発起を容易ならしむべし」であった。第一次の時と同じように、沙港河北岸に勢揃いして用意ドンで攻勢に出るものとばかり思い込んでいただけに、おっ取り刀での攻撃開始に驚いた。作戦に常型なし、とつくづく感じたものである。東北方ではすでに先着した歩二百三十四連隊（戸田義直大佐、27期）が攻撃中であったのだ。

　薄暮の初期、中山大隊は猛烈な支援射撃の下に油港河（幅一五〇メートル位の砂川）の渡河を開始した。いつもより撃ち方が派手だなと感じたが、後で聞けば「どうせ汨水までだから」の心理が作用して、「損害を避けたい一心で思い切り撃った」という（同期の木下団治中尉談）。

　やがて対岸に青吊星が上がった。渡河成功の合図であった。すると連隊長は自ら電話で損害の有無を確かめられ、一人の負傷者もないことがわかると「中山よ。まことにご苦労をかけるが、本夜中に沙港河の北岸に進出して、当面の敵の沙港河渡河を遮断してくれまいか。この敵が南岸の主陣地に入ったら厄介だからな」と相談された。そして色よい返事があったものか、ほっとして祈るような面持ちをされた。恐らく今夜は損害が出るであろうが、沙港河北岸に進出している敵の前進部隊（情報によれば第一三四師四〇一団主力）が無事に南岸の主陣地に入ったならば、数倍の犠牲が出るであろうから、今夜の無理な夜襲命令を許してくれ、というお気持ちであった。それは「佐々木よ、今夜少々の損害を覚悟するのと、明日の渡河で生ずるであろう損害とはどっちが有利か」と禅問答のような問い掛けをされたことでわかった。このようなことを話されるのは初めてであった。内心よほどつらかったのであろう。そう考えて「第一線はつらいでしょうが、明晩の渡河と南岸台地の夜間突破を考えれば、今夜のうちに北岸地区の敵を撃退し、明日の昼に十分準備しなければなりません。でないと攻勢の初動がうまくゆきません」と答えると、「そうだよな」と安堵されたように思う。

だが沙港河北岸地区の夜間攻撃は、遅々として進捗しなかった。敵は水田中のあらゆる集落を拠点陣地に編成して頑強に抵抗し、退がる気配は見えないという。銃声と弾幕を張るらしい手榴弾の炸裂音が断続して聞こえ、一向に南下しないのである。連隊長は電話で「敵の拠点の隙間から潜入して後ろに回れ。敵は本夜中に南岸に退がるはずだ。正面を力攻せずに渡河点を狙え」と指導されていたが、敵は日本軍の間隙攻撃に備えて拠点の中間にも配備しているらしく、一向にらちがあかない。堪りかねられたのか、連隊長は夜半に香月作戦主任を帯同して中山大隊本部まで出向かれたが、敵は逐次増勢して中山大隊は半包囲に陥り、突破口を発見し得ないでいるらしかった。

〈阿誌12・23〉　火　晴暖　第一線巡視
一、九時出発……一〇三〇新開塘ニ6Dヲ　一一三〇竜湾橋ニ3Dヲ訪ヒ此処ニ中食、一三三〇ニ40Dヲ訪ヒ大成功ヲ祈リッツ一六三〇岳州ニ帰着ス　小春日和ニテ敵20A、37A、78A等已ニ手中ニアルヲ覚ユ　香港未ダ陥落セズ　丁度好機ニ攻撃シ得ルコトトナル……

二十四日未明に帰られた連隊長は「敵は何を考えているのかわからんもんだな。退がるどころか増援しよる。恐らく日本軍を小部隊と見誤っているんだろう。佐々木、水沢（第二大隊）に電話して、払暁から攻撃できるよう準備せよ、と伝えてくれ」と指示された。水沢大隊の副官・岡崎中尉に電話すると、「自動車輸送で細切れになった大隊をさっき掌握したばかりだ。攻撃準備は承知した。だがそんなに急ぐ状況か？」とけげんそうであった。誰もがゆっくり攻撃を準備して、用意ドンで発進すると考えていたようであった。

十二月二十四日払暁、水沢大隊は中山大隊を包んでいる敵の右翼を包囲するように攻撃を開始した。山砲と連隊砲の七門で撃ち上げてからであった。すると敵は歩々（ほほ）の抵抗に移った。恐らく本夜の沙港河渡河を考えて時間を稼ぐつもりと考えられたが、軍の攻勢開始は本薄暮と決定されている。だからその手に乗っては大変だ。ひとつひとつの集落を山砲で制圧し、稲刈り後の乾田を這うように前進して接近し、機関銃や擲弾筒の支援射撃のもとに突撃する勇壮な光景が随所に見られた。けれども攻撃は予期したようには進展しなかった。ドンヨリとした曇り空と光線の関係で敵の位置がつかみにくかったのと、運動場のように真っ平らな水田の中の攻撃は極めて難しいからで、古参の都築第一中隊長が「上海戦のようだな」とつぶやかれたことを思い出す。しかも敵は集落の外廓に突入されても、煉瓦造りの集落の中で市街戦さながらの抵抗を続けたのである。そこで第一線が沙港河の北岸集落に進出したのは、午後も遅くなってからであった。後で沙港河を見渡すと、河中に相当数の遺棄死体があったから、やはり敵は夜間の渡河退却を企図したものと思われる。

渡渉点の偵察を命ぜられたので河岸近くの集落に入ると、同期の此元中尉の連隊砲が大きな木が生えた堆土の陰に放列を布置していた。堆土の左端から沙港河をのぞこうとすると「そこは危ない、さがれっ」と注意を受けた。慌てて頭をすくめたとたん、パシッと狙撃されたが、聞けば敵はまだ北岸に残っており、河岸には出られないという。困っていると、前方二〇〇メートル位の堤防の切れ目でけたたましいチェコ（チェコスロバキア製の軽機）の連続発射音が起こった。見ると、右前方の中山大隊が奪取した集落に追及中の兵の足もとで土煙が上がっている。

ハラハラしながら見ていると、見るからに重そうな装具を背負った兵がよたよた走りながら集落の陰に入った。ホッとしていると、後続兵が畦の陰から走り出したかと思うと再びチェコが火を吹き、兵ははたと伏せた。眼鏡で見ると、ドイツ風の鉄帽をかぶった中国兵がこちらに横顔を見せてバリバリ撃っている。見たことも会ったこともない他国の人であったが、無性に憎らしかった。彼も任務上必死で撃っていたのであろうが、面白がって撃っているように思えたからだ。

堪りかねて「此元、撃てよ」と催促すると、「軽機を目標に撃つのは弾丸が勿体ない。今日の戦闘でもう五〇発も撃ち、残弾が一五〇発しかないんだ」と渋る。そこで本薄暮の渡河が遅れたら大変なわけを話して一発だけと頼むと、直接照準でドカンと撃った。すると爆煙がチェコを包み、銃声ははたと止み、以後絶えた。倒れていた兵が起き上がって、よたよたと集落に消えた。ご苦労さんと呟いていると、誰かが「佐々木中尉ドノ、あれで一五人はやっつけましたぞぇ」と教えてくれた。後で考えれば、あの敵が北岸に残された最後の収容部隊であったようだ。

でもその時はまだ敵が残っているような気がして中山大隊に追及するのをためらっていると、いつの間に進出されたのか、亀川連隊長が現われて「此元、ご苦労。佐々木、行くぞ」と言われるなり、すたすたと水田の小道を歩かれ始めた。少し気遅れしていただけに「まだ危ないのではない？」と申し上げると、「此元が吹き飛ばしたから大丈夫だよ」と歩度を緩められない。仕方なく連隊長の弾丸除けになるつもりで左側を歩いたが、いつ撃たれるか気が気でなかったことを思い出す。しかし何事もなく中山大隊本部に着いた。自分では戦さ慣れしたつもりでも、戦場での勘は連隊長の足下にも及ばなかったわけだ。何だか恥ずかしかった。

こうして二十四日午後に沙港河北岸地区の掃蕩を終え、休む間もなく薄暮攻撃を準備した。幸い沙港河の水量は夏とは比べようもなく少なく、どこでも渡渉できた。問題は二個大隊を並列して攻撃するか、梯次に攻撃するかであったが、連隊長は夜間に縦深を突破する必要から後者を採用され、第一線大隊に中山大隊を指定された。「中山よ。二晩続きの夜襲でまことに大変だが、頼む。この進路（と言っても、幅一メートルの石畳道）の両側高地を各一個中隊ずつで奪取しながら、ここまで出てくれ。以後は水沢を突進させる……」と命令しながら現地や地図を指差して、細々と指示を与えられた。

そのころ戦場は静まり返って、南岸では犬の遠吠えが聞こえていた。恐らく敵も配兵に忙しかったのであろう。こちらの岸では早目の夕食を摂り、明朝と昼の食事を携行するために兵が忙しく立ち働いていた。私は山砲と連隊砲に射撃区域を配当するのに忙しかった。現地で指示しなければ役に立たないので、夕食どころではなかったように思う。

また端正な顔立ちの第一大隊副官・安村八郎中尉が、あれもこれも撃ってくれと言われるので、砲兵に転移射を頼むと、夜間は危ないと断わられた記憶がある。

夜襲に次ぐ夜襲

十二月二十四日夕、南岸の台地が薄墨色に覆われるころ、中山大隊は四縦隊となって渡渉を開始した。渡河の方針は急襲（昔の用語で、奇襲がばれたら強襲に転移する）であったから、物音ひとつしない。ただ敵が撃ち始めたら撃ち返すために、拉縄（りゅうじょう）（砲の発射具）を握り、引き金に指を掛け、固唾をのんでいるだけである。

やがて第一線の二個中隊は暮幕の中に消え、大隊本部が渡河を開始した。中山大隊長が十字の白襷を掛けて「敵はいないようですな。では参ります」と挨拶されると、亀川連隊長は「主力は退がったかも知れん。しかし一部は残しているはずだから用心してくれ」と見送られた。

中山大隊が渡河を終えると連隊本部が渡り始めた。足下は見えたが、敵の台地は闇の中だった。ちょうど中流に差しかかったとき、突如としてドドドドッと聞こえる手榴弾の弾幕音が南岸台上で起こり、チカチカチカッと光る炸裂光が半円状に見えた。と同時に一斉射の銃声が起こり、瞬く間に四方に広がった。間髪を入れず掩護火力が火を吹くと、しばらくして止み、再び静寂に戻った。

連隊長が「敵は待ち伏せたのかなあ？　ここの敵はなかなか味なことをやるわい」と香月大尉に話しかけられたので、「中山大隊の状況を見てきましょうか」と申し上げると、「大隊でもまだわからんじゃろ。連隊から行けば、督戦と受け取って無理するから、行かん方がええ」と止められた。

連隊本部は河岸と台地との中間にあった予定の集落に入って状況の進展を待った。もう雨模様の暗闇で、なぜか沈鬱な空気が漂っていたように思う。この闇では方向の維持さえ難しかろうに、縦深二キロ余りを突破するのは並大抵ではあるまいと案じていると、間近で闇を引き裂くような喊声が上がった。かと思うと熾烈な銃爆音が起こり、一時して止んだ。突撃が成功したのか、失敗したのかはわからなかった。間もなく二度目の喊声が上がり、次いで銃爆音が起こり、しばらくして止んだ。連隊長が「内之八重（剣道四段の猛者で、戦機を見る目は抜群であった。第二中隊長）だよ、たぶん。あれは夜襲がうまいからな。偽喊声で弾丸を使い果たさせているんだ」と解説されたが、後で聞けばその通りであった。

三度目の喊声が上がると、銃声は盛んに起こったが爆音はまばらであった。四度目のときは、銃声もまばらで、爆音は起こらなかった。そして静かになった。やがて通じた有線で「敵の第一線陣地の奪取に成功した。予定の如く攻撃を続行する。損害軽微」と報告がきた。

その間、連隊長は座禅を組んでおられるかのように瞑想にふけっておられた。恐らく、神仏に祈るような気持ちで夜襲の成功を祈っておられたのではあるまいか。部下に夜襲を命じて自分は寝てしまう指揮官がいる、と聞いたことがあるが、亀川大佐がそのような不謹慎なことをされたことは見たことがない。寝上手で、馬の上ではよく舟を漕いでおられ、用のない時を見計らっては眠られたからであろう。

だがこの夜は、喊声と銃爆音とが断続して絶えなかった。わぁっとか、ひえーっと聞こえた悲愴な喊声が、今も耳から離れない。それでも銃爆音が逐次南下する様子が手に取るように聞こえ、連隊長の愁眉を開かせていた。損害も案外少なく、死傷した将校はいなかったと思う。でも凄惨で不気味な夜に変わりはなく、作戦の前途を暗示したようなみぞれ混じりの夜であった。

〈阿誌12・24〉 水 晴夜雨 新墻河畔攻撃開始

二、敵北上列車多ク10Aノ長沙ニ集ルニアラズヤト 万一然ラバ正ニ牽制ノ目的ヲ達シ得タリト言フベシ 薛岳長官ハ37Aニ汨水南岸ハ一五日間日本軍ヲ支へ 已ムヲ得ザレバ沙（社?）港市、金井方面ニ退キ 78A（3D）ヲ平江方面ヨリ西向ニ攻撃セシムベク命ゼリ 前回同様我レノ捕捉スル所トナランノミ

三、14Bsヨリ沢大隊（約七五〇名）……着

八、6、40両D、黄昏新墻河渡河　日没後20Aニ対シ攻撃開始

迷った夜

二十五日の夜明け前、中山大隊は所命の線に進出した。それは血と涙、汗と泥との結晶に外ならなかった。連隊長は水沢大隊長に「では出発してくれ。途中で固いのにぶつかったら思い切って迂回して、斗南尖に急いでくれ」と命ぜられたように記憶する。

水沢大隊はすぐ前進を始めたが、天明ごろから一進一止し始めた。兵力不詳の敵が、遅滞行動に出たらしかった。前兵が停まると連隊長はすぐ前線に出て行かれたが、小敵とみて攻撃を続行すべきか、大敵とみて迂回すべきかの判断は実際には難しい。木立に隠れた敵の兵力と配備は容易にわからないからである。そこで山砲や重火器で撃ち掛けてみたり、一部で包囲したりして敵の退却を強いるのだが、雪混じりの雨と風とが災いして、この日は十数キロしか突破できなかった。そして漸次損害がでた。名は忘れたが、不死身の勇敢さで有名であった准尉が戦死したのはこの日であった。前兵が停まるたびに第一線への連絡に出た。顔見知りの方にいちいち挨拶すると、はや皆疲れており、風雨の中での苦闘が偲ばれた。

夕方が近づいた。追撃を続行するか、宿営するかの決心の時期である。もう第一線は二晩も寝ていない。連隊長の決心は追撃続行であった。連隊長は「こっちも疲れ、眠っていない。だが防勢に立っている敵は精神的により疲れ、こっちより眠っていないはずだ。今夜追撃を止めれば、明日は精気を吹き返す。戦争はどっちみち根比べだ。……その方が犠牲が少なくてすみ、打撃す

ることによって牽制効果が挙がる」と説明された。いつもは決心の理由をいちいち解説されることはないのだが、この時は皆につらい夜間追撃を納得させる必要を感じられたのであろう。

明るいうちに夕食をすませ、薄暮に追撃を再開した。みぞれ混じりの雨が小止みなく降る嫌な夜だった。初めのうちは順調に前進した。だが闇が深まるとともに一進一止の状態となり、やがて停止する時間が多くなった。敵はいないのに、銃声一発しないのにおかしい。原因を調べに追い越しにかかったが、将兵は前進が止まると路上に寝てしまうので、途中で諦めざるを得なかった。

いつごろかもわからなかったが、前の伝騎が急に右に折れて畦道を進み、小川の崖をすべり下りて対岸に飛び上がった。なぜ小川を渡らねばならないかわからなかったが、目を皿のように見開いて続行しなければ行方不明になってしまう。一寸刻みで前進していると、どうも水田の畦道をぐるぐる回っているような感じで、方角がさっぱりわからなくなった。そして再び小川を渡って石畳の道に出たころには二十六日の朝が白々と明け始めていた。一晩中歩いたというよりも、一晩中立ち通しであった感じが強かった。兵は疲れ果てて、道端でイビキをかいている。

〈阿誌12・25〉 木 曇雨 香港降伏

一、6D、40D共ニ二十四日二〇時～二三時ノ間ニ新墻河南方高地ノ敵陣地ヲ突破シ 各南方ニ追撃中ナリ 3Dハ本二十五日前進ヲ開始シ汨水進発ヲ28日夜ト予定ス

二、爾後作戦ヲ長沙迄伸バスヤ否ヤ広東、香港方面ノ情況及仏印方面等ノ関係ヲ顧慮スルヲ要スルモ

一般当面ノ敵情ヨリ考フルトキハ右図〈図20〉ノ如ク指導セバ極メテ容易ニ長沙、株州迄進出シ　広東方面牽制ニ大ナル力アルベキモ　反転、患者後送等ニ少々難シキ点ヲ生ゼン　参謀長ニ研究ヲ命ズ

(注：この時点で長沙攻略の是非論が表面化したことがわかる)

三、11―12時久々ニ岳陽楼ニ遊ブ……春五月……楼上ヨリ長沙攻略スベシ　山河堅塁何スルモノゾ……ト呼号シ長沙作戦ノ決心ヲナシ大戦果ヲ得タル思出多キ所……雄図勃々タリ

六、……香港英軍ハ遂ニ降伏……

(注：もし〈図20〉のように作戦したならば、わが第四十師団で還れた者は何人いたであろうか？この構想を実行したならば、放胆でなく、一か八かの〈捨て鉢作戦〉と評されたであろう)

図20　12月25日付
阿南軍司令官の日記図

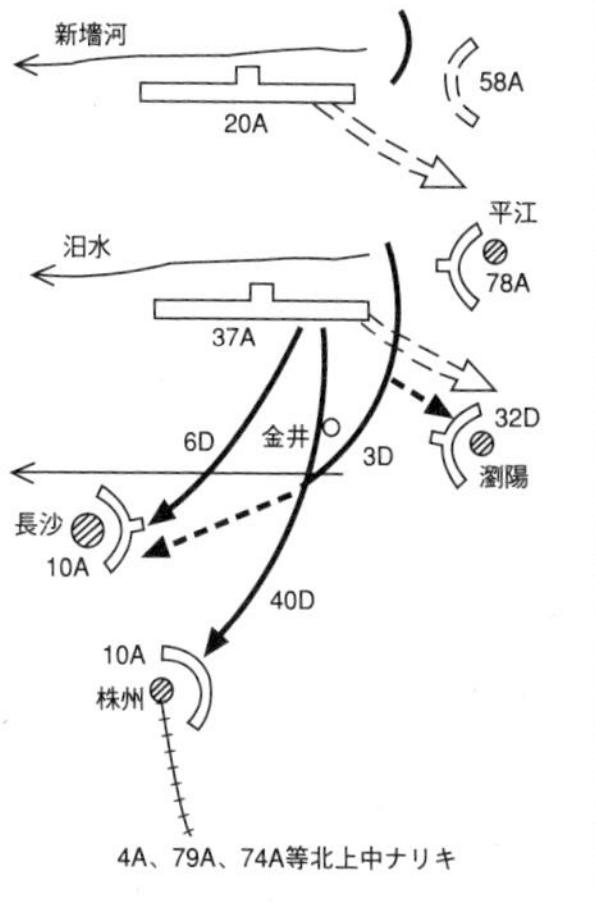

さすがの連隊長も二十六日朝に大休止を命ぜられ、連隊本部はとある集落に入って焚き火した。誰もが歯の根がガタガタするほどの悪寒に襲われていたのである。もし姉が編んだセーターがなかったら、必ず風邪を引いたろう。中山少佐も香月大尉も、この晩に風邪を引かれた。粥をすすって人心地がついたころ、騒ぎが起こった。現在地が

図上のどこかわからなくなったのだ。戸外に出て稜線の流れ工合や水流を当たってみたが、どうも自信のある解答がでない。昨夜の尖兵中隊長・真鍋中尉を探し当てて聞くと「あちこちから誰何されて対応に追われているうちに、どこがどこだかわからなくなってしまった」と申し訳なさそうであった。

日が高くなったころ、二人の大隊長が来訪されて、丘の上の十字路で鳩首協議が始まった。だが、現在地がわからないので前進の方角が決まらない。時はどんどん経っていく。私は一計を案じて、道を逆戻りすることにした。伝騎二騎とともに二キロ位を飛ばしてゆくと、第六師団の輜重隊が急いでいるのに遭った。そこで将校に現在地を尋ね、地図に当たってみると、すぐに連隊本部が標定できた。地獄に仏であった。走り帰って「斗南尖道はこの道です」と報告すると、連隊長の口から「佐々木、有り難う。助かったよ」の言葉が漏れた。昨夜一晩の前進距離はたったの三キロ！　であった。

戦場では気が急ぐ。勢い不眠不休の機動を要求しがちになるが、その効果と、不眠不休による戦力の低下とは、天候気象・月齢を勘案して十分に衡量せねばならぬ。天候が悪い時は、思い切って休止した方がよい場合が多い。夜行軍は時速二、三キロだから徹夜行軍してもタカが知れていて、実効は少ない。

斗南尖〈図21〉

亀川連隊長は「昨夜はすまんかった。思い切って休めばよかった。だが佐々木が六師団の輜重に遭ったからには、だいぶ遅れている。急ごう。中山よ、二大隊は昨夜疲れているから前兵を交代し、斗南尖北側に進出して敵情を見てくれ」と素直に謝られ、斗南尖への急進を命令された。二十八日午前の中ごろであったと思う。

斗南尖は万洋山山脈の支脈が湖南平地（といっても丘陵と田畑が複雑に織りなした低地帯）に突き出した標高一八二・九メートルの禿山で、敵第二〇軍が根拠地にした関王橋陣地の中核をなす。かねて知られた既設陣地帯で、第一次長沙作戦の時さえ迂回した陣地であった。

雨は小雪に変わり、行軍は順調に捗った。右前方や左前方ではしきりに銃砲声が起こっていたが、連隊正面では一発の銃声もなく、静けさがかえって不気味なぐらいであった。

ところが午後の中ごろ、中山大隊が斗南尖北側に進出したと思うころ、にわかに銃砲声が湧き起こった。

昨夜のうちに退却を終えた敵は、案の定、本拠地で待ち構えていたのである。もし昨夜の行軍が順調であったなら、斗南尖は配兵未完に乗じて奪取できたであろうと悔やまれたが、詮ないことであった。

連隊本部が斗南尖北側に進出すると、水流を距てて斗南尖に向かい合った北側の丘に、一際目立つ白塗りの廟があった。連隊長は躊躇なく廟を本部に指定された。でもあまりにも目立ち過ぎるので、「集中射の目標になるのでは？」と具申すると、「目立つから、敵は、まさかあの廟に本部が入るとは思わんじゃろう」と言われる。敵の思惑の逆手を取られたわけで、その大胆さに驚いた。ジョホール水道渡過時の第二十五軍司令部の位置選定に似ているが、亀川大佐の方が一カ月半ばかり早かったわけになる。確かに夕方ごろ、敵は陣前の集落という集落に迫撃砲弾を撃ちこんできた。だが山頂の白い廟には撃ってこなかった。連隊長の読みが当ったが、この時は、よほど敵の心理を看破した体験がなければできない芸当だ、と思った次第である。

廟の高地に登ると、向かいの崖のようになった台地に土饅頭のようなものが点々とあり、下部に不気味な銃眼が見え、鹿砦が取り巻いていた。

斗南尖の孤峰は前方五〇〇メートル位に中腹から上だけを見せてうっすらと雪化粧しており、崖の下には深そうな川が外濠のように流れ、突角の下に二〇メートル位の岩乗な石橋が架かっていた。

当時の連隊の任務は斗南尖の攻略であった。亀川連隊長は斗南尖の攻撃を中山大隊に下命された。

薄暮近くに山砲の全力で制圧し、薄暮時に石橋を渡って突撃し、夜襲で斗南尖を奪取する構想であった。

定刻になると、山砲と連隊砲が今で言う攻撃準備射撃を開始した。三〇〇〜四〇〇メートルの距離から撃ったのだから土饅頭には命中するのだが、びくともしない。連隊長が「銃眼を撃て」と指示されると砲兵の連絡将校が懸命に電話していたが、ついに銃眼に飛び込んだ弾丸はなかったようである。そして迫のお返しがきた。集落という集落がつるべ撃ちに撃たれたのは、この時である。

これでは攻撃発起が遅れると案じていると、石橋の付近でわが重機が一斉射を開始した。そして崖の上で擲弾筒が一斉に炸裂したかと思うと、十数人の一団が石橋を転ぶように渡っていった。感激的な光景であり、ふと連隊長を見ると、目がうるんでいるように見えた。

やがて暗くなり、砲声は止んだ。だが崖の上では手榴弾らしい爆音が絶えず、友軍の九六式軽機と九二式重機がけたたましく撃っていた。

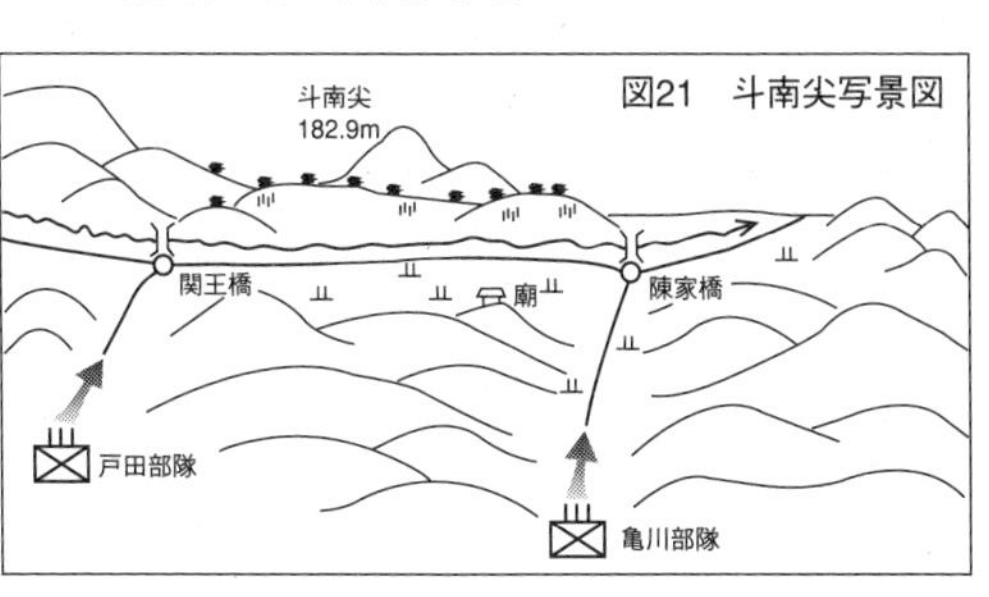

図21　斗南尖写景図

突撃の成、不成を案じていると、中山大隊から報告がきた。

「敵の第一線は内之八重が奪取したが、敵は逆襲を繰り返すので戦況は進捗しない。木下中尉以下五名負傷。今さげるから、連隊で収容してくれ」という内容であった。後で内之八重さんに木下の負傷状況を伺うと、「彼は教範通り真っ先に敵壕に飛び込んだ。……すぐ正面から敵が黒々と逆襲してきたのでそれに気を取られていると、木下が『中隊長ドノ、左から敵襲』と叫ぶ。行って見ると敵は壕伝いに手榴弾を投げながら近付いてくる。負傷した木下は顔面が真っ赤であった。軽機の腰だめ射撃で追い返したが、木下は肩や顔に負傷しながら戦っていた。感動的であった」

と説明された。

連隊長は「木下がやられたのか」と残念そうにつぶやかれ、「佐々木、同期を収容せい」と命ぜられた。そこで伊藤軍医と下の集落に患者収容所を開設して石橋まで迎えに行くと、ちょうど退がってきたところであった。

同期の負傷は骨身にこたえるものである。

木下中尉によれば「二メートル以上もある交通壕が迷路のように張り巡らされていて、敵は壕伝いに逆襲を繰り返してくる。そのうえに、斗南尖との間にある浅い谷を利用して反斜面陣地を造っている。だから、夜の戦果拡張は困難だ」という。

この戦況を報告して「夜襲を続行しますか、明朝山砲を進めて攻撃を復行しますか」と伺うと、眼だけきらりとさせられて、返事がない。重ねて尋ねると「夜襲の中止を命ずれば、せっかく奪った一角が取り返される恐れがある」とつらそうに述べられた。恐らく、そういう苦い経験があったのであろう。

こうして斗南尖北側台をめぐる攻防は一晩中続き、手榴弾の弾幕音と石橋を狙っているらしい迫の集中射、及び友軍の重火器音が雪の夜に轟いていた。中山大隊は第一線を増強して戦果の拡張を図った。だが、〝かつて経験したことがない組織的抵抗〟（大隊の報告）を受けて戦況は進捗しなかった。

左前方でも、一晩中銃爆音が起こっていた。

これは戸田部隊（歩二百三十四連隊）の力攻を物語っていたが、やはり銃爆音が南下する気配はないようであった。

〈阿誌12・26〉　金　風雨夜雪

一、夜来風雨強ク第一線ノ困難ヲ偲フ　十時ノ帰漢出発ヲ見合ハス（注：香港の陥落により帰漢を予定したが、風雨のため見合わせた）
二、汨水南岸ノ敵ハ稍後退シテ既設陣地ヲ取ル　之レニ対シ二十九日ニ攻撃スルニ決ス……作戦主任等長沙ヲ衝クベキヤ否ヤ未ダ決心定マラザルモノノ如シ　未ダ戦道ニ徹セザルニヨル（ゴチックは筆者注、以前から長沙攻略の是非が論ぜられていたことがわかる）
四、夜吹雪トナル寒気亦加ハル　作戦主任ノ室ニ到リ夜更ケ迄語ル（注：長沙進攻を説得した意）
五、40Ｄは関王橋附近ノ20Ａヲ攻撃中ナルガ如シ　沢大隊及6Ｄノ一部モ之ニ協力セリト信ズルモ無電不通ノ為消息不明ナリ　6Ｄモ……40Ｄニ連繋シツツ汨水ニ前進中ナルガ如シ
六、香港陥落ストモ敵ノ（広東方面への）攻勢ハ却テ茲数日ガ危険多キヲ以テ該方面ノ敵ノ牽制ヲ緩メナバ軍ノ任務ハ完全ト言フヲ得ズ　更ラニ強硬ナル決心ヲ必要トス
（注：軍はこの日総軍に長沙進攻の認可を求め、軍司令官はその構想を〈図22〉のように記した）

二十七日未明、連隊長は水沢大隊を起用して重点とし、敵の左翼を攻撃すべく決心された。黎明時に小川の下流を渡渉して、斗南尖の西麓を攻撃する案であった。ところが砲兵の高島大隊長から異論がでた。「水沢大隊の攻撃は東面する攻撃になるから敵情の確認が難しく、緊密な支援ができない」と難色を示されたのである。といっても中山大隊が確保している高地には山砲を推進する地積はなかったし、水沢大隊を中山大隊の左に増加することは石垣に頭をぶつける感じであった。

図22　12月26日付阿南軍司令官の作戦指導腹案図

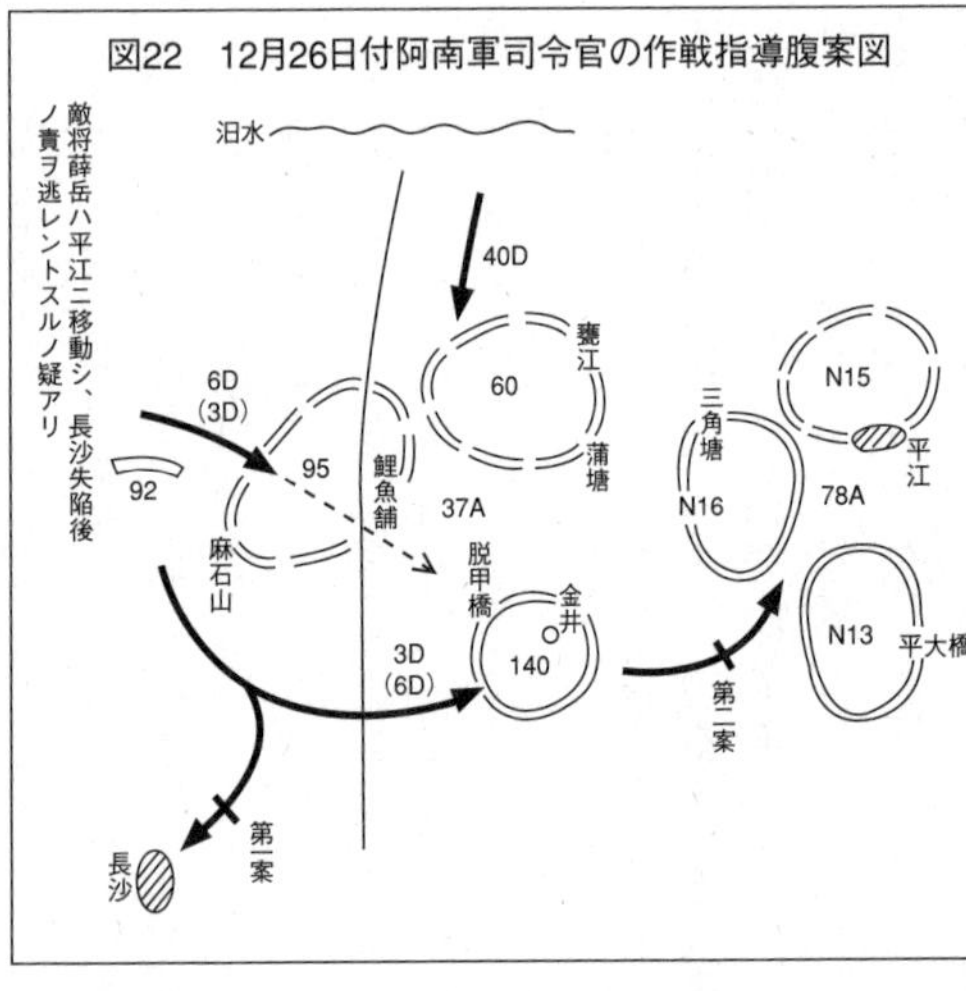

連隊長がどう裁決されるかと固唾をのんでいると、「そうじゃのう。では攻撃開始は日が上がってからにしよう。だが雪が降っているから、早く見えるようになるじゃろう。水沢と調整して、砲兵は払暁までに陣地変換を終えてくれ給え」と意見を入れられた。部下の進言は何らかの形で受け入れ、我を張らない流儀の一例であった。人は意見を具申して入れられれば責任を感じ、より懸命に働くものである。

ところが、師団から転進命令がきた。亀川部隊は中山大隊の主力を残置して師団主力の転進を掩護させ、主力は速やかに長楽街西側に集結すべし、との内容であった。師団は軍全般の態勢上、関王橋拠点の覆滅を諦めたのである。公刊史によれば、第三、第六師団は、はや汨水北岸に進出し、渡河準備中であったという。

汨水河畔

二十七日払暁、連隊は中山大隊主力を残置して長楽街西側に転進し、午後には集結を終えた。湖南では珍しい大雪で、白銀の別天地であった。そこに珍しく従軍記者が訪れて、香港はすでに二十五日に陥落した、間もなく反転命令が出るであろう、と知らせてくれた。思わず万歳を叫ぶ兵がおり、喜色がみなぎった。香港が陥落したならば、〝道義の作戦〟は達成されたことになる。記者の報道を疑う者はなく、兵の中には雪ダルマをつくって日の丸を持たせる者もいた。その夜は帰還の夢を見ながら熟睡した。二十三日の夜からろくに眠っていなかったからだ。

ところが二十七日夜以来、軍は次のように長沙進攻の決意を固めつつあったという。

〈阿誌12・27〉　土　小雪風強シ

一、夜来風雪止マズ……薄氷ヲ見ル

二、参謀長島村参謀モ概ネ全般判断上長沙進攻ノ要ヲ認メタルガ如シ

其ノ最利トスル所ハ

1、蔣政権ニ無言ノ脅威ヲ与ヘ

2、南方集結ノ兵力ヲ北方ニ牽制ス　何時湖南ハ蹂躙セラルルヤモ知レズトノ感ヲ与フ

3、皇軍ハ尚余裕綽々タルヲ知ラシム

4、湖南民衆ヲシテ蔣軍恃ムニ足ラズト思ハシム

5、第六戦区ニ脅威ヲ与フ

等挙ゲテ数フベカラズ　断アルノミ
三、一般情勢ハ好順調ナリ　河川増水セバ将兵タチノ労多カラシムルヲ恨ム
四、戦闘司令所ハ暫ク岳州ニ存置継続スルニ決ス
（注：二十五日の香港陥落により、軍司令官は二十六日の帰漢を決したが、風雪のため飛行ならず、そのまま岳州に留まることになった。これが千数百の将兵の命運を分けることになったわけである）

ところが二十八日朝、工兵連隊が汨水に架橋している噂が流れ、連隊長は司令部に招致された。帰隊して普段の表情で静かに漏らされた一言は、「師団は、汨水南岸高地帯の敵を撃滅するそうだ。明朝以降、いつでも出発できる準備を整えるよう、各隊に伝えよ」であった。嫌な予感が走った。何だかわからなかったが、とんでもないこと、不吉なことが起こるような気がしたのである。でも不安を打ち消しながら、昨夜遅く集結した中山大隊に馬を急がせた。

途中、第二機関銃中隊長・明神祥典中尉（52期）に遭った。明神中尉は先々代の旗手で、私が見習士官の時の教官である。挨拶すると高知県出身の先輩は純粋の土佐弁で「香港は二十五日に落ちたそうだねゃ。反転はいつぞよ」と聞かれる。そこで事情をお知らせすると、南岸の峨々たる雪の山岳を指差しながら「あの山を！　それぁ、おおごとぞょ。汨水の線までと聞いちょったから、弾丸は半分も残っちょらん。弾丸を補給してくれるよう言ってくれ」と心配そうであった。

中山大隊に伝えると、「本当か？　残弾があまりないんだよ。……お前が持ってくる命令でろくなものはないいな」と散々であった。誰もが、作戦は汨水まで、香港が取れたら反転、と信じて

いたのである。風邪を引かれた中山少佐は、ことのほかご機嫌が悪かったように思う。
兵器係に調べさせると、各隊とも携行弾の半分以上を射耗していた。だが師団が補給してくれたのは、雀の涙ほどの粉ミソだけであった。輜重兵連隊主力が敵襲を受けて、追及できないらしかった（輜重兵連隊長・森川中佐が戦死されたことは後で知った）。残弾が少ないことが頭にこびり付いて離れなかった。でも、どうしようもない。

〈阿誌12・28〉　日　小雪　風稍強シ
一、……雨止マズ寒気烈シ　汨水増水渡河ノ困難一層ナラン
五、40Ｄ長楽街付近一・六ｍノ流速アリ架橋困難ナルヲ以テ浮ノウ舟ヲ空輸ス
六、長沙進攻（の意見具申に対し）総軍ヨリ東京ノ認可ト広東方面ノ情況上　更メテ指示セラルト　消極ナル匆レ（ゴチックは筆者注）

基隆山〈図23〉
二十九日午後、連隊は珍しく予備隊となって、工兵が苦心して架橋した徒歩橋を渡った。すでに南岸地帯を攻撃中の戸田、仁科連隊の正面では殷々（いんいん）たる砲声と迫の集中射音が岩山にこだましており、激戦が想像された。凍るような寒さの中で、工兵が半裸になって橋を補強しているのを心の中で拝みながら汨水を渡った時、再び不吉な予感にさいなまれたことを昨日のことのように思い出す。なぜなのか説明できないが、戦場特有の危険を肌が感じ、五感が心を暗くしたからと

思われる。死の恐怖より大なる脅威はないからであろう。

渡橋を終えて小休止していると、参謀が飛んできた。何事かと聞き耳を立てると、「仁科部隊（歩二百三十五連隊）の攻撃が意外に進捗しない。亀川部隊は仁科部隊の西に連なって攻撃されたい」という要旨であった。予備隊は半日だけだったわけだ。兵が「土佐人をよう使うねゃ。けんど、オレたちが出んことにゃ夜が明けんとぞょ」とつぶやいた。

連隊長は水沢大隊に、仁科連隊に配属されて魚口湾の隘路口を攻撃中の第三大隊（吉松慶久少佐）の右に連なって、基隆山から汨水の河岸に向かって流れ出ている山陵の攻撃を命ぜられた。吉松大隊の攻撃が、この山陵からの側射によって頓挫していたからである。その山陵は二七〇高地だったと思う。雑木が密生した山で、何となく攻撃しにくい山であった。というのは、丸い山でここぞと思う死角がない山だったのと、木立で敵の所在がつかみにくかったからである。

魚口湾を通過するとき、前から「地雷に注意」の逓伝がきた。もう薄暗かった。ひやひやしながら通過すると、ひとりの将校がオンオン泣いている。連隊長が「誰だ、人前で泣いているのは――」とたしなめられると、「仁科大尉（第三機関銃中隊長）です。さっき、地雷で下士官以下五名、馬三頭が戦死しました」と報告するなり、また泣きじゃくられる。連隊長は「わかった。泣け。しかし、仇を討ってから泣け」と諭された。仁科大尉（後の第二大隊長）の泣き方があまりに激しかったので、よく覚えている。

水沢大隊の攻撃は薄暮攻撃になったが、幸い敵の不意に乗じ得て一皮むくことができた。つづいて夜襲を敢行したが、猛烈な手榴弾の弾幕に遮られていずれも成功しなかった。山陵は馬の背に似て、稜線伝いにしか接近できないからであった。大隊からの報告によれば「珍しく木立が深く、山の背の小径しか通れない。また敵の所在がわからないが、どこからともなく豊富な手榴弾を投げてくる。第五、第八中隊長（渡辺中尉）とも負傷し、下士官以下の死傷も多い」ということであった。

どこでだったか、一次長沙の時の連隊本部当番長であった第八中隊の太田勝伍長が、頭に包帯して興奮しているのに遭った。人のカメラを口先ひとつで巻き上げるような肝がすわった人だったが、初めて負傷して動転しているかに見えた。オレにはタマは当たらない、の信仰が脆くも崩れたかららしい。

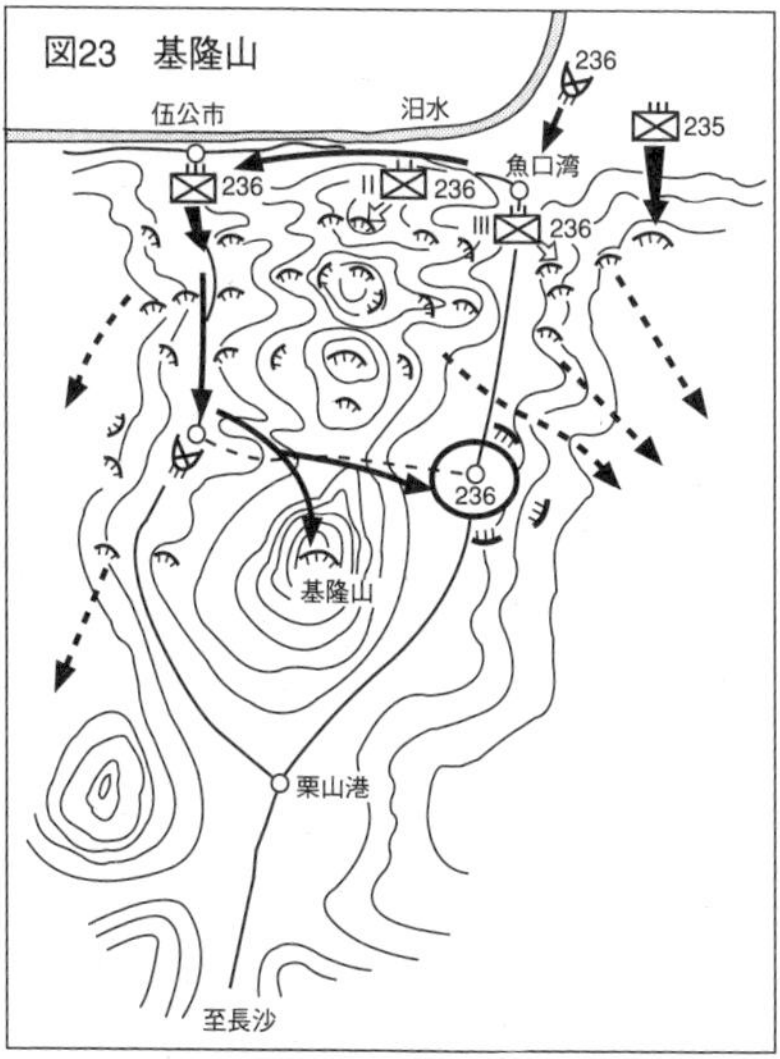

図23　基隆山

この夜半、初めて作戦上の意見を具申した。それは「敵は基隆山を中核として防御しているように思う。だが水沢大隊の正面攻撃ではいつ占領できるかわからないし、損害も計り難い。連隊主力は本夜汨水河岸道を西に迂回して、明三十日、基隆山を西から攻撃してはどうか。六師団の作戦区域に少し入ることになるが、許して頂けるであろう」という主旨であった。

するとと香月大尉は「崖っぷちの河岸道を敵が塞いでおれば危ない」と反対し、山崎副官も「明朝、山砲を上げて叩けば、退がるよ」と気が進まれない。だが残弾が十分でない以上、機動で敵を陣外に追い出すべきであると主張すると、亀川連隊長は沈黙熟考しておられたが、やがて「佐々木の言うことも一辺ぐらいは聞いてやろうや」と裁決された。嬉しかった。初めての具申が入れられたのだ。

すぐ中山大隊長が招致され、迂回が下達された。中山大隊長は「私もそう考えていました」と言うなり出発された。

しかし当時は想像の外であったが、軍はこの夜、次のように長沙進攻を独断で決心したのである。

〈阿誌12・29〉　月　晴

長沙進攻ニ決ス

一、天漸ク晴レシモ時々曇リ寒気強シ　3Dハ已ニ全力ノ渡河ヲ了リ一〇三〇頃大娘橋東南方ニ前進中、6Dハ午前中ニ其大部ヲ　40Dモ昨夕浮ノウ舟ヲ投下セシ為午前中ニハ大部ヲ南岸ニ進出シ得ベキ状況ニアリ

二、南昌方面ノ牽制等有利ノ件

三、東条首相ハ議会ニテ　広東背後方面ヘ大集団ヲ進メテ我ヲ牽制セントセシ重慶側ノ企図ハ　岳州方

面ヨリ南下セル我ガ攻撃ニ脅威セラレテ画餅ニ帰セリト報告セラレ慚愧ニ不堪　一段果敢ナル攻撃ヲ期ス（注：この心事は凡夫にはわからない。普通は喜んで然るべしと思うのだが、ここが阿南将軍の積極を信条とする将軍たるゆえんであろう）

四、一七時突如飛行機ノ報告ニヨリ敵ハ長沙方面へ退却中トノ報告ニ接シ　総軍ノ指示ヲ待ツノ遑ナク独断長沙方面ニ追撃スベク決心下命ス　総司令官宛独断ノ罪ヲ謝シ　後宮（総参謀長）、田辺（参謀次長）ニ書面ヲ認ム

（傍線は原文のママ、ゴチックは原文の太字）

幸い敵は河岸道を塞いでいなかった。中山大隊は三十日の夜明けごろ難なく敵の左側背に進出した。だが、慌てた敵は急遽、穴塞ぎにかかったらしく、ひと山ごとに遭遇戦を交える戦況になった。小松を切って並べただけの簡単な障害物が多かったが、手榴弾を恐れてとまどっていると、山崎副官が「こんなもん何だ、押し通れ」と真っ先に通られて赤面したこともある。また大隊砲（九二式歩兵砲）を曲射で撃つと、弾着が遅いのでまどろっこしかった思い出がある。また弾丸の消費量が多いと感じた記憶が残っている。しかも終始水沢大隊正面の敵から間断ない側射を受け、私は水田を通過中に一時死んだふりをして危地を脱する始末で、河岸南方五キロの基隆山の西麓に進出したころは夕闇が迫っており、連隊は南と西からの射撃にさらされていた。

責任の重さに苦悩した。迂回を具申した時の予想では、第六師団が西の方を早くから攻撃しているから、敵はそれに気を取られ、連隊の迂回路は間隙になっていると予想していた。ところが

迂回すると遭遇戦が惹起したばかりか、連隊は凹角に入りこんで正面と右側からの射撃にさらされたのである。速射砲が本部の庭先で、前方を撃ったり、西のチェコを制圧したり、勇ましく戦っていたのが、印象深い。

そのとき直協機が飛来して通信筒を投下した。それには「基隆山に約五〇〇の敵あり」と記してあった。つまり連隊といっても中山大隊だけしかいないわが部隊は、三面を包囲されていたのである。さあ、どうするか、であった。迂回を進言した者の責は重い。問題は東の敵（基隆山）を撃つか、西から直射している敵を夜襲するか、あるいはこのまま闇にまぎれて南下して敵の中枢とみられた栗山港に突っ込むか、のいずれかと思われた。考えあぐねていると、連隊長が「佐々木、栗山港がよいか、基隆山がよいか」と尋ねられた。

とっさに「水沢大隊が追及できるなら栗山港、間に合いそうになかったら基隆山」と答えると、「水沢は無理じゃろう。基隆山を取ろう」と決心されて、裏山で現地を指示しながら命令を下達された。指名された夜襲部隊は第三中隊（六車秀質中尉）で、二一〇〇を期して突入するよう命令されたと思う。

私は裏山で合図の信号を見張っていたが、突如、短切な銃爆音が湧き起こったので、さてはバレたかと気をもんでいると、ちょうど二一〇〇に黒々とした山頂に暁の明星のような青吊星二星が上がった。思わず手を合わせて拝んだと記憶する。そして「成功だ。六車隊が成功した」と叫ぶと、本部は歓声を挙げた。

九二式歩兵砲。口径70ミリ、最大射程2800メートル。歩兵大隊に２門が装備され、大隊砲と呼ばれる。人力搬送も可能で平・曲射を兼ねた両用砲だった。

この基隆山の夜襲について、当時上等兵で第二小隊第一分隊の五番であった倉橋清倖氏（のち軍曹、高知・仁淀村住）の便りを抄記したい。それは公刊史所載（五七五〜五七六頁）の六車中隊長の回想を補足するものである。

「中隊は暗くなると同時に第一小隊（宮地少尉）・指揮班・第二小隊（弘田少尉）・配属重機の順に枚（ばい）をふくんで山麓の山田の中を前進した。しばらくすると倉橋上等兵が、変な縦隊に気がついた。月明かりで見れば、左方四〇メートル位を軽機を持ち着剣した数十人が同じ方向に進んでいる。おかしいと思って小声で『左の部隊はどこの部隊か？』と前に逓伝すると、弘田少尉がつかつかと歩み寄って『保安隊か？』と声を掛けた。相手は無言で突っ掛けた。弘田少尉は軍刀を抜く暇もあらばこそ、両手で払いのけながら『敵だ、敵だあっ』と叫んだので、一同は左を向いて突っ込み数人を刺殺した。敵は逃げながら手榴弾を二発投げたが、同時に重・軽機が連射すると逃げ散った。追いかけると前にいる筈の岡林久吉上等兵（四番、初年兵）が、後ろで「やられたぁー、倉橋上等兵ドノ」と呼んでいる。衛生兵を呼んで手当てすると、心臓の上に幅三センチ位の刺し傷があったが、無事だった。日本軍の小銃（三八式）も銃剣も長いが、中国軍のは短いので、敵は死んだが岡林上等兵は助かった次第であった。でも敵が銃剣で突っ掛けてくるのは極めて稀であったから、敵の戦意はかつてなく旺盛なことがうかがわれた。

敵が軽機、小銃、遺体十余を残して四散したので、弘田小隊を尖兵として小道をよじ登り、コブ山があると夜襲の隊形（軽機を中心とする横隊）で奪取すること六回、遂に山頂に辿りついた。幸い敵は退がった後だった」

その三十─三十一日夜、連隊は基隆山北側の鞍部を経て魚口湾の南側に出た。仁科連隊正面の敵の背後に出て、一網打尽にするつもりであった。ところがあちこちでラッパやチャルメラの音がして、敵は捕捉し得なかった。総退却の合図であったようである。逃げ出したらつかまえられる敵ではない。三七軍は東方の蒲塘方面に退避したと思われた。

苦労と損害の割には戦果が挙がらなかったと思ったが、ともかく、こうして汨水南岸山地に拠る敵第六〇師を撃破した。香港はとうに落ち、南下していた敵第四軍、暫編二軍、七四軍は慌てて北上の途についた（軍情報図）。軍はここに当初の作戦目的を達成したのである。もしこれで作戦が打ち切られたならば、阿南軍司令官は名将の名をほしいままにし、この作戦に参加した第十一軍の将兵から〝道義の将軍〟として敬慕されたであろう。
しかし事態は思いもかけぬ方向に進んでいた。

〈阿誌12・30〉火　曇

一、昨日同様終日薄曇ナルモ　雲高二、〇〇〇余視界10K　風和カニテ飛行ニ適ス
二、3Dハ勇躍長沙方面ニ進路ヲ変シ　6D又磨石山東北方高地ノ敵ヲ突破シテ南進シ　40Dモタ刻ニハ敵線ヲ突破シ　一般戦況順調ニ進捗ス
三、一五時総軍ヨリ宮野、権藤両課長来部、独断追撃ヲ謝セシモ総司令官ハ之ヲ了承　東京ヘモ電報セラレシ由長沙ノ処理ニ対シ要望セラルル所アリ　敵ノ逆宣伝ノ如キハ吾人ノ眼中ニ置カザル所　敵ヲ見レバ撃砕シ　要地ヲ見レバ攻略スレバ足レリ（注：敵の「長沙不陥」の逆宣伝を気にしていた心事がうかがえる）
四、……9Bs池上旅団主力来着直チニ第一線ニ向ヒ関王橋附近ニテ軍ノ左側背掩護ニ任ズ

長沙進攻に急変

ところが、三十一日の未明に舞い込んだ緊急電報は「軍ハ主力ヲ以テ長沙ノ攻略ヲ企図ス　師団ハ金井付近ニ進出シテ軍主力ノ左側背ヲ掩護セントス　亀川部隊ハ前衛トナリ朱隣市（金井西北側）ニ向カイ急進スベシ　一部ヲ以テ金井東側台ヲ確保シ戸田部隊ノ金井進出ヲ容易ナラシムルヲ要ス」という主旨の意外な命令であった。

凡俗の下級将校には、この時点における長沙攻略の意味や価値、とくに可能性がわからなかった。解しかねて連隊長に伺うと、「オレにもわからんが、戦機とみたんじゃろう。作戦は生き物じゃからな」と淡々と解説された。でも「残弾が心配だ。いつ補給してくれるのかな」と心配を隠されなかった。

実は、軍は〈図24〉の十二月二十九日の時点で、当初の作戦構想（汨水南岸地区の敵第三七軍を撃滅して作戦を終わる）を一擲し、長沙進攻を決定していた。決定に至る経緯は公刊史（五七七〜五八六頁）の「長沙進攻、独断決定の経緯とその問題点」の項に詳しく述べてある。けれども奥歯に物が挟まった書き方で必要性だけが強調されており、可能性をどう検討したかの説明に欠けているので、釈然としない。

ある研究者によれば「第一次の時、軍は確かに長沙を占領したが、敵の一部が残っていた。そこで重慶政府は『長沙を確保して日本軍を撃退した。湖南は日本兵の墓場と化した』と猛烈に宣伝した。そこで畑総司令官が、『長沙の完全占領は成らなかったようだね』と洩らされた。このことを耳に入れた阿南軍司令官は鬱憤やる方なく、機会あらば長沙を再占領してみせる、と心中深く決意されていたようである。畑総司令官の言は、取りようによっては『第十一軍の報告は不正確であった』と取れるから、阿南軍司令官の性格からして黙過し得ぬところであったろう」という一幕があったそうである。この件を阿南日誌は次の如く記している。

「総軍ニテ長沙作戦ハ却ッテ敵ニ逆宣伝ノ材料ヲ与ヘタル不利アリトテ本末転倒ノ意見アリ　トテ参謀長以下憤慨シアリ　人ハ他人ノ功ヲ妬ムモノゾ　意トスル勿レト慰ム」（十一月二十三日付）

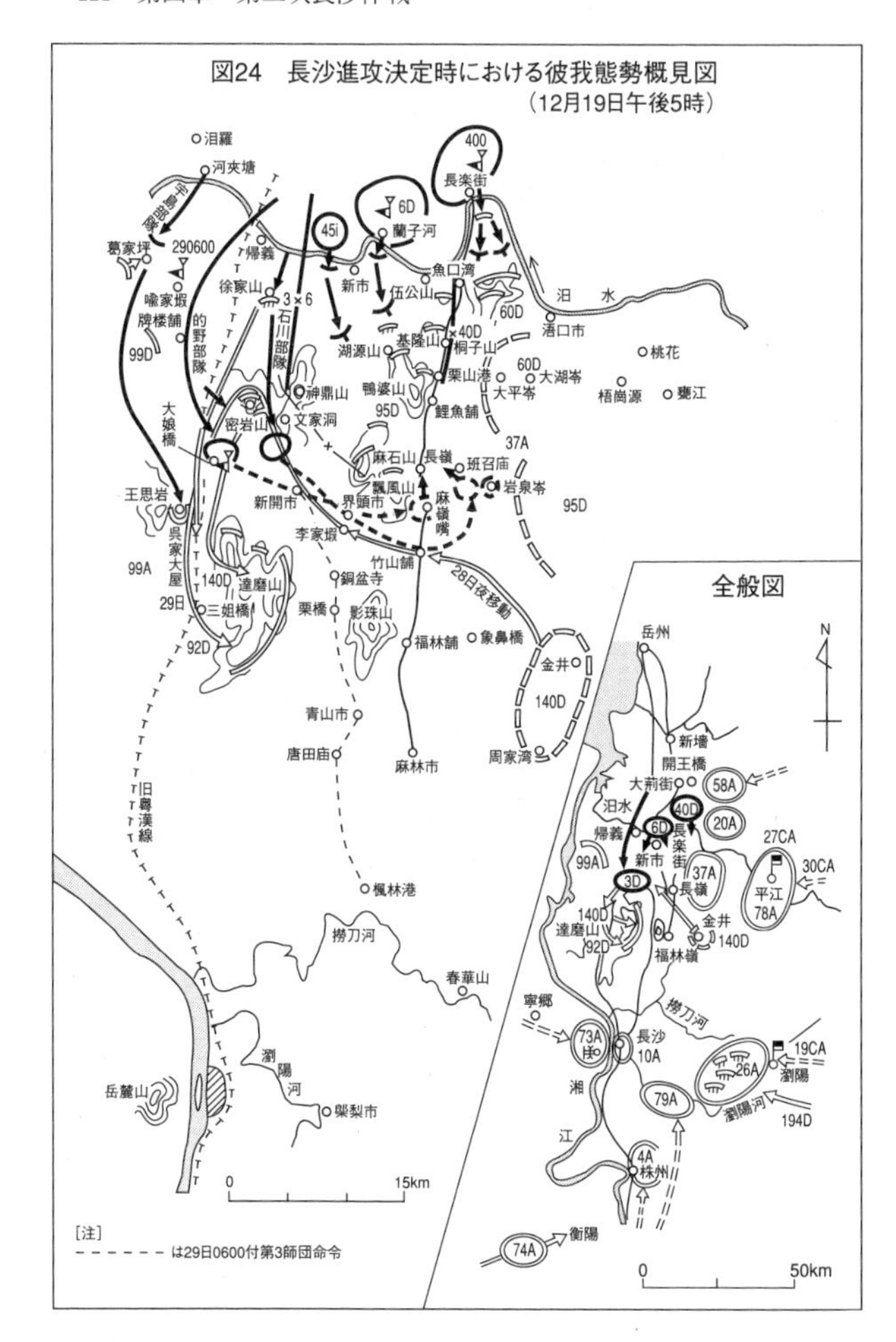

［注］
－ － － － － －　は29日0600付第3師団命令

これは黙過できないところであった。軍司令官会議に出席のため南京に出張した阿南中将は、二十五日夜と二十六日に総参謀副長・野田謙吾中将に対して総軍の対英米戦不賛成、長沙作戦の逆宣伝、攻勢防御主義に対する不満を吐露する一幕があった。（阿南日誌16・11・25／26）

と述べている。とすれば、長沙進攻の決心の裏には人間臭さがないでもないことになるが、果たしていかがであろう。実際、軍が長沙に向かって追撃した大きな理由として、「敵は真面目な抵抗を避けて長沙方向に後退中」とあるが、〈図24〉の全般図に見られるように、敵は東と西方に退避してわが進路を開放し、堅陣・長沙に誘致して包囲を図ったのであるから、追撃目標として長沙を選定したことは腑に落ちないわけである。

そこで豊嶋第三師団長との密談が気にかかるが、今となっては調べようがない。

それはともかく、軍の考え方などは知る由もなく、連隊は三十一日払暁から追撃を発起して金井に向かって急進した。久しぶりの晴天で、行軍は順調であった。敵の交通路破壊（敵が怖いのは山砲である。だから中国馬と人は通れるが、山砲を分解駄載した日本馬が通れないように、道という道は石畳だけ残して両側を削り、水田はすべて冠水し、山腹道も削っていた）に悩まされはしたが、敵情はなく、翼を振りながら誘導してくれる直協機に日の丸を振りながら応える兵が可愛かった。

こうして昭和十六年の大晦日の日は本道を避けて点線路を伝いながらの行軍が終日続き、金井西側の指定地（地名失念）に宿営したのはもう夜半であった。皆の表情は暗かった。飢えと寒さと残弾の少なさとが、問わず語らずに将兵の気を重くしていたのである。携行食糧はこれまでずっと食い延ばしてきたが、大晦日からは民家に隠してある芋二、三個だけになった。寒さのために焚き火を余儀なくされるので、煙で誰の目も赤く血走っていた。そして弾丸があまり残っていないことが、危惧の念をかり立てていた。

〈阿誌12・31〉水　快晴

一、一二時ヨリ……歳暮ノ挨拶アリ　予ヨリ次ノ所懐ヲ述ブ

イ、大東亜戦争コソハ大和民族宿望達成ノ時……東亜興隆解放ノ聖戦ナリ……

ロ、（謝辞）

ハ、今次作戦ハ元々香港攻略戦ニ策応シ広東方面ノ敵重慶軍ヲ牽制スルニアリ　其ノ目的ハ已ニ香港陥落、4A北上等ニヨリ完遂セラレシモ　尚ホ軍本来ノ任務ヲ顧ミルトキ、直面セル敵ヲ破摧スルハ勿論、重慶圧迫ノ手ヲ緩メザルタメ　再ビ湖南ノ最要衝長沙ヲ攻略スルハ当然ノコトニシテ賢明ナル幕僚長以下ノ長沙進攻ヲ認可決定セル所以ナリ　宜シク協力奮闘此ノ軍本来ノ任務遂行ニ邁進センコトヲ望ム（注：傍点は筆者の注で、腑に落ちぬ言辞。これでは参謀長等が長沙進攻を強請したような錯覚を覚える）

二、……3Dハ一五時頃先頭ヲ以テ已ニ瀏陽河ノ線ニ達シ　6D又福臨舗南方ニ進出シ　同河ハ渡河点多ク渡河材料（舟筏）豊富ナリ　長沙東方陣地ハ著シク堅固ナラズ　多クモ（不明）ノ敵アルナラント思ハル　住民ハ続々南方ニ避難中ナリト

三、二六〇一年何タル光輝アル歳ゾヤ　……武人トシテ……茲ニ四十二年　参謀本部時代……第一部長

黒沢準少将が「南進北守ト誰カ言フタ　波路遙カニ越ユルナリ」云々ノ歌ニ対シ「南進北守ト克ク言フタ　雪ヤ氷ニ埋ルヨリ　波路僅カニ越エ行ケバやしヤばななノ花盛リ」ト反言シ……当時ノ宿志今初メテ花開キ太平洋戦捷報頻リナリ　五十五歳ヲ送ルノ時九十五歳ノ母上ノ在ハスアリ　家庭妻子（注：五男二女）皆賢且健ナリ　神何ゾ予ニ幸福ヲ与フルコト甚シキ　天地ニ感謝スルト共ニ一身ヲ皇国ニ捧ゲ満腔ノ至誠ヲ尽シテモ猶足ラザルヲ恐ルルノミ

四、参謀長外幕僚ト親シク歳暮蕎麦ヲ祝ヒ……長沙直前ニ進攻セシ戦友ノ意気ヤ如何ニ　捷報ヲ楽シミツツ歳ヲ超ス　岳陽楼下感慨尽ミキズ

しかし第一線の将兵は疲れ、飢え、焚き火で目は血走っていて、弾丸のないのを心配していた。昭和十七年正月の朝がきた。凍りつくような晴天であった。一同、庭前に整列して東方を遥拝し、君が代を斉唱して亀川連隊長の訓辞を受けた。細部は忘れたが、「何が起こっても驚くな。各自が自分の任務を完遂することが、生きる術である」と強調されたのを覚えている。また御勅諭を唱和したが、「質素ヲ旨トスベシ」の項では誰かが吹き出した。これ以上の質素はないからであろう。

式が終わると会食があった。だが誰もの飯盒に入っていたのは、小さい芋二つであった。第一次の作戦で作戦地が荒れたのと、敵が清野空室の作戦を徹底していたからである。

薛岳将軍の天炉戦法

重慶政府は第一次長沙作戦が終わると「長沙不落、湖南は日本兵の墓場に化した」と宣伝に努めると共に、その重要性を認識した蔣総統は、六、九戦区軍の軍長と師長を南岳に集めて督励するところがあった。また第九戦区司令長官・薛岳上将は、十一月十七日に全戦区の官・軍代表を長沙に集め、「天炉（てんろ）戦法」と名付けた後退決戦の戦略を徹底させた。それは道路の障害化、清野空室、誘撃及び伏撃地区の縦深配置等によって彼我戦力の逆転を図り、侵入軍を決戦地区に誘致して四周から反撃し、天然の炉で鉄を熔かすよう包囲殲滅する戦略であった。

その戦略の具体化が〈図25〉の通りで、新墻河―汨水地区を誘撃地域、汨水―撈刀河地区を伏撃地域、撈刀河―瀏陽河地区を決戦地域に指定して、長沙を囮に誘致撃滅を期し、早くも十二月二十日には実行命令を下達した。

つまり薛岳長官は、どうぞ長沙を取りにおいで下さい、四方から袋叩きにして上げましょう、と待っていたわけである。「長沙不陥」の逆宣伝も、第四軍等の広東への南下も、巧まざる誘い水になったわけであった。

しかしわが軍は、対英・米開戦に伴う中国軍の反応を研究した跡はなく、十一月二十七日の軍司令官会議では、阿南軍司令官は「第十一軍は湖南を経て重慶奇襲を最終手段とすべきも、当面、敵戦力破砕戦に伴いつつ謀略宣伝を強化しつつ、局地的休戦を計るを可とす……目標を保境安民におくを要す……」（阿誌16・11・27）と述べるに止まっている。

従って第四軍等の南下情報を得るや、反射的に汨水河畔までの進攻を決心したわけで、はや薛岳将軍の術中に陥った観がある。

けれども木下参謀長日記は長沙まで行く場合を、香港攻略が行き詰まって第二三軍が総反攻を受けた場合や、汨水の線で敵に何らの打撃も与え得なかったとき、と想定している。しかし結論は「之は先づ先づ戒むべきか」と自戒している。（12・15日付）

また十八日には軍首脳間で長沙進攻が論議され、参謀副長・二見秋三郎少将（28期、後方担任）は反対した経緯があった。

また第三師団長・豊嶋（てしま）房太郎中将は、心中深く長沙進攻を決意しており、二十九日には二回も具申電を発したとのことである。第三師団が汨水の渡河を急いだのは、独力突進することによって上申の機を得るためであったと推理されよう。

そして二十五日の阿南日誌には、〈図20〉の如く指導せば極めて容易に長沙を占領できよう、と記してある。その意気は壮なるも、あまりにも敵をナメ切った構想であろう。

二十五日に香港は降伏した。そこで目的を達したとみた阿南軍司令官は、二十六日朝の帰漢を予定した。もし予定通り帰漢されていたならば、以下述べる悲劇は起こらなかったに違いない。ところが二十六日は風雨強く、飛行できなかった。そこで岳州に止まった。天は将兵に味方しなかったと言えよう。軍司令官は、以後もっぱら長沙進攻に熱意を燃やしたと聞くからである。そして二十六日の日誌には、香港が落ちても敵の広東攻撃はここ数日が危ない。従ってここで牽制の手を緩めては任務完遂とは言い難いとの意を記し、反対する島村作戦主任を不満とし「作戦主任等長沙ヲ衝クベキヤ否ヤ未ダ決心定マラザルモノノ如シ　未ダ戦道ニ徹セザルニヨル」とみて、吹雪の中に作戦主任室を訪れて、深更に至るまで説得するという一幕があった。

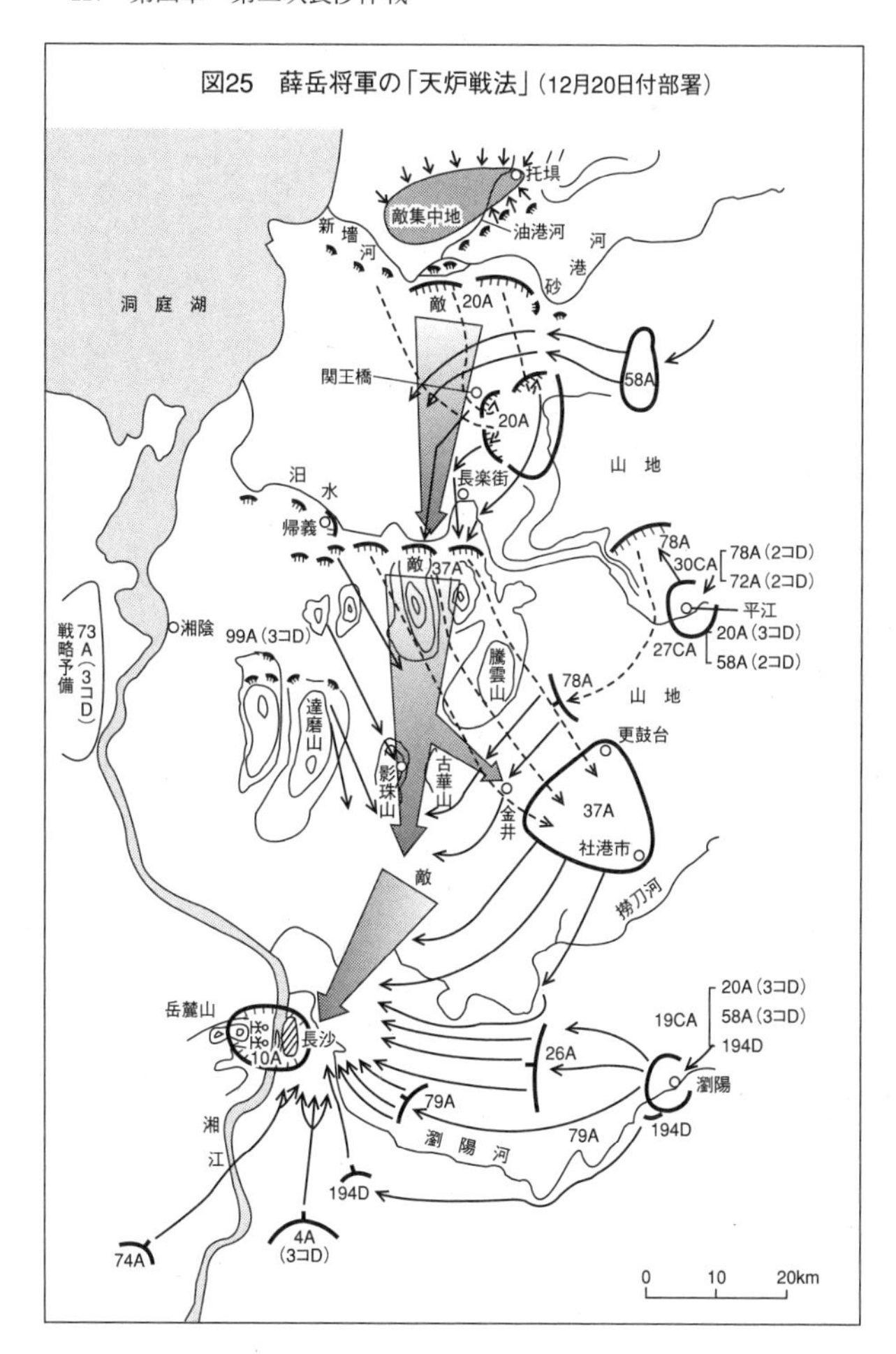
図25　薛岳将軍の「天炉戦法」（12月20日付部署）
洞庭湖
托垻
敵集中地
油港河
新墻河
河港砂
敵
20A
58A
関王橋
20A
山地
汨水
帰義
長楽街
敵
37A
78A
30CA
78A（2コD）
72A（2コD）
平江
27CA
20A（3コD）
58A（2コD）
湘陰
99A（3コD）
戦略予備
73A（3コD）
騰雲山
78A
山地
達磨山
影珠山
古華山
更鼓台
金井
37A
社港市
敵
撈刀河
岳麓山
長沙
10A
19CA
20A（3コD）
58A（3コD）
194D
26A
瀏陽
79A
79A
194D
瀏陽河
湘江
194D
74A
4A
（3コD）
0
10
20km

その結果か、二十七日付には「参謀長及島村参謀モ概ネ全般判断上長沙進攻ノ要ヲ認メタルガ如シ」と記述し、作戦要領を〈図22〉のように腹案したわけである。現地を踏破した者が見れば、ゾッとする構想であった。

軍はこの二十七日、総軍に長沙進攻の認可を求めた。ところが二十八日の返電は「更メテ指示ス」であったから、「阿誌12・28」は「消極ナル勿レ」と記している。

運命の独断の日、十二月二十九日、いち早く渡河して〈図24〉のように進出した第三師団長・豊嶋中将は、前述のようにこの日二回も軍に長沙進攻を具申したという（公刊史五八一頁）。この意見具申の件は、阿南日誌には見当たらない。だが前述の経緯から、集中途次の阿南・豊嶋会談で長沙進攻の密約があったのではなかろうか、と勘繰る向きもあるわけである。

ともあれ十二月二十九日夕に、「敵長沙方面に退却中」という一片の飛行機情報により、かねてくすぶり続けていた長沙再進攻に断が下された。賽は遂に投げられ、軍は天炉に投じられたのだ。ある研究家によれば、長沙進攻を無謀とみた島村参謀は遂に進攻命令の起案を肯んぜず、仕方なく軍司令官自ら文を練ったそうである。長沙進攻の必要性は誰にでもわかる。だが問題は可能性の一点にある。大本営と総軍は第十一軍の独断進攻に不満で、畑総司令官は特に不興気であったという（公刊史五八二頁）。でもやむなく事後承認を与えた。行ってしまった者に、行くなと言っても詮ないからであろう。でも総軍に断乎として反転を命ずる勇気があれば、あたら数千の若人の血を流さずにすんだものと考える。

金井

金井は第一次の時、半日休養した処としてわが将兵に知られていた。連隊はその金井東側の大山坡高地を第四中隊（長山教一中尉）で確保させ、戸田連隊の進出を掩護させていたが、芋二つの会食が終わったころから銃砲声が聞こえ始めた。三キロ余り離れていたが、長山隊が交戦中であることは確かであった。

すると戸外から「長山隊、全滅」と叫びながら見知らぬ若い将校が駆け込んできた。皆、すわ、と立ち上がった。X少尉で「連隊長ドノ、長山隊は全滅しました。増援して下さい」と声をふるわせる。すると座ったままの連隊長が「気をつけ」と号令された。驚いたX少尉が姿勢を正すと「深呼吸三回」、「落ち着け」と叱咤され、X少尉が気を取り直したとみると、物静かに「状況を説明せよ。見たままを言え」と命令された。

しかしX少尉の報告は要領を得なかった。長山中隊長と長井延昌少尉（55期）及び馬場只志少尉（予）が負傷したようだが、全滅したとは大げさ過ぎるようであった。連隊長は「佐々木、見てこい」と命ぜられた。

馬を飛ばして金井平地を見下ろす峠に登ると、友軍の山砲十数門が金井の周辺でドカドカ撃っており、金井東側台上一帯で爆煙が上がり、歩兵が散開して攻撃中であった。金井に近づくと、長山隊に遭った。師団命令で戸田部隊と交代し、原隊に復帰中という。損害を尋ねると「中隊長と長井少尉及び馬場少尉が一発の手榴弾で負傷した。X少尉が見当たらないので心配だ。優勢な敵に包囲的に攻撃されてすんでのところで全滅するところであったが、戸田部隊の攻撃（師団の命令による）で助かった。昨夜から何も食ってない」と説明した。後で知ったが、主力の北二キロの標高高地を確保していた田内稔治少尉は足に重傷を負ったが、自分で生木を副木にして勇戦し、ついに守り抜いたとのことである。

飛び返って報告すると、ホッと愁眉を開かれた連隊長は「芋を集めて四中隊に食わせろ。中隊長がやはり戦力の中核だのう……」とつぶやかれた。

特別な例外は別にして、陣地に入った中隊が一日か二日の防御で全滅することは中国戦場ではなかったから、この辺を心得た連隊長の応対であったわけである。だが修練ができてない私などは、一時「X少尉の全滅報告」を疑わなかったから、今考えても恥ずかしい気がする。理論を現実に照応させることの、現実的な難しさであったと思う。

こうして元日は大過なく過ぎた。次にどんな命令がくるかで落ち着かない一日であったが、芋とお湯とで身体を休ませた正月であった。しかし当時、第三師団は早くも正午から長沙城東南側の攻撃を開始し、第六師団も急進中であったという。

夕方、直協機が投下してくれた彼我の態勢図では、長沙陥落が間近に迫っている印象を受け、心配したほどのことはなさそうであった。

〈阿誌17・1・1〉 木 快晴

一、八時起床心身ヲ清メテ東天……ヲ拝ス

二、……心許リノ雑煮ト屠蘇トヲ祝フ

三、（新年行事）
四、……3D敵一部ノ抵抗ヲ排除シテ長沙間近ニ迫レリト　敵将薛岳ハ全兵力ヲ四日頃迄ニ撈刀河畔ニ集メ軍ノ背後ヲ衝カント命令セリ　敵軍ノ行動之レニ応ズレバ寧ロ我好餌多キヲ喜ブ
六、参謀長木下勇少将予ニ代リテ長沙方面ニ飛翔　各兵団ヲ慰問ス　長沙東南角ニハ3Dノ一部已ニ突入セル如ク見ユ　外国記者団モ同時空中視察セリ
七、3Dハ力攻努メアルモ未ダ長沙ヲ攻略ト言フヲ得ズ　参謀長視察ノ結果ノミヲ大本営及総軍ニ打電シテ元日戦勝ヲ祝ス

官家橋の斜交遭遇戦

その元日の夜、攻撃命令がきた。「敵第三七軍は側撃を企図して金井方面に進出中である。師団はこの敵を撃攘して軍主力の長沙攻略を掩護する。亀川部隊は左第一線となり、金井北側を経て官家橋付近に進出し、敵を蒲塘―金井道以東に撃退すべし。仁科部隊は右第一線……」であった。

第一感は、これは容易ならぬ、であった。そもそも中国では、敵の一個師の戦力はわが一個大隊の戦力に相応するとみていた。だから作戦では、敵が集中した師数の三倍以上の大隊数を集めて撃破してきたわけである。だが今度は、敵第三七軍（六〇、九五師の二個師）撃破のために使用しうるわが大隊数は四個で、しかも弾丸が少ない。そのうえ戦場は、一次の時に通った長隘路の中の敵の根拠地であった。汨水を渡るときに脳裏を横切った不吉な予感はこれだな、と思った

ことを思い出す。亀川連隊長も、緊張の面持ちであった。だが語調は普段と変わりなく「今度はひと戦さもふた戦さもあるじゃろうが、敵の手並みは知れている。どうにかなるよ」と一同を励まされたように思う。

一月二日早朝、連隊は水沢大隊を前兵として、蒲塘隘路口の板茅田に向かって東北進した。大きな霜柱が立った寒い日で、辺りは小松が生えた比高二〇〜三〇メートルの丘陵だった。

所用があって後続の中山大隊の中央辺りを追及していると、突如として前方でけたたましいチェコ（複数）の連続発射音が湧き起こった。坂を駆け上がってみると道端の左の小山で硝煙が上がり、友軍が二〇〇メートルばかりの盆地の中でずらっと倒れ伏している。とっさにそばの小銃手に撃たせたが、慌てて照準もせずに撃つので効果がない。

「軽機はないか！」と探していると、敵の射弾の土煙の中から二、三人が身を起こしたかと思うと四角い小包のような物をボンと発射した。小包はゆっくり回りながら敵の頭上に落ちたかと思うと、凄い音を立てて爆発した。とたんに敵の射撃はぱたりと止んだ。工兵が考案した爆薬投射機であった。

歩兵が駆け出して小山に登り「チェコが二梃ある」と報告したかと思うと、「あっ、敵がくる。大部隊がきちょるぞっ！」と悲鳴に近い大声を上げた。中山大隊は逐次に北面して邀撃（ようげき）の態勢をとった。すぐあちこちで銃声が湧き起こり、ここに斜交遭遇戦が始まった。全く予期しなかった状況が突発したのである。

急いで本部に追及すると、山陰から現われた長井少尉が担架に横たわったところであった。

「どこをやられた？　動かん方がええ」と忠告すると、「胸です。あのタマの中でじっとしておれますか」と呟いた。顔に死相が漂っている。助かりそうにないとみて敬礼して別れ、しばらく走ると白米を食べている真鍋中隊長に会った。羨ましそうに「まだ朝なのにもう昼食ですか」と

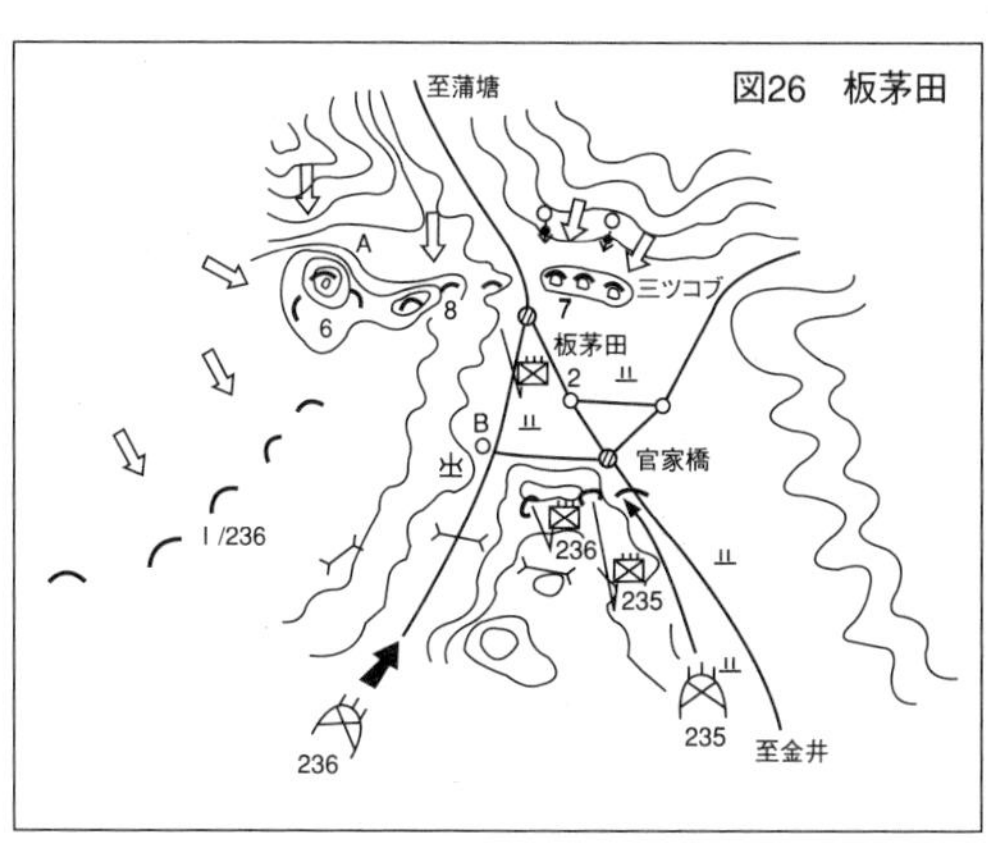

図26　板茅田

挨拶すると、「食える時に食っとくんじゃ。いつ何が起こるかわからんからのう。これからどうなるんじゃろ？」と気遣しそうであった。答えようがないので、「どうにかなりますよ」と言って別れた。これが今生の見納めになろうとは露ほども思わずに、であった。

　連隊本部に追及すると、本部は板茅田の平地を見下ろす小山の陰に位置しており、水沢大隊は続々と北方二キロの板茅田に向かって前進中であった。早口で中山大隊の状況を報告し、予備隊として期待し得なくなったことを申し上げると、一瞬困った顔をされたが、すぐ最後尾の第五中隊（三宅善識中尉）を連隊予備として控置された。また作戦主任の香月大尉は此元中尉の連隊砲を本部の北側の小山に担ぎ上げ、すぐ一発ドンと撃った。「中山大隊の右翼を側射していたチェコ

を吹き飛ばしてきた。敵は図に乗っている。射程は二〇〇メートルだった。敵はふわふわっと消えた」と報告された。

裏山に登って見ていると、敵が板茅田西側に一際高くそびえているA山に右側から縦隊で登っている。そこは坂茅田を目の下に見下ろす要点であった。水沢大隊に電話で通報すると「A山には手を打っている。前面には敵の大部隊が満ちている。大隊はA山から三つコブ高地にわたる間を占領し、爾後の攻撃を準備する」と言ってきた。

A山を注視していると、二〇人足らずの友軍が南斜面を急いで登っている。東側からは一〇〇人近い敵がゆっくり登っている。思わず「敵が登っている。急いで登れ」と叫んだが、連隊長は「聞こえないよ」と言いながら祈っておられる様子だった。敵が一足早く頂上の林に入った。そして間もなく、林縁にドカドカグワンと手榴弾の弾幕を張った。友軍は爆煙に覆われた。南無三、此元に撃たせようと思う間もなく、爆煙が消えると、白刃を振りかざした将校を先頭にした一団が真一文字に突っ込んだ。そしてしばらく追撃射撃をしたのち、日の丸を振った。この時の感激は、連隊長のほっとされた顔とともに忘れ得ない。その将校は、かねて勇敢を知られていた浜渦正一少尉であった。

水沢大隊は〈図26〉のように配備をとり終えた。だが前面には敵が満ち満ちていて、とても攻撃に出られる状況ではないという。肉眼で見ても、三つコブの後ろの稜線には三〇〇人ばかりの敵が影絵のように立ち並んで戦場を見下ろしていた。敵の司令部に違いなかった。また攻勢を企図しているに違いなかった。防勢に立つなら穴を掘る筈である。そこで気勢を削いでやろうと考えて、此元中尉の連隊砲陣地に登り、あれを撃ってくれ、と頼んだ。此元は「あんな遠いのを撃つのか」とけげんそうであったが、「敵の攻勢の機先を制するのだ。あれは司令部に違いない」と説くと、連隊長の命令と思ったらしく、射距離四〇〇〇で撃った。すると影絵はぱっと伏せたが、弾着音は遙かかなたでボーンと鳴った。二発目は近かった。そして撃ち方を止めた。もう弾丸が三〇発位しか残ってない、という。帰ると連隊長から「何を撃ったんだ。……大事な弾丸を無駄遣いするんじゃない」と叱られた。今でも自分のおっちょこちょいが悔やまれる。

やがて銃撃戦が水沢大隊の全正面で始まった。水冷式の重機とチェコが、休む間もなく撃っている。特に第七中隊の三つコブ正面がひどく、手榴弾兵が取り巻いているという。

三つコブ高地は比高四〇メートル位の草山で、左と右のコブには円型の土壁がトーチカふうに造ってあった。後で考えれば、ここは敵の演習場であったから、日本軍の哨所に似せて造ったものであろう。敵はなんどもここで攻撃訓練をしたはずだ。

三つコブを取られれば、水沢大隊はむろんのこと、連隊の運命にかかわりかねない。連隊長は真鍋中隊との間に直通電話を張らせ、自ら指導しておられたが、昼過ぎに「佐々木、仁科連隊が右に出ているはずだ。真鍋と等斉面まで進出するよう頼んでこい」と命令された。

だが位置がわからないので、まず官家橋に出た。金井方向にさがれば遭えると思ったからだ。そのころどこを撃っているのか、本部と三つコブの間の水田に中迫がズグワン、ズグワンと落ちていた。下手くそだな、試射にしても落ち所が変だと思いながら馬を飛ばすと、見たような家がある。一次の時に火を付けた敵の司令部だ。どうなったかと覗くと、天井が焦げていただけでガッカリした。官家橋のすぐ南で仁科部隊と遭った。尋ねると、本部はそこの山の上という。来意を告げて攻撃を依頼すると、初めて逢った仁科連隊長は気の毒そうに「激戦だね、そうしようと思っていたが、さっき師団から、本夜反転するよう言ってきた。君のところにはまだ届いていないのか？　あまり深入りしないほうがよいようだ」と言われる。今夜反転となれば、今からの攻撃はムリである。そこで「せめて一部をあの官家橋の北側集落に進めて、三つコブの背後を安全にして頂けませんか」と頼むと、「そうしよう。だが夜になったら引き揚げるよ」と了承された。

よく見ると、両連隊の本部はひとつの山の両端に位置しており、二〇〇メートルも離れていない。真っ直ぐ飛んで帰ると、連隊長は師団の反転命令を読んでおられる最中であった。連絡の結果を報告し終えるや否や、真鍋さんから電話があった。「敵が目の前の谷に迫撃砲を据え付けた。四、五門のようだ。手持ちの火器では届かない。山砲で撃ってくれ。土壁に入っているので機銃はこわくないが、掩蓋がないので迫は困る」と言われる。

此元中尉の陣地に飛んで射撃を頼むと、「ここからは見えない。撃ちようがない」という。そこで「真鍋さんの頭越しに撃ってくれ。射弾の誘導をして貰うから」と頼んだが、「弾丸がもうないんだ。盲撃ちする余裕はない。あの土壁を越して撃てばどこまで飛ぶかわからん。ムリだ」という。トンボ返りに帰って真鍋さんに伝えると、「ホラ、敵は試射を始めた。くるぞ。オイ、とにかくこっちで観測するから、どこかに一発落としてくれ、佐々木、頼むよ」と悲痛であった。山砲大隊の連絡将校に頼んだが、やはり残弾がなく、盲撃ちする余裕はないという。押し問答していると、真鍋さんから電話があった。「まだかゃ。敵は試射を終わったぞょ。とにかく撃って

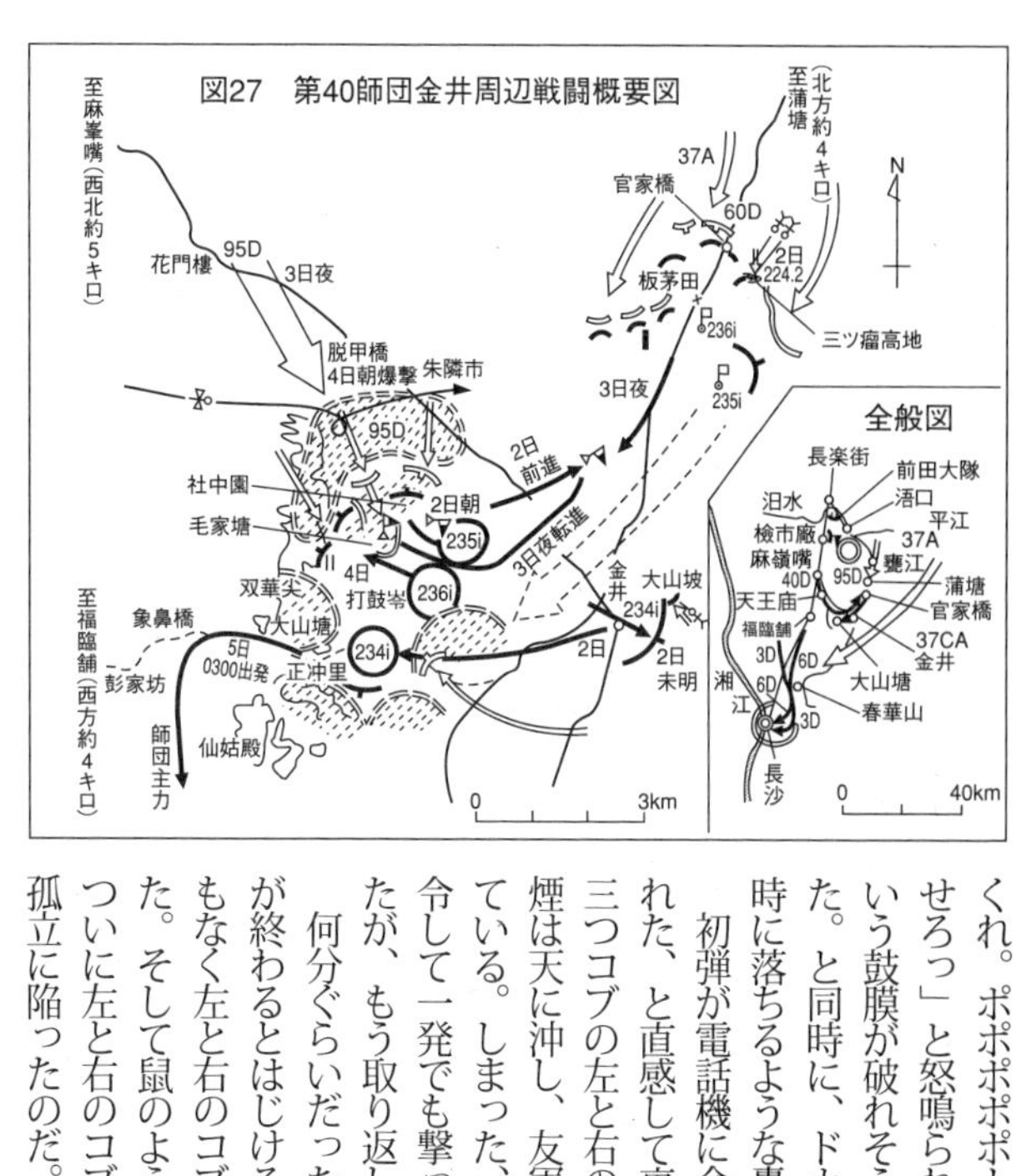

図27　第40師団金井周辺戦闘概要図

くれ。ポポポポーン、ポ……そらきた、伏せろっ」と怒鳴られたかと思うと、ガーンという鼓膜が破れそうな音とともに電話が切れた。と同時に、ドカドカカーンと百雷が一時に落ちるような轟音が轟いている。

初弾が電話機に命中した、真鍋さんはやられた、と直感して裏山に駆け上がってみると、三つコブの左と右のコブが爆煙に覆われて硝煙は天に沖し、友軍がどっと山麓に駆け下りている。しまった、おおごとだ、ムリでも命令して一発でも撃っとけばよかった、と思ったが、もう取り返しはつかぬ。

何分ぐらいだったろうか、長い長い集中射が終わるとはじけるような銃声が起こり、間もなく左と右のコブは手榴弾の爆煙で覆われた。そして鼠のような人影がちらりと見えた。ついに左と右のコブが奪取され、中のコブは孤立に陥ったのだ。

「何事ぞ」と言いながら登ってこられた連隊長に見たままを報告すると、一瞬目にきらりと光ったものがあったが、別に何も言われない。「連隊長ドノ、真鍋さんは確かに電話中にやられました。第五中隊で取り返しましょう」と申し上げたが、「待て、水沢がどうにかするはずだ」と言われたままである。

やがて友軍の重機数梃がうなり出した。そして左のコブの山麓から二〇名ばかりの将兵が散開して登りだし、擲弾筒の集中射に膚接して突撃し、奪回するのが夕日に映えて見えた。この時、キラリと光る物を持って先頭を登ったのは、たぶん、明神祥典中尉であったろう。

大隊副官の岡崎中尉から悲痛な報告がきた。「左と右のコブを奪取された。左のコブは明神中尉に奪回させたが、明神中尉は行方不明。真鍋中尉ほか七柱の遺体を収容した。右のコブを奪回する余力はない」であった。

私は思わず「右のコブの守兵の大部分は山麓にいる。一五分後に、連隊砲三発を撃つ。奪回してほしい」と叫び、「承知した」の声を聞くとともに此元の陣地に飛んだ。そして射距離をあれこれ相談ののち、所定の時刻に射距離二〇〇〇で撃つと、初弾が土壁の上部に命中した。思わず万歳を叫ぶ兵がおり、「今ので二〇～三〇人はやっつけた」という兵がいたが、此元が一つ上げて撃った二弾はコブを飛び越え、二つ下げた三弾は土壁の下で爆発し、突撃は成らなかった。山麓の守兵は精も根も尽き果てたらしく、動く気配は見えなかったのである。

悄然として山を降りると、第五中隊長代理の三宅善識中尉が寄ってきて「オンシは現役なのに、なぜ第一線に出ないんだ。……予備役ばかり扱き使いやがって。現役が作戦を始めたんだぞ」と恨み言を聞かされた。つらかった。「命令があればいつでも出ます。明神さんと真鍋さんがやられました。五中隊は間もなく大隊復帰になりましょう」と答えると、エッと驚かれたと思う。本部に帰ると、連隊長は「これ以上ムリせんでえぇ。やがて暗くなる」と慰められ、反転準備命令を下達されるとともに、第五中隊を水沢大隊に復帰させられた。

薄暮、水沢大隊の死傷者がさがってきた。連隊長はBの集落で出迎えられた。変わり果てた明神中尉（52期、二代旗手。小笠原三郎少尉が決死隊を募って収容した）と真鍋中尉（53期、三代旗手）の遺体が並んで畑の中に安置されると、連隊長は「明神よ」「真鍋よ」と声をかけながらひざまずき、一柱ずつ水筒の水で唇を濡らして合掌された。私は、今度こそ連隊長も泣かれると思って、涙があふれる目で見ていたが、沈痛な表情は普段とあまり変わりなく、きらりと光った目が普通と変わったぐらいであった。だが、心の中は、わが子を失った思いであったと思う。合掌して足早に本部に帰られる後ろ姿は、肩が落ちて淋しい限りであった。

〈阿誌1・2〉　金　快晴満月　マニラ攻略

一、3D払暁ヨリ更ラニ全兵力ヲ展開シテ（長沙を）攻撃、十四時頃東部長沙ノ一角ヲ奪取シ戦果拡張中ニシテ約五〇〇ノ敵ハ長沙南方ニ脱出中ナリト　空中偵察ニヨレバ湘江ニハ船舟多数分散シ今日没乗船撤退スル意図ナル如ク昼間ハ空爆ヲ恐レアル故ナラン

二、果シテ長沙ノ敵ハ第十軍ノ主力ニシテ　株州ハ第四軍ニヨリ固守セラレアル如ク　正ニ広東方面ヨリ4A、10Aヲ牽制シ軍今次ノ目的ヲ果セリ

五、総軍トシテ此ノ際ノ情況判断ハ　当軍ヲシテ長沙攻略後更ラニ株州ニ4Aヲ撃滅セシメ（注：可能性を何に求めていたかを知りたい）　北支軍ノ一部ヲ以テ鄭州方面ヨリ西方ニ　又波集団ヲ以テ広東西方ノ敵ニ対シ攻勢ヲ採ラシメ蔣政権圧迫ノ手ヲ強化スルヲ最モ有効的ナリト信ズルモ　此ノ如キ機略ト勇気ニ乏シキヲ如何セン

（注：なぜか6Dの長沙投入、40Dの官家橋不期遭遇戦には触れてない。実は軍は正午ごろ、6Dに対し主力を以て長沙北門に突入すべく下令した）

退却と混戦〈図27〉

連隊は増援された第十一中隊（久米滋三中尉）に収容陣地を占領させて、三日零時から退却することになった。この時の応対を、久米さんは次のように手記している。

「連隊長に申告すると『おう！　よく来た』と喜ばれ、『何名おるか』と聞かれ、『一一〇名位です』と答えると『羨ましい。一、二大隊の各隊は五、六〇名になって、さっぱり戦力がないんだ』と心細いことを言われ、山崎副官が『ご苦労だが、すぐこの後ろの高地のすぐ向こうにある望楼の高地と右方の山を占領してくれ』と指示された」（久米滋三『中支戦線を征く』〈旺史社刊〉一〇七〜一〇八頁）

この時私は一個小隊を率いて山砲等の駄馬部隊を護衛して先発するよう命ぜられ、月の出とともに後退を開始した。目標は師団司令部が位置した毛家塘であった。月明の夜で助かったが、司令部に二キロ余り近づいたころ、水田の中の石畳道で三方向からチェコ数梃の急射撃を受けた。

曳光弾が頭上を飛び交い、目の前の石畳に跳ねて花火のように四方に飛び散った様が今も目に浮かぶ。

ひとしきり続いた射撃が止むと敵情を見たが、木立が深く逆光で何もわからなかった。しまった、相当やられたと思ったが、調べると不思議に一人の損害もない。でも、一個小隊（二〇名未満）では攻撃の仕様がない。後退を命じて近くにあった豪家に全馬を収容し、全周防御の配備をとって一夜をまんじりともせずに明かした。斬り死にを覚悟してであった。このとき砲兵の高島大隊長が、「夜は歩兵に限る。頼んだよ」と眠ってしまわれた豪胆さには驚いた。また責任の重さに耐えかねて、心細くもあった。小隊長は曹長で、良くやってくれたが、名は失念した。

戦戦恐恐として敵を待ち、巡回するうちに夜が白みかけた。僥倖にも敵襲はなく、三日の朝になると、見るからに疲れ切った水沢大隊が退がってきた。昨夜の敵情を通報すると攻撃を準備したが、敵はいなかった。大部隊の出現に驚いて逃げたものらしい。やがて連隊本部が通りかかった。連隊長に異状のないことを報告すると「予定の時刻になっても司令部に到着しないというので、心配したよ。無事でよかった。ご苦労だった」と心からねぎらわれた。後で聞けば、この夜司令部は一晩中敵に包囲されて苦闘し、師団長閣下はブルブル震え通しであったと聞いたから、駄馬部隊が合流するのはムリだったのだ。

三日正午前、連隊は司令部の近くに集結を終えた。四周で激しい銃爆音が起こっていたが、幸い敵の追尾は急でなかったので、一息ついて朝食をすまし、連隊長に随行して司令部を訪れると、謹厳な師団長が小走りに走り寄って出迎え、心から安堵されたように見えた。そして「昨夜は一晩中やられたよ。無事に反転できてよかった」とねぎらわれたが、次いで出た言葉は「偵察機の通報によれば、西側山嶺（金華山）を敵の大部隊が占領しているということだ。これを撃破しなければ動きがとれん。気の毒だが、すぐ攻撃してくれ給え。仁科部隊は北側の敵を、戸田部隊は南側の敵を撃攘中である」であった。

部隊は極度に疲れ切っており、死傷者の続出で戦闘兵力は半減し、弾丸もあまりないというのに、ムリな命令だなぁと思ったが、亀川連隊長は眉ひとつ動かさず「承知しました。弾丸が少ないので時間がかかると思いますが」と答えられ、久保参謀長や奥山作戦参謀らと細部の調整に入られた。その態度は冷静で、さすがは連隊長だなぁ、と感じ入ったものである。

帰隊されると両大隊長を招致された。二人とも目は充血し、憔悴の色が濃かった。中山大隊長は風邪をひかれており、水沢大隊長は頼みとする二人の中隊長を一時に失って気落ちされているようであった。中山大隊は第四中隊の将校全部が負傷した外は健在であったが、水沢大隊で健全な中隊長は第六中隊の関田中尉一人になっていたのである。連隊長は懇懇と状況を説明し、「まことにご苦労だが、やむを得ない。各大隊はそれぞれ各一個中隊を連隊直轄として残置し、それぞれの目標奪取に努めてもらいたい」と命令された。そのとき、いつもの土佐弁でなかったのが普段と違っていて、妙に印象に残っている。やはり、つらかったのであろう。

連隊は西方三キロの、木立の深い標高三〇〇メートルの金華山に向かって動きだした。だが間もなく敵と衝突したらしく、急に銃爆音が湧き起こり、流弾が頭上をかすめ始めた。敵の銃声一

○○発に、友軍一発の割の射撃音であった。そして迫撃砲弾が、西と北から飛んできた。間欠的で激しくはなかったが、ところ構わず地響を立てて落ちた。重迫の弾丸である。ということは、一個師の敵を意味する。

それでも昼間は徐々に戦況が進展し、金華山の麓に取りついたようであった。だが夜に入るとともに敵の銃爆音は激しさを増し、戦況は交綏状態に陥った。そして、後方を掩護させていた中隊正面で銃爆音が起こり、連隊本部と負傷者が入っていた家屋の周囲で手榴弾数発が破裂した。手元の予備中隊が飛び出していって撃退したが、この夜は師団の周囲で間断なく敵の銃爆音が轟き、何がどうなったのかわからなくなってしまった。第三中隊の小銃手であった倉橋清倖氏（のち軍曹）の便りによれば、友軍の重機から猛射され、おかしいと思って「山だ、山だ」と合言葉を怒鳴ると、「海だ、海だ、すまん……」の言葉が返ってきたそうである。合言葉は「山」と「海」であった。

本部は伝令や非番の通信手までかり出して敵襲に備え、厳戒裏に夜を徹したが、この三―四日の夜は各隊との連絡が取れなかった。私は水沢大隊との連絡を命ぜられ、伝令二人を連れて出掛けたが、二〇〇メートルも行かないうちに複数のチェコに待ち伏せられて、ほうほうの態で逃げ帰った始末である。恐らく各隊とも孤立して、敵の包囲下に自衛戦闘を交えているものと思われた。だが不思議に死傷者は出なかったから、敵の同士討ちもあったかもわからない。とにかく、混戦の一夜であった。戦友会で尋ねても、今でも状況がつかめない。

この夜、連隊長は焚き火の前に端然と座られ、将校を派遣して各隊との連絡に努めておられたが、どの連絡班も敵の妨害で行きつけないとわかると、「オレは寝る。敵が来たら起こせ。捕虜になったらかなわんからな」というなり外套を被ってごろりと横になられ、すぐイビキが聞こえだした。指揮ができないのに心配ばかりしていては、明日に障るからであろう。寝上手の一例である。昨夜一睡もしてなかった私はこれ幸いと真似たが、手榴弾の炸裂音が聞こえると起き、迫撃砲弾が落ちると安心して横になる（迫を撃っている間は突入して来ない）ことを繰り返しているうちに、夜が白み始めた。小心者だから仕方がない。

〈阿誌1・3〉　土　晴　月明

一、目覚ムレバ八時十分ナリ　東天ヲ拝シテ戦勝ヲ祈ル

二、……長沙占領完カラズ　一同憂色アリ　慰メテ歌フ　今更に驚くこともなかりけり　勝つも勝たぬも武夫の常　ト

三、十七時参謀長、副長、作戦主任来舎、戦闘ヲ中止　四日夜反転セント一同焦躁ノ情ヲ見ル　予ハ6Dノ（長沙攻略）戦闘加入ハ今三日朝来ノ事ナリ　其ノ戦果未タ揚ラザルハ当然ナリ然ルニ過早ノ攻撃中止ハ承認シ得ズ　暫ク状況ヲ見ントテ一同ヲ帰退セシム（注：6Dは三日朝から北門の攻撃を開始した）

四、一七三〇3D長豊嶋中将ヨリ十五時出ノ書面ヲ飛行機ヨリ受領ス、敵ノ防御線四線更ラニ市街ニトーチカヲ設ケ家屋防御モ頑強ニシテ右翼方面ハ既ニ市街戦ヲ演出シアリ　暫クニシテ戦果ヲ収メント

五、一九四〇参謀長以下幕僚来舎　五日朝迄ニ汨水（瀏陽河の誤り？）北岸ニ進出反転ヲ開始セント
　已ムナク之レヲ承認ス
　敵79Aモ株州ニ到着シアリ　北方ハ58A、37A、78A汨水ノ線ニ迫ラントス　面白シ好餌思フ存分
ニ喰ヒ尽サンノミ　40Dノ敏速ナル処置ヲ希望ス
六、夕刻ヨリ曇ラントセシ天モ再ビ晴レ　十六夜ノ月中天ニ明カナリ
　蓮沼侍従武官長ヨリノ吉田松蔭殉国詩歌集ヲ耽読シ同情ニ不堪　王陽為孝子　王尊為忠臣　世路逢
九折　踟躕思君親
（注：この夜はさすが剛気の阿南軍司令官も、懊悩焦燥の一夜を明かしたとのことである。長沙の攻
略を断念し、各師団とも重囲に陥ったのであるから、後悔の念が一入であったと推測する）

一月四日の朝が明けた。敵の射撃も衰えをみせた。各隊との連絡を回復して安否を確かめ、両
第一線大隊は金華山とその北側高地の攻撃を復興した。けれども急峻な山の攻撃は捗らなかった。
思い出したように短切な友軍の射撃音が聞こえたかと思うと、百倍もの敵のお返しが繰り返され
ていた。敵は昨夜の攻勢から防勢に転移したらしく、出撃こそしてこなかったが、その戦意はか
つてみないものがあったと聞いた。まんまと天炉戦法の罠にはまった日本軍の射撃が間欠的で、
かつ少ないのに気を良くし、かつてない戦意を燃やしたものとみえる。
　いつの時かわからないが、第三中隊長・六車中尉は「金華山麓の谷に一〇〇〇人位の中国兵が
寝ているのを見た。好餌と思ったが、弾丸が残り少ない。寝た児を起こすバカはいないと考えて、

足音を忍ばせて迂回した」と話されていた。

大山塘の四日間

その一月四日の正午ごろ、悲痛な命令がきた。文言ははっきり覚えていないが、

「師団主力ハ軍主力（第三、第六師団）ノ反転ヲ容易ニスルタメニ春華山（長沙東北東二〇キロ）ニ向カイ南下スル。亀川部隊ハ大山塘（長沙東北四〇キロ）付近ヲ確保シテ　軍ノ左側背ヲ掩護スベシ」

であり、砲兵一大、工兵一中の外に、全師団の患者を収容した野戦病院と衛生隊、及び病馬廠や兵器勤務隊その他、不急不要の後方諸隊を配属された。

つまり命令の狙いは二つあった。その一つは、「敵中に孤立してなるべく多くの敵を吸引し、以て軍の作戦を容易にせよ」である。のち師団参謀長・久保満雄大佐は、この時の亀川連隊の置かれた立場を「釣り針の餌」に譬（たと）えられたそうだが（公刊史六二八頁）、うまい譬えだと思う。上級司令部は、なるべく多くの大軍が亀川連隊に食らいつき、軍主力への圧力が少しでも緩和されること、今以上の圧力が加わらないことを期待したのであろう。当時第三、六師団は長沙城の力攻に努めながら本夜からの反転を準備していたが、敵の頑強な抵抗に手こずり、岳麓山から重砲以下の側背射を受けて損害続出し、危急に瀕しつつあった。

ところが釣り針の餌になるわが連隊は、針のトゲを持っていなかった。肝心の弾丸が底をついていたのだ。残弾は小銃一銃につき一〇〜二〇発、手榴弾は分隊に一〜二発、重機は一〇〜二〇

連（一連は三〇発）、連隊砲の此元小隊は一〇発そこそこで、山砲さえ一門につき一五発ぐらいしか持っていなかった。そのうえ激戦の連続と飢え（毎食二、三個の芋か粥）、寒気と睡眠不足で疲れ切り、焚き火の煙で誰もの目が充血し、顔はヒゲとススとで黒ずんでいた。

　十二月二十三日に作戦を発起して以来、一発の弾丸も、一粒の米の補給もなく、前回の作戦で荒れた作戦地は清野空室そのものであったのだ。敵将・薛岳はこの日本軍の実情を知っていたという（公刊史五九五頁）。実は一月二日に、東門に突入して戦死された第三師団の加藤素一大隊長の遺体から出動以来の命令等を入手した薛岳長官は、誘撃・伏撃にはまってまさに弾薬が尽きんとしている実情を察知して「僅か軽き紙一枚といえども（内容は）万梃の機関銃よりも重し」と机を叩いて喜んだ（「抗戦紀実」所載）という。また蔣総統は「防守正面を突破されて敵を逃がした長官は、理由の如何を問わず処刑する」と檄を下していたそうである（公刊史六〇二頁）。だから連隊は、まさに好餌に違いなかった。弾丸と食糧さえあればどうということはないのだが、弾丸のない部隊はタマのない男に等しい。

　その二は、「主力が反転してくるまで患者や病馬、その他の後方諸隊を守っておれ」であった。この任務は当然の成り行きと思われたが、問題はこれらを収容する集落や地積があるかであった。

　大山塘は昨日来攻撃中の金華山の南側で、金井から福臨舗に通ずる比高一〇〇メートルの馬の背のような峠であるが、図上には、小さい池の傍に峠の茶屋らしい一軒家があるだけであった。

防御準備〈図28〉

一月四日午後、連隊は金華山の攻撃を中止し、追いすがる敵を撃ち払いながら戸田連隊が奪取していた大山塘に夕方ごろ集結し、取りあえず水沢大隊を双華尖一帯に、中山大隊を道の両側高地に配置した。取りあえず配置したというのは、五万の地図では陣地占領命令が下せなかったのと、師団主力の転進を掩護しなければならなかったからである。そこで私と藤原少尉（55期）とが地図を通信紙に三倍ぐらいに拡大して写し、第一線と戦闘地境を青鉛筆で書き込んで〈図28〉のような要図をつくり、正式に防御命令を下されたのは夜になってからであった。コピー技術が発達した今ではお笑い草だが、当時はその他に方法がなかったのである。

問題は馬繋場であった。野戦病院は幸い双華尖の麓にあった大きい家に入れたが、馬をつなぐ場所がない。仕方なく西麓に指定したが、これを守る兵力がない。

また山砲大隊（六門）は第一線の直後に据えても地形上敵が撃てないのと弾丸が少ない関係で、峠の茶屋に入った連隊本部のすぐ南側の高地に配置した。馬を守ることを兼ねてであった。

こうして四―五日夜は必死で防御を準備した。五日未明か払暁の攻撃を予期してであった。敵は四周に満ち満ちている気配であったからだ。また連隊の陣地の至る所に昨日までの敵の陣地があり、空薬莢が積もっていた壕が多かった。だから、勝手知った敵はこっちの準備未完に乗ずるであろう、と皆が考えたのである。連隊長も「命令下達が夜になったから、大隊が所命の陣地に入るのは明朝からじゃろ。敵が早くきたら困るのう」と心配されていたように思う。また師団から第三大隊の久米隊が行方不明になった旨の通報を受けて、いたく心配されていた。後で聞けば、引き揚げを伝達すべき命令受領者が連隊に紛れ込み、危ないから行くなと勧められるままに、引き揚げの命令を伝達しなかった災難であった。幸い無疵で敵中を突破して、司令部が出発した後も残っていた大隊主力に危うく合流できたのだという。久米さんは初代の電報班長で、連隊長が目を掛けられていた逸材であった。

一月五日〇三〇〇ごろ、師団長の通過を見送った。暗くて表情はわからなかったが「気の毒だが、頼む。あまり長くはないと思うが、気をつけてくれ給え」と言い残されたと記憶する。連隊長は「ハイ、閣下もお気をつけて」と言葉少なであった。その時の連隊長の気持ちは忖度し得なかった。あるいは今生の別れになるかも知れないというのに、短く、あまりにも淡々とした別れであった。

図28　歩兵第236連隊大山塘防御
（昭和17年1月5日～8日）

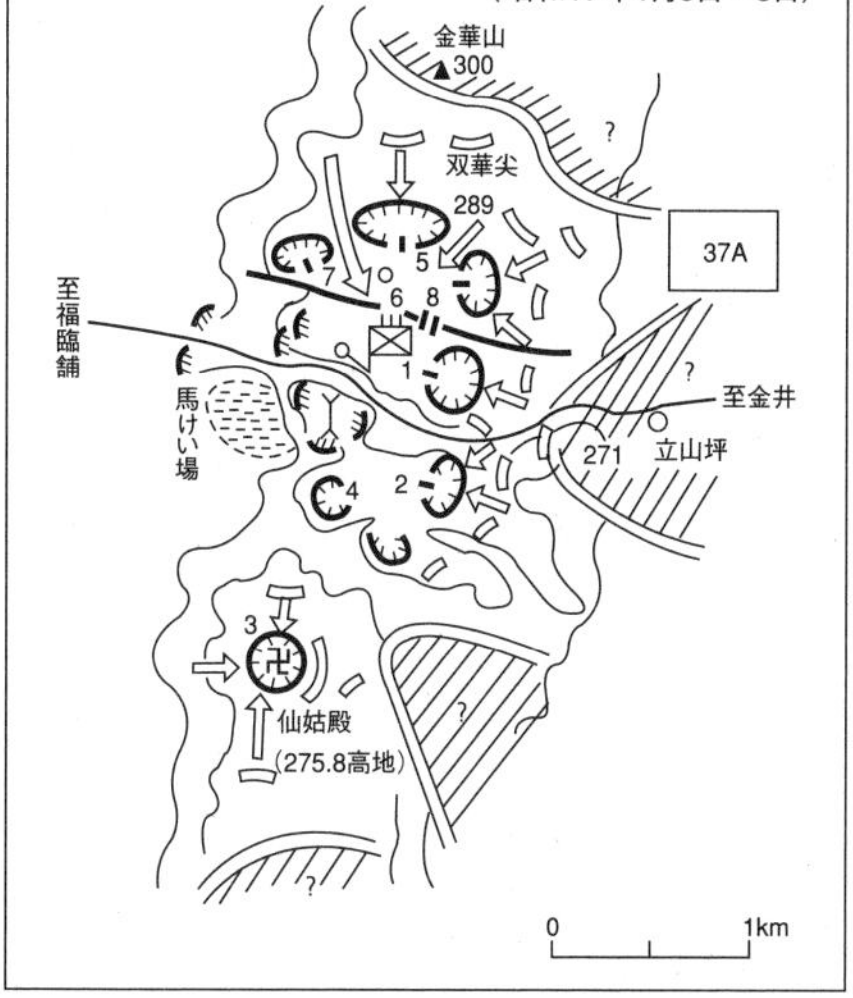

師団主力を見送ると、悲愴な気が漂いだした。孤立感が現実のものとなったからであった。その時誰かが面白いことを言いだした。

「同じ中将でも違うねゃ。軍司令官の中将は岳州で命令しとればええが、師団長の中将は電報一本で夜の夜半に歩かねばならん」

一同は久しぶりに笑った。作戦発起以来の笑い声であったと思う。内容は何もおかしいことはないのだが、どうしたことか妙におかしかったのだ。

なお久米さんの書によれば、大山塘通過時に亀川連隊長が一人で立っておられたので挨拶すると、「おう、お前無事で良かったな、心配したぞ。もうダメかと思っていた」と喜ばれたそうである。当時は知らなかったが、亀川大佐の人柄がわかるエピソードであろう。そういえば、師団長が「久米隊はわからん。諦めてくれ」と言われたような気がする。

〈阿誌1・4〉日 晴 反転開始

一、朝食後 勅諭ヲ奉読ス 司令所ニテモ二回ニ分ケテ奉読式ヲ挙行ス

二、3D長ヨリ長沙反転ヲ一日延期サレ度旨意見具申アリシモ 東北方ノ敵ハ包囲圏ヲ漸ク圧縮セラレ（ママ） 株州方面亦北進ノ恐レナキニアラズ 而モ軍ノ作戦目的ハ概ネ達セシヲ以テ 依然昨夜命令ノ如ク反転スベク命ジ 航空隊ノ爆撃ヲ熾烈ナラシム

三、日没後両兵団共敵ト離脱シ瀏陽河ヲ渡河スベク反転ヲ開始ス 果セル哉敵約一、〇〇〇ハ瀏陽河左岸ニ北進攻撃シ来レルモ6Dノ掩護部隊ニヨリ撃退セリ 株州ヨリ一部北進セルモノト思ハル

（傍線は原文のママ）

しかし第三師団的野連隊（歩六十八連隊）のガス係であった田中象二中尉は、軍旗を護衛して

後退したが敵襲を受け、敵の手榴弾の弾幕があと一〇メートル延びていたら軍旗もどうなったかわからない、という難戦・混戦に陥ったとのことである。しかも、瀏陽河渡河点は敵に占領されて進退窮まり、師団はこの間に、実に約八〇〇名を失っていたのであった。

防者の苦悩

一月五日の朝は静かであった。心配された未明にも、払暁にも、敵は攻撃してこなかった。そこで午前の攻撃を予想し、ついで午後の攻撃に備える命令や注意が次々に発せられた。部隊は壕や掩蓋を造り、西の平地に降りて食料をあさり、弾薬を再配分し、師団の後方諸隊から僅かの弾丸を貰って交付するなど、人事を尽くして天命を待つの観があった。一挙手一投足が生死に直結するだけに、懸命になった人間の働きはこわいほどである。このように努力してこそ、戦場で生き延びられる。運命は、自分の努力によってのみ切り拓かれる。

ところが気づいてみると、正面にばかり気を取られて、連隊の背面はがら空きであった。連隊本部の池を隔てた小山にも歩哨さえいない。だが、虎の子の予備隊を配備するわけにはいかぬ。そこで師団の後方諸隊から小銃手を集めて配兵するよう具申すると、すぐ認可された。集まったのは五〇名くらいであったが、頭数だけは現状の一個中隊に匹敵する。これを五個分隊に編成して〈図28〉のように張りつけたが、防御など教わったこともしたこともないという。そこで防御戦闘の要領、特に敵が手榴弾の投擲距離内に入る直前に射撃を開始する要領を手に取って教えながらの配兵になったわけで、果たして戦ってくれるかどうか心許なかったが、これで曲がりなりにも全周防御の格好がついた。張り子の虎であったが、ないよりましであった。

こうして防御準備を補綴しながら敵の攻撃を待ち受けていたが、何事も起こらず、戦場は静寂そのものであった。張り詰めた気がそのつど拍子抜けてホッとするかと思うと、次に予想される緊張に身構える一日であった。待つ身の辛さであり、受動に立った防者の苦しみを嫌というほど味わった日であった。それまでは攻撃一点張りで、攻撃の苦しさだけを味わった。そこで、防御して、裸で攻撃してくる敵を狙い撃てばさぞ面白いだろう、と考えたことがあるのだが、それはとんでもない思い違いであることを体感した次第であった。

そのうえ、気掛かりなことがあった。連隊本部の南方二・五キロに、廟のある仙姑殿（二七五・八高地）の高地がそそり立っていたが、これを確保するかどうかが懸案になっていたのである。仙姑殿を主陣地に包含したいのはヤマヤマであったが、すれば連隊の正面は三・五キロに延びて、包囲されることを覚悟しておかねばならぬ連隊としては、兵力的に配兵の仕様がないわけであった。各中隊とも損害が続出して、平均現員は五〇～六〇名になっていたのだ（これは欠員全部が死傷したわけではなく、担送患者一名に健兵七、八人を必要とする事情による）。

その五日の午後遅く、直協機が軍情報図を投下してくれた。朝の彼我の態勢を二〇万の地図に印刷したもので、天候さえ良ければ毎日連隊に投下する例になっていた。連隊の決心の基本資料であったが、それによると軍主力は長沙東側地区に包囲されて、壊滅寸前にみえた（〈図29〉参照）。ということは、連隊の持久期間が永くなったことを意味する。

連隊長はしばらく考えこんでおられたが、「山砲高地に行ってみよう。佐々木、ついてこい」

と急ぎ足に山に登られた。そして途中「今度の戦さは今までと違う。……佐々木、覚悟はよいのう」とつぶやかれたのを昨日のことのように思いだす。

山砲高地から見下ろすと、何百頭と繋がれた馬繋場は無防備同然であり、昨夜から「確保する必要がある」「必要は認めるが、兵力がない」「……兵力分散に過ぎる」と甲論乙駁の末に、第三中隊の第二小隊（弘田哲史少尉以下約二〇名）が警戒部隊として配置されていた仙姑殿の廟が、夕日に映えていた。もしこの高地を足掛かりにして南側から攻撃されたなら、わが主陣地は右側背を席巻され、馬は全滅するであろう。山砲は四周に砲口を向け、馬を守る態勢にあったが、心許ない限りであった。防御では必要以上に自己の弱点が気掛かりになる。

図29　第2次長沙作戦全般状況
（昭和17年1月5日夜）

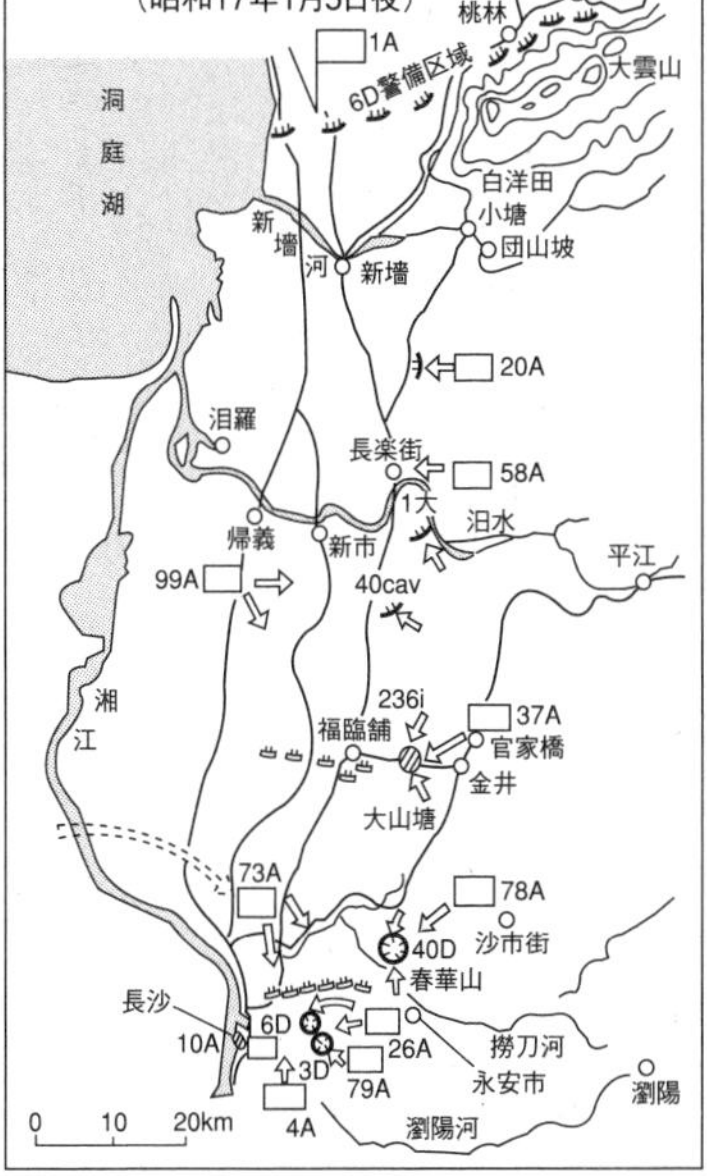

「佐々木、お前ならどうするか？」と連隊長が聞かれた。私は昨四日夕に山砲高地に登っていたので、確保論者であった。そこで「確保しなければ全体が持ちません。といって主陣地に包含することは兵力が許さない。ここは心を鬼

にして、予備の一個中隊で独立的に成るべく永く確保させるべきだと思います。予備には、工兵中隊を充てます。敵は必ず仙姑殿に食らいついてきますから……」という主旨を述べた。傍の高島砲兵大隊長も、確保して欲しい旨を述べられた。

連隊長は黙然と仙姑殿を凝視しておられた。一個中隊に確保せよということは、死にに行ってくれ、というに等しいからであり、無情な言い方をすれば〝撒き餌〟(餌を投げて、なるべく多くの魚を誘き寄せる)になってくれ、というのと同然だからであった。

やがて日が西山に沈むころ「よし、六車(第三中隊。大隊兼連隊予備)をやろう。砲兵は優先して支援してくれ給え」とようやく決心された。表情は寒さと苦悩でこわばっていた。指揮官の孤独とつらさを目の辺りに見る思いであった。

本部に帰られた連隊長は、六車秀質中尉を招致して、かつてない悲痛な面持ちで仙姑殿の確保を命令され、連隊直轄として重機一と第四中隊の一個分隊及び無線と有線とを配属された。地形と態勢から戦術上の必要性は皆が認めていたが、現実に「死にに行ってくれ」と言うつらさは、断腸の思いであったと思う。

六車中尉は立派であった。平然として命令を復唱し、黙々と出発された。やがて延線した電話から、無事に到着した旨の報告があった。月明の夜で、敵が先に攻撃してくる心配が絶えなかったのだが、敵はこの制高点の先取を怠っていた。実にホッとした。まことに僥倖であったと思う。敵の失策を天に感謝した。

〈阿誌1・5〉　月　晴曇夜雨

一、6Dハ七時頃（瀏陽河の）渡河ヲ終リ敵26Aノ一部ニ向ヒ攻撃ヲ準備セシモ　3Dハ東岸ニ約三〇〇ノ敵又南方ニ四、五百ノ敵近迫　河西ニテ後方部隊、患者等ノ整理ニ時ヲ移シ　漸ク十時頃ヨリ北方郎梨市方面6Dノ後方ヨリ渡河ヲ開始ス　此ノ間軍司令部一同焦躁状ヲ現ハセシヲ以テ　予ハ柳林鎮殲滅戦ヲ語リ慰ム

三、反転中今一回大ナル反撃ヲ行ヒ軍ノ士気ヲ昂揚スルト共ニ敵ニ精神的打撃ヲ与フルノ要大ナルヲ痛感、明六日ノ一般情勢ヲ見タル上　金井―栗橋ノ線又ハ其ノ北方ニ決セン

（注：名誉挽回のための長沙攻略成らず、ほとんど敗走の様相を呈しているのに、今一回敵を打撃せんとする決心は阿南将軍の真骨頂を示すものであろう。だが弾丸尽き、食なきをいかにせん。この企図心が第六師団を危急に陥らせることになる）

仙姑殿〈図30〉

敵が、仙姑殿をわが確保未完に乗じて先取しなかった理由は知る由もないが、爾後の経過からすれば、敵は大山塘に拠った日本軍がとび離れた仙姑殿を確保するはずはない、と早合点して、あるいはそう信じこんで、先取するなど考えもしなかったと思われないこともない。戦場では錯誤は付きものである。

五―六日夜も、一睡もできない緊張のうちに過ぎた。銃声一発しない。しかし見渡せば、北と

東と南正面では暖をとる焚き火が点々と果てしなく広がっていて、敵が満ち満ちている感じであった。

連隊は、いよいよ明六日朝の総攻撃を覚悟した。全般状況と当面の敵の殺気から、それ以外に考えられなかった。連隊長も「いよいよ明朝じゃろうな。敵は二日二晩準備した。敵にしては念入りな準備だ」と言いながら各大隊長に自ら電話された内容は、「明日の払暁が危ない。対迫掩蓋を補強させよ。……生きていたら逢える」という主旨であった。だが当時、中山大隊長は風邪をこじらせて高熱に苦しんでいた。連隊本部の裏の芋穴に入っておられたが、実質的には安村八郎副官が切り回していたようである。

六日朝が白々と明けた。濃霧であった。果たして、激しい銃爆音が湧き起こった。スワ、と緊張がみなぎった。だが爆音は南の方だけで、敵の主攻を予想していた双華尖正面では起こらなかった。山砲高地に駆け上がると、仙姑殿が猛攻を受けている。山砲で支援したいが、霧の中で何も見えなかった。神に祈る気持ちで晴れ間を待つと、霧が上がるとともに銃爆音はやんだ。六車隊約五〇名は、廟と敵が構築していた陣地を利用して仙姑殿を確保した。しかし弘田少尉以下数人が死傷して、中隊の将校は中隊長一人だけになっていた。

この時の状況を弘田小隊の小銃手であった倉橋清倖氏（のち軍曹）は次のように教えてくれた。

五日の夜中、指揮班と重機一及び第四中隊の一個分隊が到着した。……六日の夜明け、動哨から帰って廟の中で炊事の支度をしていると、弘田少尉が一人で見回りに出た。だがすぐ跳び返り、「敵だ」と言う。嘘だと思ったが、また裏の戸口から飛び出したので銃を持って見ていると、ダ

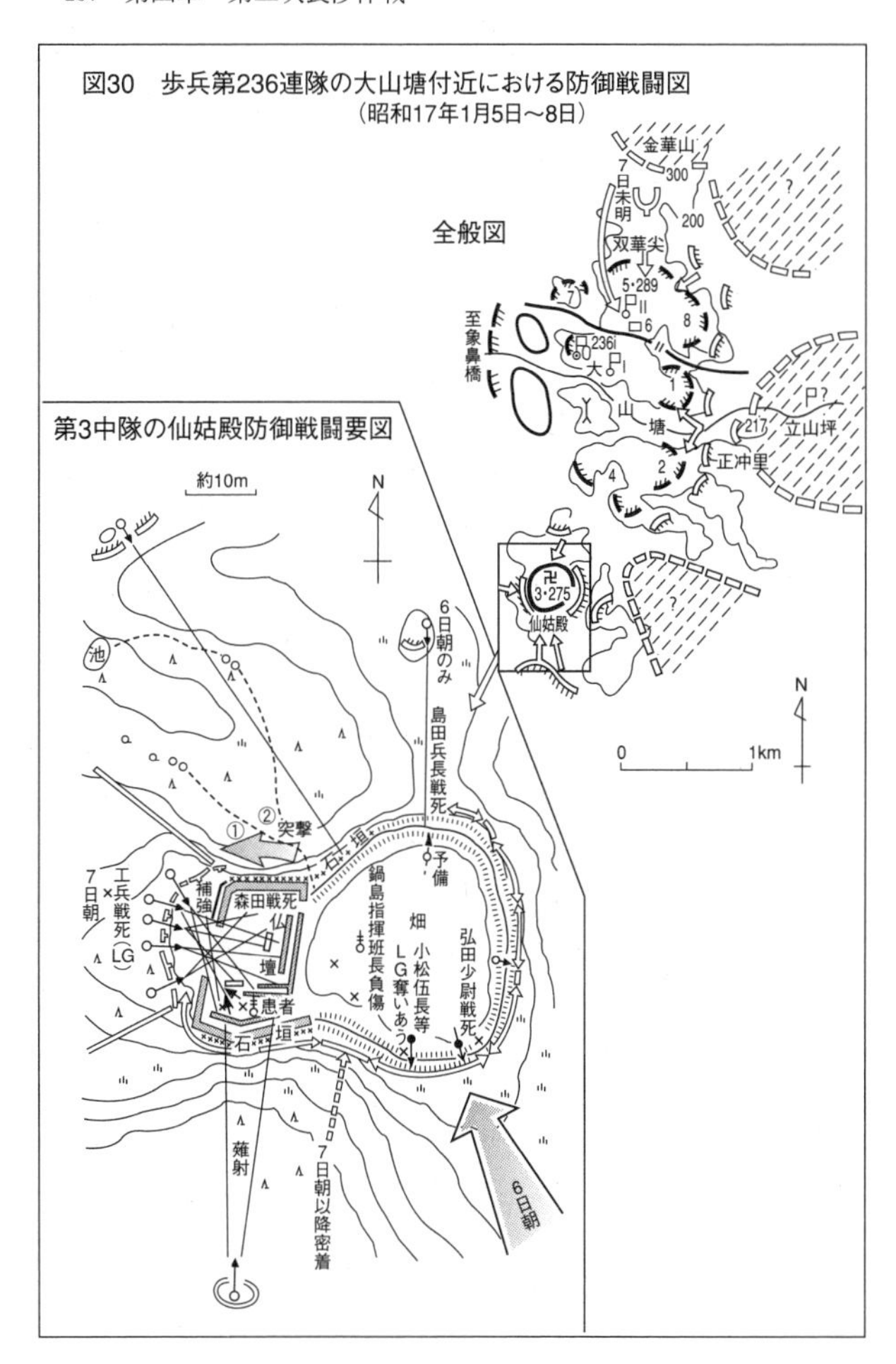
図30　歩兵第236連隊の大山塘付近における防御戦闘図
（昭和17年1月5日～8日）
全般図
金華山
300
200
7日未明
双華尖
5・289
8
至象鼻橋
236i
大
山
塘
1
217
立山坪
正冲里
2
4
3・275
仙姑殿
0
1km
N
第3中隊の仙姑殿防御戦闘要図
約10m
N
池
6日朝のみ
島田兵長戦死
突撃
石垣
予備
7日朝
工兵戦死（LG）
補強
森田戦死
仏
壇
患者
鍋島指揮班長負傷
畑
小松伍長等LG奪いあう
弘田少尉戦死
石垣
薙射
7日朝以降密着
6日朝

ーンと手榴弾が炸裂し、「やられた」と臀部を押さえて帰ってきた。破片が刺さっていた。起きていた四、五人と共に廟から飛び出し、真っ先に壕から見ると、引き返す敵と後ろから詰めかける敵とがぶつかってごっちゃになっていた。後で考えると、敵は、いないと思った仙姑殿に日本軍がいたので、驚いた先頭が跳び退がったと思われる。いきなり敵の真ん中に手榴弾を投げ、小銃を五発撃つと、軽機が来て腰だめで三〇発を連射した。それから本格的な戦闘となったのだが、難なく撃退した。やがて弘田少尉が壕外で各人の配置を指示していると狙撃を受け、腹部貫通で戦死された。壕の中で指示すればよかったのに！

実は中隊は廟に入って動哨二人で警戒し、敵が造ってくれていた壕には配兵していなかった。だから初め弘田少尉が臀部をやられた時に突っ込まれていたら、危ないところであった。中隊は不用心過ぎたと思う。

だが、主陣地は静かであった。時々、思い出したように友軍の小銃音が聞こえるので尋ねると、「敵の斥候があまりにもバカにした態度をとるので、怒った兵が撃ったもの」という返事であった。敵も時々撃ち返していたが、散発的で、小競り合いの域を出なかった。

六日午後、連隊長は作戦主任の香月大尉と第六中隊長・関田生吉中尉、及び栗岡工兵中隊長を仙姑殿に派遣された。持てそうかどうかを検討し、持てそうでないなら、比較的戦力が残っていて水沢大隊の予備であった関田隊と交替させる準備のためであった。

香月大尉から無事に到着した電話が入った。とたんに、仙姑殿に百雷が一時に落ちたような迫の集中射が始まった。香月大尉によれば、初弾から狙撃に近い精度であったという。山砲高地に駆け上がって見ると爆煙が天に沖している感じで、砲兵は「あれでは全滅だな」とささやいていた。やっきになって迫の制圧を頼んだが、仙姑殿の南の谷間から撃っている迫の所在がつかめないので、撃たれっ放しであった。しかも今度の集中射は長かった。何分ぐらいだったか記憶が薄れたが、かつてなく長かったように思う。こうして迫には終戦まで悩まされたが、遂に有効な対迫装備（音源標定や弾道測定機）は交付されなかったから、思えば原始的な軍隊であった。

迫の集中射がやむと、短切な射撃音が起こったがすぐ止んだ。ホッとして本部に帰ると、電話が通じないと騒いでいる。幸い無線は通じていたが、なぜかあまり使わなかったように思う。無線手であった方には申し訳ないが、覚えていない。有線小隊長の宗野昇少尉が入ってくるなり「保線してきます」と報告した。連隊長は嬉しそうに「行ってくれるか。頼む。本部の警護隊一個分隊を連れて行け」と頼もしそうであった。決死の保線とは、このような場合のことを言うのであろう。

小一時間もすると電話がつながった。そして新たな損害は一人もないと報告してきた。そのときの連隊長のホッとされた顔が忘れられない。やがて香月大尉の一行が帰ってきた。その報告によれば、「廟は岩乗で壕は深く、六車中隊長は落ち着いている。今すぐ交替させる必要はない。状況をみて明日考えよう。戸板で掩蓋を造るよう指導してきた」という主旨であった。そして私を戸外に連れ出して、しみじみと言われた内容は忘れ得ない。「なあ佐々木、迫の集中射の間は仏壇の後ろにいて安全だったが、関田さんがねぇ『とにかく足や手の一、二本は失ってもよい。

だが、命だけは持って帰りたい』と話されるのだよ。これは万人誰でもの共通の願いだ。心して補佐してくれ」と話された。その香月さんも、昭和二十年に散華された。

主陣地は依然として静かであった。時おり両大隊の陣地に迫撃砲弾が落ちだしたが、それは擾乱射撃か牽制射撃と思われるもので、気紛れに撃っている感じであった。第一機関銃中隊の小隊長であった岡沢精亮少尉（55期）が、ひしゃげて穴があいた飯盒を持ってきて「掩蓋の中で青豆を煮ていたら、迫弾が掩蓋に命中して信管が飛び込んで、青豆が吹き飛んだ」と生命拾いしたことよりも、青豆が惜しかったように報告したのを思い出す。

この六日夕、軍の情報図が投下された。それによれば、軍主力は重囲に陥り、わが師団の主力（四大隊。実力二大）はその東北方で包囲されていて、まさに累卵の危きに見え、わが大山塘は敵第三七軍に包囲されていた。いよいよ憂色が深まり、悲愴な気が本部にみなぎった。「これぁ、軍は全滅するぞょ」と悲鳴のような声が起こったのを忘れ得ない。

こうして六日の日が暮れた。すると仙姑殿が三たび迫と重・軽機の猛射を受けて数人が死傷した。辛うじて確保したが、そろそろ限度にきた感じであった。弾丸が底をついたと言う。しかし六車隊長は泣き言を漏らさなかった。頭が下がった。立派であった。私はたびたび激励の電話をかけた。主力と連絡が取れていれば、心強いからである。だが六車さんは「ここを取られれば、連隊が持たんことはようわかっちゅう。全連隊が目の下だ。あまり心配するな」と淡々と言われたことがある。

連隊長は工兵中隊長・栗岡中尉以下一五人を仙姑殿に増援された。兵力もさりながら、弾丸と食糧を補給する意であった。これで唯一の連隊予備がなくなった。恐らく敵が〝撒き餌〟だけに食いついて主陣地には一向にかかってこないので、戦機とみられたらしかった。実際、仙姑殿の戦術上の価値は浮き彫りになっていた。もし、敵が仙姑殿を奪取して連隊の右側背を攻撃したならば、馬繋場はむろんのこと、連隊の命運にかかわることが明らかであった。しかし連隊長が工兵を増援されて、なぜ関田隊と交代させられなかったのかの理由は聞き漏らした。おそらく、何かの霊感が働いたのであろう。六車隊長からは、「これで健兵が四六人になった。配慮に感謝する」旨の雄々しい謝辞があった。たぶん、死を決しておられたのであろう。

その六日の後半夜、六車隊長から重大な朗報が舞い込んだ。「敵の大縦隊が仙姑殿の南方を陸続と南下している。数縦隊の松明に切れ目がない」という思ってもみなかった知らせであった。

六車隊の報告は、本部の沈んだ空気に一すじの光りを差した。敵は、昨五日も本六日も主陣地を攻撃してこなかった。敵は仙姑殿の〝撒き餌〟だけに食いついて、主陣地正面には斥候をこれ見よがしに横行させ、小バカにしたように迫撃砲を撃ち込んだだけであった。そして今夜は、大縦隊が軍主力方向に南下中という。人知れず、助かったという思いをしたのは、私だけではなかったと思う。人間は勝手なもので、普段は犠牲的精神とか、全体のために己れを空（むな）しゅうするとか偉そうなことを言うが、いざとなればこのざまだ。

連隊長が、焚き火を囲んだ一同に敵情判断を求められた。「さあ」とか「何とも言えない」とか報告した人が多かった気がするが、一様に安堵の気持ちがにじみでていたように思う。

くちばしが黄色かった私は、調子にのって要らざる長広舌を吐いた。いちいち覚えているわけではないが、次のようであったと思う。

「敵は、わが準備した陣地を攻撃する愚を避けて、脱出に苦闘している軍主力方面に転進している、とみる。敵の斥候の出没や迫の乱射はわれを欺騙し、出撃を防止するための陽動であり、仙姑殿の攻撃も牽制であったと思う。それが理に適っている。自分が掘った陣地に入った日本軍が二日三晩も補修して待ち構えているのに、頭をぶつけてくるわけはない。敵の好機は、わが準備が整ってなかった五日であった。仙姑殿を確保してなかった五日が危機であった。

しかし敵はこなかった。しかも本六日は仙姑殿の攻撃に専念して主陣地には一指も染めなかった。それは、おそらく、転進命令を受けていたからであろう。だから今夜は仙姑殿だけを攻撃してわれを抑留し、主力は軍主力方面に急行している。それに違いない。夜間機動は、わが空襲を恐れたのと企図の秘匿のためであろう。敵はわが連隊を遊兵と化し、軍主力の殲滅を企図してあらん限りの兵力を集めている。それが、この際の敵としての当然の戦略である。

さすがは薛岳だ。敵は自軍に衝力がないことを誰よりもよく知っている。だから彼らの常用戦法は防御による阻止であり、反転するわが軍を待ち伏せによって打撃し、漸減する方略を採っている。わが連隊を攻撃することは敵にとって愚策であり、わが軍の思惑にまんまと掛かることになるわけだから、薛岳はその愚を避けたと思う。

だから出撃する力があれば、敵を攻撃して抑留するのが至当である。だが弾丸がない以上、やむを得ぬ。わが連隊が遊兵になるのは残念だが、軍主力が壊滅することはあり得ないから、状況が確定するまでこのままの態勢で待とう。敵の転進をみすみす見逃すのは残念であるけれども、今はどうしようもない」

という、まことに身勝手な、自分に都合のよい観測を述べた。敵は転進したと極め切る方が身の安全に直結するからであり、さりとて出撃する戦力も気力も残っていなかった。

この希望が入った観測に反対する人はいなかった。安堵の空気が流れたと記憶する。楽観論は俗耳に入り易いのであろう。剛気で知られた山崎副官さえ、「ウーム、そうかも知れんな」と首肯かれたし、香月作戦主任は「そうであればよいが」と呟きながら、別に異論は挟まれなかった。だが、連隊長だけは険しい表情を崩されなかった。そして、

「日本人ならそう考えるかも知れん。だが薛岳は中国人だ。そう考えないかも知れん。南下している松明は、欺騙かも知れんじゃないか。とにかく承詔必謹して、油断すまいぞ」

と注意されたと思う。指揮官と小幕僚との違いであった。そして私に、何かの命令か注意を筆記させられた。けれども恥ずかしいことに、口述が途切れるとたんに舟を漕ぎ、ついに匙を投げられた連隊長が夢のかなたで、「まだ二二歳にもならんから無理もない。佐々木、寝ろ」と言われるのを聞きながら、泥のように眠りこんだ。一月二日の夜からろくに眠っていなかったのだ。特に四、五日は一睡もしていなかった。満二二歳に三カ月前のときであった。

だから連隊がこの状況をどう報告したかは全く知らない。だが後での報告と照合してみれば、敵の転進を事実として電報し、主力に警告を発したようである。

〈阿誌1・6〉 火　曇小雨

一、雨止ミシモ飛行偵察意ノ如クナラズ　40Dハ南下シテ春華山ニ、3D、6Dハ北上シテ夕刻同線ニ到着セルガ如キモ　3Dノ情況明カナラズ

二、池上旅団（9Bs）ニ58Aヲ再度攻撃シテ其ノ我ノ反転妨害ノ意図ヲ挫折セシム　外園大隊（18Bs）ヲ新市南方ニ出シ軍ノ右側ヲ掩護セシメ　34Dヨリ一大隊ヲ（抽出）

四、……野戦病院ヲ見舞フ　開戦以来六五〇、本日ハ二六五名……神経ヲ撃タレシ者及腹部ハ苦痛大ナルガ如シ、同情ニ不堪、坤声叫声ヲ聞キテハ高級指揮官トシテノ責任重大ナルヲ感ゼズンバアラズ

五、（湘江）対岸ニ砲声殷々　戦地ノ正月ニ相応シ　東京ヘノ良キ土産ナレ（注：還れる者と、必死で九死に一生を求めて戦っている者との感覚のずれであろう）

奇襲を受ける

物凄い銃砲声に飛び起きた。戸外に走りでてみるとまだ暗く、しかも濃霧であった。連隊の全正面でかつてない銃爆音が轟き、所々で悲鳴に近い喊声が起こっていた。離れた水沢大隊と仙姑殿に電話したが、応答がない。それどころではなかったのであろう。連隊本部は全周防御の配置を採り、敵の突入を待った。要図で見る第一線の配備は濃密だが、実際は隙間だらけであったからだ。こうなれば、各隊の健闘を祈る他はない。だが心の中では〝しまった。奇襲された〟という悔い、ショックが、次から次に襲ってきた。うまく表現し得ないが、油断のもとになった観測を流した罪悪感にさいなまれたのは確かである。自分の気に入った楽観論には尾鰭が付いて、電

波のように口コミで伝わるのが戦場の常であるからだ。後で岡沢少尉が「掩蓋の中で寝ていると、気がついた時は辺り一面で手榴弾が炸裂し、処置なしであった。無我夢中で追い返したが、一時は観念した」と教えてくれたように思う。

しまった、要らざる観測を喋るんじゃなかった、という悔いが次から次に押し寄せてきた。この時ほど後悔したことは他にない。多弁と敵の企図の憶測は、百害あって一利もない。

連隊長は「やっぱりきたな。いつもより勢いがあるようだ」とつぶやかれ、默然と端座されたままであった。時々眉がピクリと動いたが、表情は普段のままで、特に変わったところはなかったと思う。これが二代目の今井大佐や三代目の小柴大佐であれば、全く違った挙措をされたと想像される。恐らく、己れを見失われたことが確実と思う。

水沢大隊から電話があった。飛び付かれた連隊長はいつもの調子で報告を受けておられたが、受話機を置くと暗然と「水沢と岡崎（副官）、三宅（第五中隊長代理）、関田（第六中隊長）がやられたそうだ。山崎大尉（副官）、明るくなったら第二大隊の指揮を取ってくれ。副官として田坂得多中尉をつける」と命令された。あらかじめ大隊長の補充要員を考えておられたようであった。一同は声もなかった。昨日「命だけは持って帰りたい」と話された関田さんや三宅さんを思うと、涙がドッと溢れ出た。

この状況を当時の第二大隊付であった近添美豊曹長（のち少尉。のち土佐市長）は、「敵の攻撃開始後間もなく、双華尖の第五中隊は三宅中隊長以下大部が死傷して山頂を奪取された。大隊長は第六中隊を率いて逆襲されたが、岡崎副官と関田中隊長は戦死し、自身は前額部に重傷を負われた。だが双華尖は、小笠原三郎少尉（重機）と堀見初亀少尉が協同して奪回した。そこで本部に電話すると、連隊長が直接出られ『お前は誰だ』『明るくなるまで頑張ってくれ。山崎大尉と田坂中尉を派遣する』と言われた（要旨）」と記録している。

なお双華尖の奪回については、小笠原少尉が「あそこを取り返さねば連隊が持たん。しかしここから真っ直ぐには突っ込めん。今、全部やられてしもうた。俺がここから牽制しておるから、お前は左に回ってあの稜線を越え、敵の後ろから突っ込め」と提案すると、関田中隊長を失って敵愾心に燃えていた堀見少尉は「よっしゃ」の一言を残して霧の中に消えた。

小笠原少尉は点射と陣地変換を繰り返して敵を正面に牽制し、堀見少尉以下約二〇名は匍匐して稜線を越え、後ろから山頂に迫ると、黒山のような敵の背後に無言の突撃を実施した。喊声をあげると兵力がわかるからである。夜が明けかかった頃で、敵は呆然とし、同士討ちと思ったらしく抵抗する者はいなかった。だから一人で十数人も倒した勇士がいたそうである。日本軍とわかると敵は悲鳴を上げて四散した、と聞いた。両少尉とも女形にしたいような優しい美男子であった。

霧が晴れるに従って銃爆音は逐次下火になった。長い長い猛攻であったが、後で聞くと、最高潮は一五分間ぐらいであったという。やがて悲報が続々と舞い込んだ。仙姑殿の六車隊は隊長が重傷を負い、多数死傷した。戦没者将校名簿には昭和十七年一月七日に戦死された芳名が八柱（前述の外に五中隊の戸梶高史少尉と六中隊の池田六郎少尉）記してあるが、受傷して戦列を離れた将校は二〇人に達したかと思う。岡沢少尉もその一人であった。

命令を受けて第二大隊の状況を見に行った。池の畔を通りしばらく行くと、前方から狙撃された。知らずに第一線を通り過ぎていたのである。ひっくり返って浅い溝に落ち、死んだふりをして危機を脱したが、すぐわかると思っていた大隊本部はなかなかわからなかった。誰もいないのだ。仕方なく病院に入る小道に差し掛かると、岡沢少尉が足を引きながら現われ、「尻を迫でやられました」と悲しそうな声で告げた。

ほどもなく頭に包帯した三浦信義少尉（55期、八中隊付）が勢い込んで小走りできた。声を掛けたが、返事も振り向きもせずに病院に消えた（戦傷死）。

なお後で聞いた話では、此元中尉の連隊砲は陣前五〇メートルのマキシムを吹き飛ばした時は残弾が三発になっていた。そこに射撃要請がきたので、マキシムを担いで応援したそうである。三発は一発が射撃用、一発が自爆用、一発が予備であったという。

だが奪られた陣地は、ただの一つもなかった。所々かじられたけれども、すべて奪回していた。土佐健児は銃剣で大山塘を確保したのである。

敵が潮のように引くと、連隊長は陣地の補強を命ぜられ、師団の後方諸隊から弾薬を再び集めて交付するなど、てきぱきと後始末を指導しておられたが、一段落つくと、野戦病院に死傷者を見舞われた。だが水沢大隊長はすでにこの世の人でなく、唇を湿された手はわずかに震えているかのように見えたが、表情は悲嘆を必死で耐えておられるかのようであった。以下は連隊の状況報告である。なお七日から十日にかけて、西方第三、第六師団の脱出路である福臨鋪方面では、二四時間ぶっ通しでボコ、ボコ、ボコ、ボコと、迫や手榴弾音が鳴り止まなかったのを思い出す。

一月七日〇七〇〇発

「本七日黎明、約二個師と判断される敵は……ついに奇襲的に攻撃を開始せり。戦闘開始後一五分にして水沢大隊長以下一五〇名内外の損害を受けたるも……接戦格闘して辛うじて陣地を確保中なり。……残弾は連隊砲三発、機関銃三〜四連、小銃五〜一五発に過ぎず……。弾薬の空輸を熱望す」（公刊史六三二頁）

昼ごろ、布張りの軽輸送機が山砲弾と機銃弾を敵の対空射撃を冒して投下してくれた。だが着地の衝撃で薬筒と弾頭とが外れ、大部分が使えなかった。そこで手榴弾の投下を依頼すると、夕刻近くに梱包を本部前の池に落としてくれた。素っ裸になった兵隊さんが氷が浮いた池に潜って引き揚げてみると、粉ミソであった。軍が気を遣っていることがわかって嬉しかったが、ガッカリもした。食い物より弾丸が欲しかったのだが、軍にその準備がなかったらしい。

この日、敵は再三にわたって攻撃を復興した。いずれも朝ほど激しくなく、射撃だけで突撃してはこなかった。弾丸がないのを見すかしてか、消耗戦を挑んでいるようであった。

夕方、山砲高地から見渡すと双華尖と仙姑殿からは火煙が立ち登っており、山麓の立山坪の集落には中国兵が盛んに出入りして、まさに敵の司令部と見えた。亀川連隊長は立山坪を凝視しておられたが、「あそこを擾乱すれば、今夜の夜襲の機先を制しうると思うがどうだ。このままではなぶり殺しに遭うぞ」と尋ねられた。「第一線から兵力を抜くわけにはいきませんから、直轄諸隊から小銃手を集めましょう」と答えると、「お前、行ってくれるか。骨はオレが拾ってやる」と命令された。いよいよ寿命がきたのか、と観念した次第である。

一月七日一七〇〇ごろ、連隊は次のように報告して夜襲の認可を求めた。

「敵の攻撃は間欠的なるも、依然双華尖と仙姑殿に対する猛攻は衰えず。損害約二〇〇名に達し、弾薬尽き果てたり。部隊は本夜、余力を集めて立山坪（敵の司令部と判断）に向かい夜襲し、敵の攻撃企図を破砕せんとす。あるいは通信途絶することあらんも、最後の一兵に至るまで大山塘を死守せんとす」（公刊史六三二頁）

これに対し師団は折り返し「主力は本夕反転を開始する。隠忍自重して来着を待て」と命じてきた。連隊長は熟考ののち、夜襲の中止を決心された。おかげで私はまだ生きているわけである。

夜に入ると、敵は仙姑殿に焼夷弾攻撃を加え始めた。廟は鬼火のように燃え、六車隊のこの日の死傷は二〇名に達して半数が戦列を離れた。重傷を負いながら指揮をとり続けていた六車中尉の電話の声も、だんだん細くなった。前出の倉橋氏の便りによれば、防御の一端は次のようである。

七日未明、敵は参道から殺倒して手榴弾攻撃を始め、六車中隊長も負傷して、敵は廟に突っ込んだ。悲鳴に近い助けの声に小松操伍長が軽機を持って飛んで行き、腰だめ射撃で撃退したが、敵はなお廟に張り付いていた。午後になると工兵隊長が来て「歩兵さんよ。あの敵を放置したら今夜は持たんぞよ」と言うので、われと思わんものは出よということになり、四人の分隊長と軽機及び倉橋外一名が突っ込むことになった。なけなしの手榴弾二発を投げて突っ込む手筈であったが、二発とも敵を飛び越して崖下に落ち、突入できない。そこへ工兵が爆薬を持って来て投げたので、爆煙の中に飛び込んで二人を刺した。敵を台上から一掃すると、工兵が敵の唯一の突撃口である参道に掩体を掘ってくれた。有り難いことだった。だが、工兵一人が戦死した。

連隊長は師団兵器勤務隊長・上野虎鬼中尉に命じて、小銃弾三〇発と手榴弾数発を補給された。これらは重傷者から集めたものであった。雀の涙ばかりの補給を受けた隊員たちは、いざという時の自殺用かと思ったそうである。

〈同誌1・7〉水　快晴

一、久々ニ旭日輝々トシテ一天全ク晴レ絶好ノ飛行日和ニテ　殊ニ昨日到着セル軽爆一中隊ハ勇躍戦闘ニ参加シ到ル処追迫スル敵縦隊ヲ爆撃シ　各兵団ハ整然ト撈刀河ヲ渡リ北上ス

二、9Bsハ58Aヲカ攻シ　6Dノ北方挟撃ヲ待ツ（注：影珠山の58、20Aを南北から挟撃する意〈図31〉）

三、重慶ノ放送ハ　長沙方面ノ日本軍ヲ殲滅シ死屍山野ヲ掩ヒ此ノ大勝ハ英米ヘモ影響大ニシテ太平洋戦ノ快勝ヲ思ハシムト　然ラバ何故ニ此戦力ヲ以テ香港陥落ヲ救ハザリシヤ　問フニ落チズ語ルニ落ツルモノニシテ重慶軍ノ偽瞞ト抗戦力ノ衰亡トヲ自白セルニ等シ（注：神経の高ぶりがうかがえる）

七—八日夜は敵は小規模の夜襲（偵察？）を繰り返しただけであったが、八日朝、再び本格的な攻撃を再開した。血生臭い朝だった。

連隊は一月八日朝の状況を次のように報告した。

「昨夜は小康を得たるも、本払暁敵は再び双華尖と仙姑殿に対し攻撃を復行せり。損害四五〇名に達せるも、銃剣のみにて反撃し辛うじて陣地を固守しあり。ただし背後からの攻撃は急ならず。福臨舗東西の線には有力なる敵が配兵中にして、麻峯嘴付近には集結中の部隊を見る。なおわが当面の敵は続々とわが両翼を迂回しつつあり」（公刊史六三三頁）

こうして連隊は満身創痍となりながらも大山塘を確保した。精限り、根限りの戦いであった。一〇人の中隊長のうち、無疵は中山大隊の三人だけだったのだ。

前出の倉橋清倖氏は、仙姑殿を確保できた要因について、

一、元々敵が掘っていた壕が深かった。

二、壕の敵方斜面に指大の竹が密生していて、敵の手榴弾を跳ね返してくれた。また上を越したのは後方で破裂した。

三、廟は四周が三メートル位の崖に囲まれ、敵は参道以外に登って来れなかった。

四、香月大尉の指導で二〇個位の戸板掩蓋を急造した。半分くらい潰れたが、おかげで死傷者はでなかった。

と便りされた。普通なら中隊の団結や中隊長の率先陣頭指揮を述べるのだが、それが書けない事情があったようである。

一月八日昼ごろ、師団主力は大山塘西麓に北上して当面の敵の攻撃を開始した〈図31〉。山砲

高地から見下ろすと、各高地に黒山のように蝟集した敵が南面してバリバリ撃ち、手榴弾の弾幕を張っていた。だが友軍は、ポツン、ポツンと撃っており、攻撃は少しも進捗しない。見かねた連隊長が山砲に射撃を命ぜられると四、五発撃ったが、いずれも黒山に命中して人体が飛散するのが見え、友軍が突撃するのがパノラマのように見えた。

ところが今まで一発も銃声がしなかった大山塘の西麓で銃声が起こった。私は偵察を命ぜられて下山すると、今しも象鼻橋の平地を一〇人ばかりの敵が渡っている。斥候とみて稜線に座って監視していると、とたんにチェコに狙われ、足下で土煙が上がった。敵はすぐ近くから撃ったから、なぜ当たらなかったのかわからない。馬繋場の馬取扱兵を呼び集めて張り子の陣を張ると、敵は攻撃してこなかった。危機一髪の感であった。

八日夜、救出にくる友軍との連絡を命ぜられた。不思議に静かな晩だった。やがて約束の時刻に一列縦隊が月明の夜に浮かび上がった。着剣して、銃を肩に担いでいる。友軍である。三〇～四〇メートルに近づいたころ「ご苦労さん、亀川部隊です」と声を掛けると、「ヤマ」と言う。思わず遣い慣れた合言葉「カワ」と答えると、縦隊はぱっと散り伏せ、先頭がキラリと刀を抜いた。慌てて「ウミだ、ウミだ」と叫んで事無きを得たが、冷汗ものだった。連絡すると戸田部隊の松本隊であった。私は無線を携行していたので中隊長に「お疲れでしょうから、山に登られるに及びません」と申し上げたが、「それでは任務がつとまらぬ」と登って行かれた。立派であった。

八―九日夜、連隊は自力で敵と離脱し、松本隊の先導によって司令部近くに集結した。一人の死傷者も残さず、敵に少しも気取られることもなく、であった。だがほとんどの兵が患者の担送に当たったので、攻撃可能兵力は内之八重隊の二個小隊だけになっていた。

この時、示野有線小隊長に「仙姑殿の有線は撤収するに及ばない。途中が危ない」と助言した。しかし彼は、「兵器ですよ。残せますか」と言うなり撤収を始めたので、その責任感に感嘆したものである。

ところが途中、敵と並進しているのに気づき、突撃して二人くらい斬った。敵が向かってきたのだからやむを得ない。だが無我夢中で、突いたのか、切ったのかは定かでない。ただ、死に物狂いで刀を振り回したことだけを覚えている。だが刀には血糊がべったり付いていて、両手首に軽い傷を受けていた。

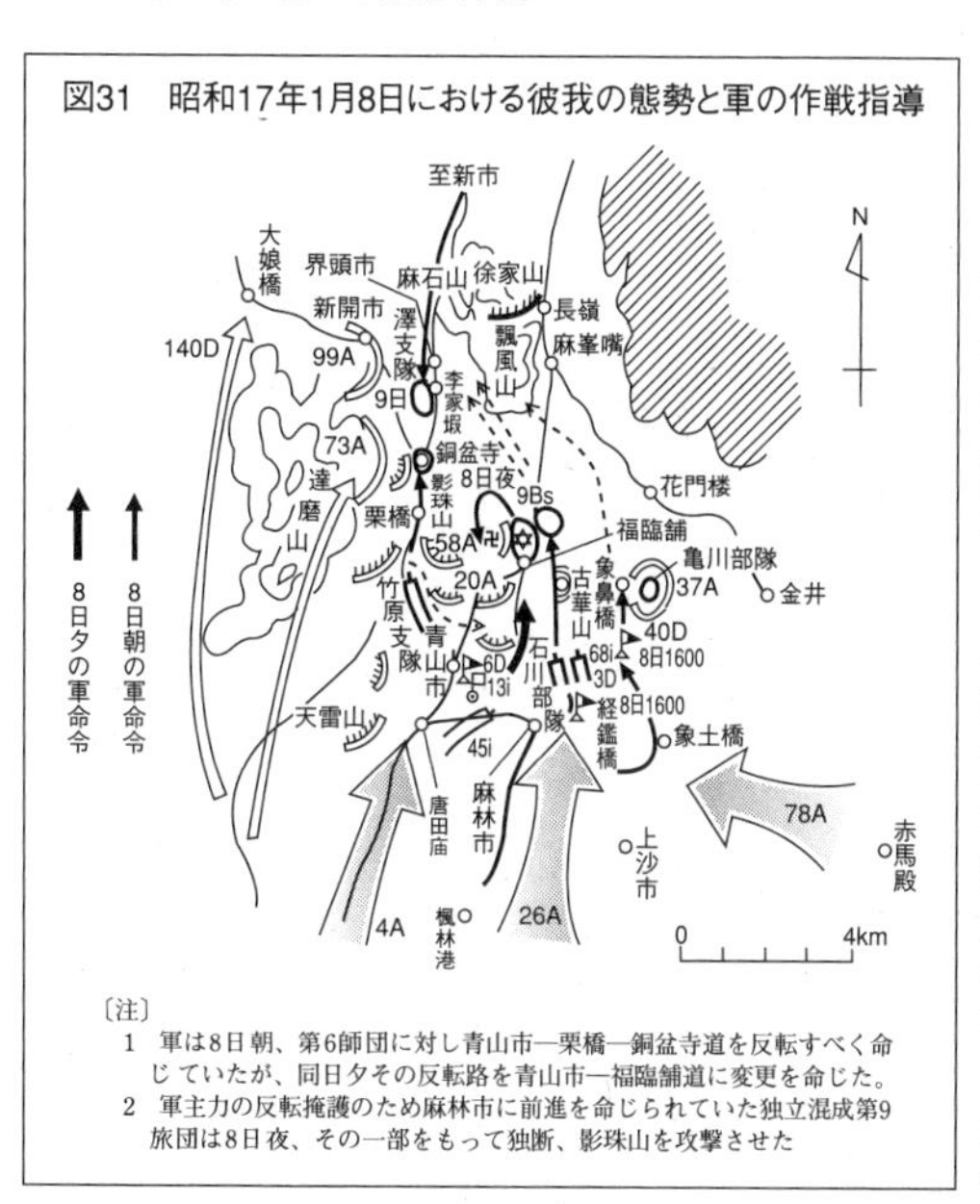

図31　昭和17年1月8日における彼我の態勢と軍の作戦指導

〔注〕
1　軍は8日朝、第6師団に対し青山市―栗橋―銅盆寺道を反転すべく命じていたが、同日夕その反転路を青山市―福臨舗道に変更を命じた。
2　軍主力の反転掩護のため麻林市に前進を命じられていた独立混成第9旅団は8日夜、その一部をもって独断、影珠山を攻撃させた

司令部に九日朝到着すると、連

隊長は直ちに状況を師団長に報告された。だが淡々と損害と現有戦力を報告されただけで、泣き言の半句も入っていなかった。傍で聞いておられた戸田連隊長が「なけなしの弾丸を撃って頂いて助かりました」とお礼を言われ、亀川連隊長が「松本隊を派遣して頂いて……」と謝辞を述べられたのが印象的であった。

〈阿誌1・8〉木　快晴

二、……司令所ニ至レバ戦況捗々シカラズ復々幕僚憂色アリ　敢然正面6Dヲ以テ栗橋ヨリ真北ニ銅盆寺ニ突破スベク　40Dノ一部ヲ西北方ニ迂回　敵退路ヲ断ツベク命ズ

三、夕刻ニ到リ栗橋突破ハ時間ヲ要スルヲ以テ福臨舗方面ヨリ敵薄弱部ヲ突破北進スト　已ムナク之ヲ容認ス……魁けよ　苦難は知らで梅の花

（注：当初の反転計画は、3Dは麻林市から福臨舗を経て、6Dは青山市から栗橋の隘路を銅盆寺に北上し、池上旅団と呼応して影珠山の20Aと58Aを撃破する予定であった。ところが6Dの栗橋突破は困難とみて、急遽反転して福臨舗に向かい北上すべく命じた件を指す。この進路変更のために6Dの反転は半日も遅れ、3Dを追撃中の敵とぶつかって彷徨する羽目になり、危急に陥った。また池上旅団の集成大隊（約二〇〇名）による影珠山の夜襲（翌朝玉砕した）とも呼応し得なかった。

血みどろの反転作戦〈図31〉

だが、ホッとする時間もなかった。目を血走らせた青木師団長の命令は、

「一刻の猶予もならぬ。食い付かれたら全滅だ。師団は直ちに北上する。気の毒だが、亀川部隊は前衛となって、すぐ出発してくれ給え。経路は参謀長に指示させる」

であった。

連隊は一月九日正午ごろ、中山大隊を前兵として反転の途についた。前衛とは名だけで、患者輸送隊が実際の姿であった。しかし敵は古華山（二五七高地）の線で待ち伏せていた。午後の中ごろであった。

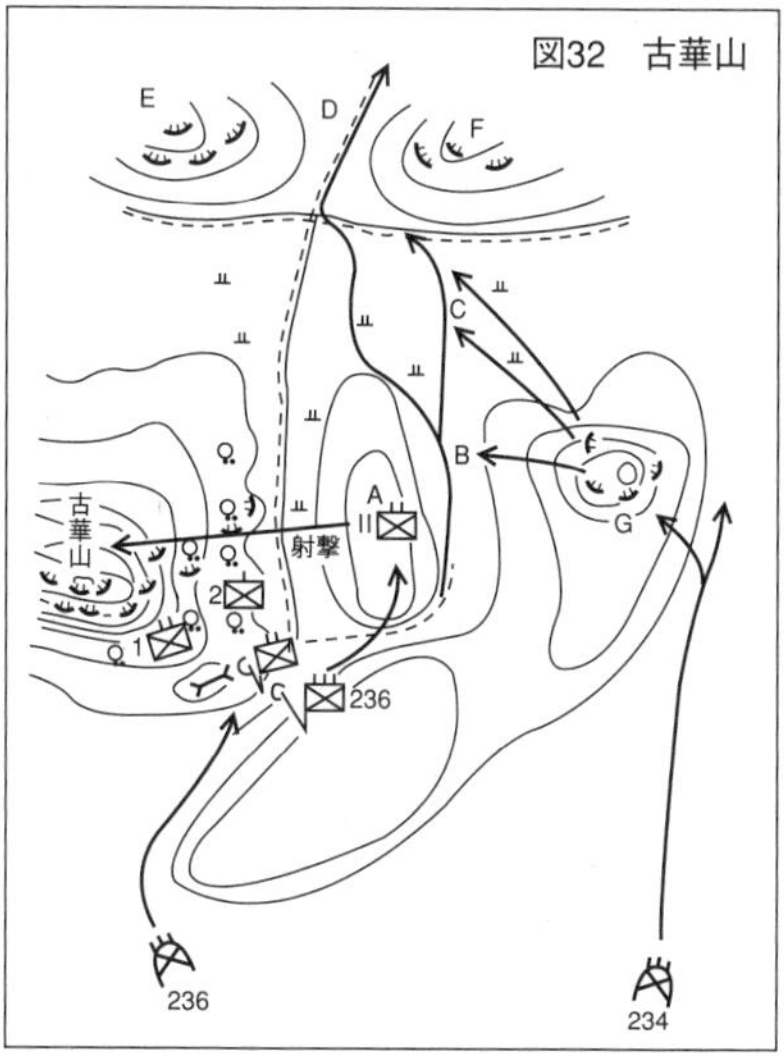

図32　古華山

中山大隊は内之八重隊で攻撃し、山砲は第一線に挺身して次から次に出現する重機を三梃も吹き飛ばした。これを見られた連隊長は珍しく「重機を吹き飛ばした。今のうちに突撃せよと伝えよ」と命令された。前衛という任務からであったろう。大隊は患者担送兵を集めて逐次第一線に増加していたが、中山大隊長によれば「敵の重機は二梃や三梃ではない。少なくも一個師の敵だ。どうもならん。三谷（一機中隊長）も負傷した。胸部貫通だ」と悲愴であった。そこで山砲高地に登ったとたん、山頂に据えた山砲が重機二梃に狙われて小隊長が即死した。

一筋縄の敵ではない。飛び帰って以上の状況を報告し「妙なことに、A山には敵がいない。山崎大隊を進出させて、敵の左側背を撃たせましょう」と具申すると、傍に進出されていた山崎大尉にすぐ命令された。

やがて山崎大隊から「古華山には黒山のように敵がいる。こっちに気づいていない。今から撃つ」と言ってきた。期待していると、九二式重機三梃がダダダーッと撃ち出した。そしてすぐやめた。「どうした?」と電話すると、「弾丸が切れた」ということだった。

夕方が近づいた。タマはなく、白兵力も底をつき、敵にこづき回されている感じであった。攻撃はムリである。そこで日没とともにB—C—D道を経て脱出することに決したが、電話では進路がはっきり伝わらない。そこで第二中隊の戦線に出て大声で呼び出すと、山崎大尉と田坂副官が稜線に現われた。伝え始めたとたん、バリバリッと二人の足許に土煙が上がり、二人は消えた。しょうがない。二人を追って田んぼを横切り始めると、一弾がバシッと胸をかすめた。これぁムリだ。くるりと向きを変え、走ったら危ないと直感して歩きだすとバシッとまた胸をかすめた。走っていたらやられたであろう。今でもゾッとする。

連隊本部が北上すると、C点を涌過中の行李馬がG高地から猛射されている。行李馬は幸いD点に隠れたが、本部は渡れない。やむなくB点に詰め掛けていると、そこも猛射されて数人が死傷した。本部の警護隊約二〇人が制圧に努めたが、弾丸は身辺にブスブス突き刺さり、身動きもできぬ。いよいよ寿命がきたと観念して側の連隊長に「警護隊を率いてG高地に突入します。ご武運を祈ります」と別れを告げると、「待て、あの辺は戸田部隊が北上している筈だ。少し様子を見よう」と止められた。

やがて銃声が間欠的になった。そろそろ夕闇が近づいた頃だった。C点は危険なので道のないE点を経てD点に脱出することになり、水田に滑り降りてD点に出た。この間、連隊長の身辺にも無数の弾丸が飛んできて、またも数人が死傷した。連隊長も匍匐して難を避けられたが、若い私でもつらかったから、連隊長はさぞつらかったに違いない。闇の中でD点を通過する時は、左右のE・F高地の山腹で盛んに手榴弾が破裂していた。つまり、枚をふくんでの脱出であった。繰り返す。泣きたいくらいつらかった。

いつもは姦しく鳴くロバやラバが、不思議に一声も鳴かなかったのが印象深い。人の異常な緊張に感応したのであろう。EとFとの山麓は六〇メートルほどしか離れていなかったから、もし敵が察知したらどうなったか想像の外である。実戦では、図上戦術では考えられない奇跡が起こる。

それにしても、もし敵がA山に配兵していたならば、連隊や師団主力の運命はどうなったであろう。薛岳将軍が築いた堤防の、蟻の一穴であったのだろう。後で連隊長から「A山に配兵のないことがどうしてわかったのか」と聞かれ、「山砲高地から見てもおらず、撃ってもきませんでしたので……」と答えると、「よう見てくれた。あれで助かった」と感謝された。

〈阿誌1・9〉金　快晴

一、昨日同様絶好ノ飛行日和ニシテ　各兵団ハ汨水近クニ進出セリ
二、情況明白トナルニ及　昨夜6Dヲ其ノママ前決心通リ北進セシムレバ　動揺中ノ58Aニ大損害ヲ与へ　9Bsト併セテ一大打撃ヲ与へ得タルヤ必セリ　常ニ弱気ニテ石橋ヲ叩キツツ軍ノ作戦ヲ指導スル弊ハ将来大ニ改善訓練ノ要アリ　但シ予ガ之レヲ悟リツツ已ムナク容認セシハ　幕僚ノ動揺ト今夜以後ノ稍困難煩瑣ナル40D等ノ指導ニ頭ノ混乱ヲ来スヲ恐レシモノニシテ　又重大不利アリトハ思ハザリシニヨル　高級指揮官ハ常ニ理念ト自己ノ戦略眼ノミニヨリ断行セズシテ間ニ合フ場合ナキニアラズ　其ノ戦例トモ見ルベキナリ
四、……9Bsノ一中隊敵ノ重囲ニ陥ルト　救援法ヲ命ズ　安泰ヲ祈ルヤ切ナリ

この日、進路変更のために遅れた第六師団は衆敵に包囲され、神田師団長も突撃を決意したほどの混戦に陥り、生存が危ぶまれるほどの苦闘を強いられて、かつてない大損害を受けた。連隊は休憩する暇もなく、不眠不休で歩き続けた。途中数回敵と遭遇したが、銃剣で追い散らしながら北上し、十日昼ごろ麻峯嘴に進出し、宿営中の第六師団の一部と遭った。

正直言って心強く、庭に列をなして焚かれていた火に走り寄った。だが変な匂いがする。それは、荼毘の火であった。知ってか知らずか、荼毘で炊爨する兵を見た。だがそれを止める元気は皆なくなっていた。大山塘以来、敵になぶられ、いじめられ通しの感がして士気消沈していたのである。

再び反転命令

昼過ぎ出発を準備していると、待機の命令がきた。追いかけて、「第六師団司令部が重囲に陥り、脱出困難。亀川部隊は古華山付近への反転を準備せよ」と命ぜられた。この命令を見た時の第一感は〝これで六師団と心中か〟であった。一同の顔は強張った。不安の気がみなぎった。俺は熊本出身だから仕方がないが、土佐健児が可哀相だ。連隊長の表情も沈痛であった。だが発進命令は来なかった。師団長が「六師団がむざむざやられる筈はない。今夜の状況を見てから」と発令を見合わせられたからという。しかし第三師団は命令のままに十日夜一部を福臨舗に反転させている（公刊史六三八頁）。

十一日払暁に連隊長が「西の方に部隊がいるようだ。六師団かも知れん。連絡してくれ」と命ぜられた。飛んで行ってみると、安部大隊であった。幹部一同が焚き火を囲み、都城の方言で難戦苦闘を語り合っていたのが印象深い。しかも体のどこかに包帯してない人はいなかった。そして「一時は危なかったが、司令部は脱出した。救援の必要なし」と知らされた。復命すると「待機の命令がきた。行かんでよいのかも知れん」とホッとされていた。でもこの時の連隊長と幕僚一同の表情はいかにも対照的であったので、強く印象に残っている。亀川連隊長は、決して愚痴や不満を漏らされず、承詔必謹を旨とする指揮官で、状況の変化に即応しうる方であった。

〈阿誌1・10〉　土　曇　強風

一、朝来6Dノ福臨舗ニ向フ反転遅々トシテ進マズ　一同気ヲ揉ム事甚シク航空隊ノ協力ヲ得十六時頃

同地東方四キロニ達シ敵尚蝟集シアリ　殊ニ13・i苦戦ス　9Bsノ一部ニテ収容シ　3Dノ一部ヲ以テ之ヲ援助　稍愁眉ヲ開ク

三、夜、高橋（新）3D長ト会食　潞安会戦、垣曲戦ノ困難等ヲ語ル　難局ニ立チシモノハ著シク心胆ヲ練磨セラレ　焦燥スルコトナク戦局ノ打開ヲ計リ得

飄風山

十一日朝、北進の途につくと、飄風山（ひょうふう）南麓で敵にぶつかった。攻撃し、突破しなければ脱出できない。だが、タマがない。もう参った、撃つな、と言いたい気持ちであった。ポツン、ポツン撃ちながら攻撃すると、敵はこれでもか、と言わんばかりに急霰のように撃ってくる。これは処置なしだ、いよいよここで全滅かなと念仏を唱えていると、北の高い山から友軍の山砲が敵の背後を撃ってくれた。おかげでようやく敵を突破してその友軍に収容されたが、これは飄風山を占領していた鹿児島連隊の松村大隊であった。高い峠を越えながら感謝すると「お互いさま。下で弾丸を補給されよ」と伝えられた。北麓で、今次作戦初めての弾薬補給を受けた。後で聞けば、各兵は欲ばって立ち上がれないほど受領したという。

〈同誌1・11〉日　曇　タラカン、セレベス上陸

一、吹雪止ミ雲高ク飛行ニ適ス　各兵団ノ情況視察、連絡等ニ便スル事大

二、各兵団反転極メテ順調　一同朗カナリ　今回ハ撈刀河（瀏陽河？）ノ3D、青山市ノ6D及影珠山

（五五九高地）ノ9Bsト心痛憂慮ノ事項続出シ　戦略戦術以上ニ幕僚苦心セル所ニシテ真ニ腹ノ戦術、所謂戦道ヲ練磨スル機会多カリシヲ幸トス　然レドモ9Bsノ二百名ノ二中隊ハ十名ノ外全部名誉ノ戦死ヲ遂グルニ至リシハ返ス返スモ申訳ナシ瞑福ヲ祈ルヤ切ナリ（山崎茂大尉）

四、夕食後ニ見参謀副長来談、謡曲猖々ヲ聞カセ又踊ナドスル内参謀長モ来ル　作戦一段落シテ明十二日副長ノミ先キニ帰漢スルヲ以テ暇乞旁々嬉シサノ余リナラン　共ニ遅ク迄酒ヲ呑ミツツ語ル

（注：他の箇所に「将帥は楽しむべし、憂うべからず」の言がある）

最後の犠牲

十二日朝、裏山の警戒に出ていた内之八重隊に行って見ると、敵が栗山港の隘路口の山々に懸命に登っている。内之八重さんが「オイ、どうするか、弾丸は貰ったが、人員は四〇名しかおらん。困ったな」と心配されている。飛び返って、山砲と連隊砲の計七門でここを先途と撃ちまくると、敵は勝手が違ったのか、山を駆け下りて四散した。これまでのタマ無しの鬱憤を晴らすかのように撃ったのだ。

検市廠で騎兵隊を収容し、往路に難攻した山々を眺めながら汨水の軍橋を渡り、長楽街西北地区に宿営した。やれやれであった。

十三日は反転のための準備を整え、十四日朝北上を開始すると、ポーン、ポッカンと敵の銃声がする。もう来たか、もう参ったよ、よしてくれ、と言いたい気持ちになった。体が負け戦さを実感していたのであろう。

本道に出るとバシッ、パンと一弾が頭をかすめた。おかしいな、中山大隊が掩護しているのに、と思ったとたんにバシンと来て、前方で「あっ、やられた」と叫んでいる。ほどもなく友軍の軽機が撃ち始め、戦闘が始まった。しばらく行くと電報班長の保木利世少尉が倒れている。馬を跳び降りて「どこか」と尋ねると「右胸」という。ホッとして「右胸なら別条ない。しっかりせい」と励ましたが、保木さんの目はすでに虚ろであった。後事を同期の中平少尉に頼み、心を残して引き揚げたが、昼ごろ息を引き取ったという。慶応大の理財を出た美青年で妻子を自慢していたが、惜しい人を亡くしたものである。しかして保木さんが二次長沙の最後の犠牲者になった。

満身創痍になった連隊は十五日に汐港河を渡り、十六日に桃林に集結して作戦を終えた。作戦期間は二五日間であったが、数カ月も死の彷徨を続けた感じであった。桃林で交付された日本米を、二食分一度に平げたことを思い出す。また兵隊さんたちが〝師団長は震え上がって乗用車に乗らず、トラックにトーチカを積んで帰った〟と噂していたのを思い出す。兵は上級指揮官の言動に敏感である。

亀川連隊長の痛哭

帰還行軍の途中、畑総司令官が大冶鉄山を視察されるというので、亀川連隊長は石灰窰に先行され、一月二十三日、鉄山に向かわれる畑大将に小箱のような列車の中で状況を報告された。まず、警備状況の報告が終わると、畑大将は、「今度は大変だったようだね」と口火を切られた。するとと連隊長は、

支那派遣軍総司令官・畑俊六大将（右）と第11軍司令官・阿南惟幾中将。

「あんな無茶な作戦を閣下はなぜ止めて下さらなかったのですか。大隊長以下、八人の中隊長を含めて百数十柱も失いました。弾丸も持たせずに突っ込まされるなんて、今度が初めてでした。なぜ香港が陥落し、敵の南下部隊が反転を始めた時点で、作戦の打ち切りをお命じにならなかったのですか……？」

陪席していた私は畏まっていたが、語気の鋭さと内容に驚いて連隊長を見ると、部下の前では決して見せられなかった涙が双眼から溢れ出ているではないか。……耐えに耐え抜いてこられた悲しみが、不満と憤りとが、一度に堰を破った感じであった。

総司令官は困惑の表情を浮かべられ、「軍司令官がゆくというのを止めるわけにはいかんしね」と言葉少なであった。だからその時は、部下の無茶を止めるわけにいかないのなら、総司令官は何のためにいるんだろう、と不思議がったものである。

だが公刊史所載の畑日記には「……独断進攻シタルコトナレバ　軍司令官以下モ稍々キマリ悪ゲノ模様ナリ……」（二月十六日付）とある。

また、長沙への独断進攻の経緯は前に述べた。畑大将も不満であった。けれども連隊長に軍司令官の悪口を言うわけにいかず、軍上層部の軋轢を露呈するわけにもいかず、畑俊六大将はああ言う外はなかったのだろう。

旬日の後、連隊慰霊祭がしめやかに執り行なわれた。在留邦人の間から号泣が起こり、すすり泣きが潮騒のように広がった。けれども連隊長は歯を食いしばって、耐えておられるようであった。だが弔辞は時々途切れたように記憶する。

亀川大佐は、天下国家を論じたり、卓抜な見識を振り回したり、啓示や指標を説く型ではなかった。常に任務に努力し、承詔必謹することをもって部下に範を示された。連隊長が上司への不満を漏らされたことは聞いたことがない。平常心に徹して万難を切り抜けられた。常に自分の努力の足らざることを憂えて、部下の命を大事にされた。頼れる、命を預けられる指揮官であった。だから人がついていったのだと思う。

こうした体験を踏んで、作戦というものの匂いや、連隊長とはこういうものかなどを感じ取った。そしてそれが、戦塵生活での指標となり、任務遂行の基礎となったわけである。

だが正直なところ、陸士で軍神のような連隊長や将軍の話ばかり教わっていたので、亀川連隊長を軍神のような名将だとは思えなかった。否、極端に言えば、普通の人間で、当たり前の人だ、という感じであったと思う。失礼だが、当時はそれが実感であった。比較する対象がなかったのだから仕方がない。

しかも第二次長沙作戦が終わると、広島文理大の配属将校（軍事教練や軍事知識の普及を任とする）に転任された。この人事は明らかに左遷と考えられたから、このことも「ああ、やっぱり」と思わせたように記憶する。当時の配属将校は、召集の予備役将校だけになったと聞いていたのだ。

けれども二代目、三代目の連隊長に仕え、徳島連隊の大隊長に補せられて数々の苦労を味わってみると、初代の亀川連隊長が懐かしかった。部下は上官に命を預けている。だから頼り甲斐のある上官の命令であれば勇んで働くが、果たして上官の命令が妥当なものかどうかを疑うように信頼を欠くと、不具合いが続出して部隊の戦力はがた落ちになる。従ってさまざまな経験を反芻しているうちに、凡なように感じていた亀川大佐が非凡なように思えてきた。仕えてから四六年も経って気づくとはおかしなようだが、本当だから仕方がない。恐らく西欧の諺に「従僕に英雄なし」（あまり身近に仕えると人間的な弱さや欠点だけが目について、その人の公人としての偉さがわからない、の意）とあるように、あまりに近く仕えたのと、他との比較ができなかった新前の時代であったから、亀川連隊長の真価が見えなかったのだと思う。

なお、亀川大佐は左遷されたように書いたが、これには慰労の意味があったようだ。間もなく少将に進級され、終戦時は福島県の平海岸を防御していた独立混成第百十三旅団長であった。やはり見る人は、見ていたわけである。戦後は広島市で静かに余生を送られ、私如きに手書きの年賀状を欠かされなかった。誰にでも出来る芸当ではない。昭和五十九年六月二十九日に九二歳十カ月の天寿を全うされた。

繰り返すが、亀川大佐は天才でもなければ軍神でもなく、普通の人、あるいは非凡な凡人と言った方が手っ取り早い。ただ四人の連隊長に仕えた身で見れば、他に比してまことに慈味があり、難戦中の難戦の中でも己れを見失わぬ人であった。これが将兵の信頼を得て、連隊が任務を達成できた原動力になったと思う。つまり常に平常心を心掛け、任務の達成に努力した将軍であったと思う。

なお御令室・ゆき子様（八六歳）からのお便りによれば、亀川将軍の遺稿の中に次の遺詠がしるされていた。夫人は「本当の気持ちを残したもの」と添書きされている。

戦没勇士に捧ぐ

一　いかにせん　山はた海に今もなほ
　　うかびかねてむ　戦友（とも）の思ひを

二　国の為　たをれし戦友（とも）の勲こそ

国の栄の　基ならめや

三　海山に　屍をさらす亡き戦友は
　　遠の祈りを　いかに聞くらむ

第五章　作戦回顧

作戦の結果

第一次長沙作戦は練りに練り、後方の万全を期した作戦だけに、攻勢発起前の白羊田における不期遭遇戦のショックが尾を引いたまま、ろくにその仇を討ったという感じがしないうちに終わった作戦であった。

第二次長沙作戦は、何が何だかわからぬままに終始衆敵に付きまとわれ、矢弾・糧秣尽き果てて死の彷徨を強いられ、「恐怖の一語に尽きた作戦」（青木師団長の回想）であった。それは交戦兵力・戦果・損耗表が端的に物語る。

なお第二次長沙作戦の難戦の度は、各作戦の損害一覧表に端的に現われている。

〈交戦兵力・戦果・損耗表〉（戦史叢書『香港・長沙作戦』より）

		交戦師数 延兵力	戦果 遺体	戦果 迫以上	戦果 重機	わが損害 戦死	わが損害 戦傷	わが損害 戦死馬	わが損害 戦傷馬
3D	一次	一八個師 七二〇〇〇	一二二〇〇	二三	五七	三七七（三〇）	一〇三四（六六）	二八五	二五二
3D	二次	一三個師 三六〇〇〇	一〇四七二	五	二二	五二三（五八）	一四一九（七二）	三六八	二八〇
6D	一次	一四個師 六八八〇〇	一〇三〇〇	五	五七	二二五（一四）	七八〇（二七）	九六	一〇〇
6D	二次	一四個師 七〇〇〇〇	七二四一	一	二三	四六一（二八）	一三八八（五四）	四七五	一八九
40D	一次	一五個師 一〇八〇〇〇	六三〇〇	三	二二	一五七（一二）	五三五（三七）	一八〇	一五七
40D	二次	八個師 八〇〇〇〇	三八八九	〇	〇	一六四（一三）	五七一（五七）	一一〇	九〇
6D	一次	一七個師 四〇〇〇〇	三五〇〇	九	七	二三九（一七）	七三〇（四八）	二〇六	二二二

（カッコ内は将校で内数）

〈各作戦の損害一覧〉

作戦名	時期	兵力	戦死（一個大隊当たり）	負傷（一個大隊当たり）	戦死馬
襄東作戦	14・5	35大	六五〇（一八・五）	一八〇〇（五一・四）	
贛湘作戦	14・9〜10	37大	八五〇（二三・〇）	二七〇〇（七三・〇）	
宜昌作戦	15・5〜6	49大	一四〇〇（二八・六）	四六〇〇（九三・〇）	
一次長沙	16・9〜10	45大	一〇七三（二三・八）	三三二〇（七三・〇）	八二六
二次長沙	16・12〜1	22大	一五九一（七二・三）	四四一二（二〇〇・五）	一一二〇

（備考：一次、二次長沙とも主作戦方面のみ）

前表を一覧すれば、次のことが言える。

一、交戦師数、兵力とも二次は一次より少ないのは、戦面の狭い関係と一次の戦果の影響と思われるが、全般を見れば重慶軍が長沙の攻略に従事したわが基幹戦力（第三、第六師団）の撃破に努めたことがわかる。

二、戦果の遺体数は筆の先でどうにもなるが、二次は鹵獲兵器の数が激減していることで難戦の状況が推理できる。

三、第三、第六師団の損害、特に戦死数が二次は一次の約二倍、戦死馬が二倍から三倍に上っているのが注目を引く。これに反しわが第四十師団のそれがほぼ同数であったのは不思議であるが、これは主として亀川連隊だけに大山塘で犠牲が生じたためである。

四、しかも二次の戦死将校一三柱のうち、一一柱が板茅田と大山塘で生じたものであったから、
　以てその苦闘がうかがえる。

つまり、意外な犠牲を払った作戦で、戦果と犠牲とが釣り合っていない。広東に南下した敵数個軍を反転させたのだから作戦目的は達成したという言い分があるが、それは二十五日に香港が陥落して中国軍としては広東の背後を衝く意味がなくなったからで、十一軍の牽制効果だけではなかったはずである。であるのに二十九日に長沙突入を命令し、春秋に富む約一六〇〇柱（うち将校一〇八柱）の命を喪わせた者の責は重い。思い出すたびに涙が込み上げる。

しかしてこのような〈痛恨長き作戦〉になった要因は、四点考えられる。

その一は、思い付き作戦で、補給、後送等の準備に欠けたことである。だから矢弾尽き、患者の輸送に健兵が従事して戦闘力が消尽した。ということは、香港を攻撃すれば重慶軍はどう反応するかに考え及ばず、敵が南下して初めて道義を持ち出し、後方準備を欠いたまま押っ取り刀で攻勢を採ったことにある。つまり先の先を見る眼力がなかったわけで、これでは作戦好きとは言えても、戦さ上手とは言えまい。

その二は、一次に打撃を与えたと過信して、寡兵であるにかかわらず目的でもなかった長沙城を取りに行き、まんまと薛岳将軍の天炉の罠にはまり込んだことである。目的は牽制であり、長沙攻略ではなかった筈だ。であるのに敵の逆宣伝に逆上して、あるいは意地になって、長沙城の鉄壁にぶっつけた。理由はどうであれ、人間臭さが匂うのをどうしようもない。

その三は、精神力の過信である。精神力は勝つ見込みがあれば躍動するが、物質的な裏付けが

なければ空念仏となる。ましてタマが欠乏すれば、敗戦感が湧き起こる。第一線の師団長以下は皆人間で、誰でも命が惜しいのだ。であるのに、十二月二十五日付阿南日誌に記した要図〈図20〉のように作戦を指導したならば、少なくもわが第四十師団は一人も還れなかったであろう。常勝に慣れ、敵をナメ切り、油断したせいではなかろうか。

その四は、作戦指導に一貫性がなく、移り気が多いことである。一次では、軍主力は右旋回して長沙以北の敵を湘江に圧迫撃滅する計画であった。ところが、敵第二六軍三個師が金井北方の騰雲山地区に北上すると、計画を一擲して三個師団で包囲するに決し、平江占領を諦めた。作戦は水物で、状況の変化に即応することが第一だから、適切な指導と思う。ところが三個師団で包囲したのは形だけで、実質的には包囲殲滅戦を指導せず、敵第七四軍の要撃に気が移って徹底性を欠いてしまったわけである。そこで二次では第二六軍にわが第六師団が酷い目に遭わされた。

むろん二次の長沙突入は移り気の最たるもので、可能性を検討することもなく、突然変異的に命令したものである。阿南日誌には「敵は長沙方向に退却した。だから長沙に向かって追撃した」とあるが、この理由は怪しい。敵は東西に退避して長沙に誘いこんだのが真相であるから、長沙に行きたくてうずうずしているところに餌が投げられ、軍はまんまと敵の術中に陥った、と見るのが正しいように思う。

また反転時、第六師団と独混第九旅団（二個大隊）とを以て影珠山地区の敵二〇、五八軍の挟撃を企図しながら、危険と見た幕僚が転進を具申すると渋々ながら認可した。ために転進に手間どった第六師団が食い付かれ、危急に陥るなど、状況の変化に藉口（しゃこう）して敵に追随し、主動性を保持しているつもりで受動に陥っている場合さえ散見される。人は神でない。だから万全を望むのは無理としても、無用の企図心を発揮してあれだけの犠牲を払ったのだから、いろいろの評があって然るべしと思う。

なお気に掛かるのは、阿南軍司令官の日誌に次の条があることである。

16・12・31の歳末の訓示には、

「(長沙への突入は)……賢明ナル幕僚長以下ノ長沙進攻ヲ認可決定セル所以ナリ……」

とあり、あたかも幕僚の強請によって認可したようにも取れる。しかし長沙進攻は軍司令官独自の発想であり、独断であったわけだから、幕僚に責任を負わせるような記述が気にかかるのである。

また17・1・8の条に「復々幕僚憂色アリ(6Dの進路変更を具申したので)已ムナク容認ス」としながら、翌9日付では幕僚を批判し、自己の戦略眼を自賛されていることである。実際に小突き回された凡愚の僻目(ひがめ)では、責任転嫁のようにも受け取れて、後味が悪いのをどうしようもない。

関係首脳の回顧

畑大将日記(昭17・1・12日及び16日付)

第十一軍の長沙進攻は前回通りの作戦振りなりしを以て、敵は進路を開き、反転の時之を包囲する作戦を採りしを以て、反転の際相当うるさく付き纏はれ、第六師団の如き一時はやや心配すべき状況にありき。

また進攻を咄嗟の間に決心したる為、準備不十分にして弾薬殊に砲兵弾薬に相当困難を感じたるものの如し。独断（長沙に）進攻したることなれば、軍司令官以下もやや決まり悪げの模様なり。（軍司令官の状況報告を受けて）

敵が長沙に非常なる関心を有するは、政略上の見地もあるべきも、また意地となりたる点もあるべし。

阿南軍司令官の回想

「阿誌1・12」

責任
- 1　尽くす（積極）大勇
- 2　負う（消極）恐怖心

幕僚に諭す

「阿誌1・15」

今次作戦の戦死約一、〇三〇（注：実際は一四六二）　負傷二、七五〇（注：実際は四〇二九）、戦病二七〇。

前回に比しやや多きを遺憾とするも、敵に与えし損害は相当大にして……遺死二二〇〇〇、捕虜約千（注：実際は四四三）なり。……池上旅団（9Bs）の死傷は予の不徳の致す所とて、甲（北支方面軍）、乙集団（第一軍）に電報し、岡村大将に御詫の手紙を認む。特に全軍にて七十余

（実際は一〇八）の青年将校を失いしは心痛に不堪、謹みて敬弔の意を表すものなり。


「阿誌1・16」

若干の苦戦の跡なきにしもあらざるも、再び長沙進攻の凱歌高く戦闘司令所を引き揚げ得るは慶賀に不堪。武運に恵まれしも神仏に感謝せずんばあらず。

（注：この記述を知れば、亡き戦友は何と思うだろうか）


「阿誌1・17」

……正彦君（当時大本営参謀、元陸将、令夫人の弟）の手紙にて第二次長沙作戦も徳義戦例なりと一同感銘しありとの報を知る。満足の念に満つ。（注：嗚呼！「一将功成り、万骨枯る」を思う）

「阿誌1・18」

慰霊祭……森川中佐（輜重兵第四十連隊長）以下千余名を祀る。護国の任に殉ぜりと雖も、軍司令官として断腸の思あり。南方岳南の地、真に恨長きを覚ゆ（傍点は私）。然れども赫々たる戦果は又以て之を慰むるに足らんか。（注：本音を垣間見た思いがする）

「阿誌1・19」

畑総司令官来漢……独断長沙への進攻を御詫す（注：畑大将が「独断進攻セシコトナレバ稍キマリ悪ゲノ模様ナリ」と誌したことは前述した）。総司令官と共に第一陸軍病院を見舞う。作戦中は志気緊張之に没頭しあるも、多数若人の負傷を見舞うとき、断腸の思いあると共に、作戦実施の責任の重大なるを痛感せずんばあらず。（傍点は私。長沙進攻を思い立つ前に悟ってほしかった）

「阿誌1・20」

畑総司令官、6・40D司令部視察。6Dは一般に志気旺盛にして敵の戦力低下を認め、且将来教育、警備方針も確立しあるも、40Dは敵の戦力向上しあるやの感を有し、報告万事消極にして困難を訴うること多かりしと。……（注：師団長の報告にして、鯨兵団将兵の衆意にあらず）

「阿誌1・21」

3、6D共戦力大にして統率亦優良なるも、40Dは着意大局に及ばず、実行力ヤヤ劣るを覚ゆ。一般上下共に同感なるらし。（注：四国健児の罪にあらじ。甲編制と丙編制〈九五～九六頁参照〉との差、高級者の積極性の差なり）

なお従軍全般の綜合所感として昭和十六年末ごろ以来、次のように総括している。

一、徳義は戦力なり。
　軍の大小を論ぜず、情況判断が他隊と関連せる場合は、必ず徳義に立脚し武士道的用兵に終始すべく、これ皇軍たる所以なり。海陸軍の協力の如き特に茲に着意大なるを要す。

二、作戦は更に果敢なるを要す。

山高く河深きは戦揚の常なり。堅塁更に之に加わり、空爆、ガス、精巧兵器、日に顔前頭上に殺倒するをや。諸障害を断平排除して任務に邁進するは強固なる意志と右顧左眄せざる果敢且周到なる実行力あるのみ。

三、警備に油断あるべからず。（以下略）

四、軍紀風紀を厳守する事。（以下略）

五、常勝に狃（な）れるは必ず失敗あり。

戦勝に酔い敵を軽ろんじ、周到なる攻撃準備、組織的火力の発揚特に歩戦砲空との協力連繫、工事の軽視等につき十分遺漏なきを要す。敵の空軍とガス。

六、必勝（戦捷）条件の確保。

作戦計画中必勝の条件を確立し之を生かす事。全力を挙ぐる事。例えば放胆なる包囲、迂回、重点構成、黄昏黎明等、薄明の利用等の条件、即ち「手」を用うる事による必勝条件の具備を必要とす。

七、師団の名誉のみに捉われ、軍全般の作戦を誤るな。

師団の兵力を減じて他方面に重点形成するを憚り、又は某師団に無理を要求しても主力方面軍全般を有利にする決意を欠くが如きこと少なからず。戒むべし（14・4、20Dへの増援を申し出でし際）。

八、包囲は線にあらず、実力現実を忘るる勿れ。

即ち経路中、効果地点に兵力を実用すべし。

（昭17年正月記）

九、宣伝の統制

一〇、敵統帥指揮機関の破壊混乱と作戦資源の壊滅。

一市一城の占領を目的とするか、敵戦力破摧を目的とするか、を明確ならしむるを要す（第一次長沙作戦）。

一一、将帥は利害を論ずるより先ず道義を以て判断の基礎とすべし。

一二、戦場にて泰然たり得るは、内に自ら信ずる所大なるによる。

一三、皇軍の真価を知り、之を練り、且之を信ずるものは強し（戦略単位、軍旗）。

一四、積極はいかに努めても、猶神の線に遠し。

一五、将帥の人を用うるは電流計たる勿れ、寒暖計の如くあれ。

（昭18正月記）

一六、上は綜合戦力を発揮させる勇気に乏しく、下は自軍主　我に流れて武士道的協力をなすの徳義に欠くるは、皇軍の一大欠陥なり。江北作戦、長沙作戦等による彷徘として此風の是正せられ来たるは喜ぶべし。

一七、戦況急なる場合、高級指揮官に対する依頼心は意外に大なり。二次長沙、11A、3D等の例。

〈以下二八まで略〉

（昭和19年記）

二九、……死は易し、死に処するは難し。
　不惜身命　但惜身命　道元

（以上「阿南日誌」一巻）

立派な教訓で、後世に残すに足る名言である。しかし実行は三次元の世界であって、言うは易く行なうは難い。あるいは自戒のために誌されたとも思う。長沙へ独断進攻して敗戦を喫した悔いは（阿南将軍が敗戦感を抱いたかどうかはっきりしないが、「岳南ノ地、真ニ恨長キヲ覚ユ」にその心事の一端を知る）、その総合所感の　五、常勝に狃れ　六、必勝条件を確保せず　八、実力現実を忘れ　一〇、目的を明確ならしめずして、全般戦局上はいささかの必要もなかったのに、自ら敵の天炉に軍主力を投げ込んだ悔いに現われている気がする。また日誌の中に、亀川部隊の力の字も出ないのは、心淋しい限りである。池上旅団の山崎大隊の悲劇を述べるなら、大山塘の悲劇も記さねば配慮が足らないと思う。二次長沙における師団の戦死数一六四（うち将校一三）のうち、亀川連隊が払った犠牲は一二〇柱（同一一柱）で、この犠牲を払ったのは、いつにタマを補給してくれなかった軍の罪であった。

軍参謀長・木下勇少将の総括所見

（反転の際）優勢な敵はわが進路を塞ぎ、左右後方より攻撃し、我を殲滅せんと真面目に努力しておった。もし彼我の立場が逆であれば、一人残らず殲滅し得たであろう。
前進は（汨水河畔から長沙まで）二日で行けたのに、帰りは一二日も要した状況からして、種々悲惨な状況も生じ、難しい決心や部署の場面も相当生起したが、司令部の幕僚の心境態度に、また兵団の行動に兵団長等の個性が明確に表われたのは、当然のことながら面白いと思う。人は苦境に立つと偽らざる自分の個性を暴露する。順調の場合は概して世慣れた人間は、これを良い方に修飾し得ることを立証したと思う。

ただし、私は後でつくづく考えたのであるが、大軍の参謀長や軍司令官の考え方一つで、ずいぶん大きい結果を招来するものだと思った。（注：結果がでる前に気づいてほしかった）

阿南軍司令官の態度は立派で、積極的なること私以上、一寸ニクラシイぐらいであった……。人はこの作戦を評してムダとか、拙いと思うだろうが、決してムダでも拙くもない。道義を第一とする阿南軍司令官にとって、ムダということはない。不十分な準備でやった作戦であるから、いろいろ結果が出る。

敵を牽制するのが目的だから、その為に困難な立場に立っても覚悟の前である。

（注：やり方によって、犠牲を出さずに目的を達することもできたと思われる）

多くの戦死者を出したのは誠に申し訳ないが、実に立派な戦さであったと思っている。（公刊史六六一～六六二頁）

しかし長沙突入の決心の適否は、後世の研究者によって論ぜられよう（公刊史五八五頁）。

つまり軍首脳は長沙進攻を肯定する。自分が決心したのだから当然である。だが十二月二十五日に香港は陥落し、広東へ南下中の敵は北転を開始した。軍の牽制目的は自ずから達成されたのである。だから長沙の天炉に飛び込んで、自ずから傷を求める理由はなかった筈で、いかに長沙進攻の必要性が強調されても、ルツボの中でこづき回された身には納得がゆかない。仮に長沙が取れたとしても、すぐ反転しなければならない状況であったから、一次長沙のように逆宣伝のネタになったのが落ちであったろう。

おこがましい限りであるが、汨水北岸に踏み止まって南進の気勢を示し、天炉戦法に肩透かしを食わせる手もあっただろうし、少なくも汨水南岸の第三七軍を当初の計画に基づいて撃破した時点で待機の態勢を採り、長沙を睨むことによって目的を達する勇断と自制心、すなわち常識と真の勇気が乏しかったと考える。

動機が道義から発すれば、何をやっても構わないというわけではない。道義の戦さなら、いくら犠牲を払ってもよいという法はなく、負けてもよい、損害は覚悟の前だということもない。しかも多大な犠牲を払って始めて大軍の司令官や参謀長の責任を感じたと言われるのだから、何かが狂っていたとしか評しようがない。

下司の勘繰りで言い過ぎだが、道義を名声のために利用し、隷下将兵への慈愛と道義とを忘れられた無慈悲な思いがするのである。むろんこの忖度（そんたく）が、全くの的外れであることを亡き戦友のために願わずにはいられない。

第十一軍参謀副長・二見秋三郎少将日記

長沙進攻、方針ニ悖リ不可ナリ　第一線、気分一致シアリヤ　軍全般、果シテ可ナル自信ア

リヤ
一月五日付二見日記
　ア〻第四十師団ニ山砲弾十発　無理ナル作戦哉

第三師団長・豊嶋房太郎中将回想
「長沙は第十一軍にとって必然的に後々まで禍根になると考え、出発する時から長沙の占領を心中深く期していた。しかしやたらに言っても聴いて貰えぬので、口外せず、作戦間に意見具申が通る好機を窺って二十九日ごろ二回具申し、それではというので長沙を奪りに行った（なぜ悪い！）」
　しかし集中途中に軍司令部に立ち寄った際の豊嶋中将の様子を、「木下日記」は、「3D長来たり作戦の話する。3Dは一寸不平の様なり。長沙に行きたき模様」と記している。従って阿南軍司令官と豊嶋師団長との間には長沙進攻の黙契があったらしいとか、3Dが汨水南岸に飛び出して二回も長沙への進攻を具申したのは馴れ合いではなかったのか、と疑う人もいるわけである。長沙が禍根になる心配はわかる。だからといって一日か二日占領してみたところで、どうなるものでもない。目的と手段が一致していないムダな作戦と考える。

第六師団長・神田正種中将の回想
本作戦は阿南将軍の統帥としては、一寸拙かった。第一に、広東に策応するため小規模のピストン作戦を企画して果たして効果が得られるかどうか大疑問であった。しかして実施の結果、敵は我が裏をかいて退避作戦に出た。ここで退いては何の為の牽制作戦かサッパリわからぬ結果になるから、急に長沙急襲を思い立ったと予想されるが、これがいかぬ。苟(いやし)くも軍が作戦をするのに、途中から斯の如き大変化が出来るものではない。糧食のない現地調弁はすなわち掠奪命令である。

特に長沙の堅陣に、無腰でぶっつけたのは何としても悪い。無茶だ。この作戦の結果、第一次で敵に与えた恐怖が、逆に軽侮となって返ってきた。(注)予は阿南さんの人格に絶大な尊敬を持つものであるが、この作戦計画にはどうも同意し兼ねる。ピストン作戦はしばしば行なわれたものだが、何としても不徹底であることは論議の余地がない。否、却って害を生ずること、第二次長沙作戦の如し。広東策応の道義心は可なり。然しやり方は尚充分研究を要したものであるべきと思う。(公刊史六六二頁)

(注:中国側は、一〇万の日本軍のうち、撈刀河と瀏陽河の間で与えた損害は五万六九四四人に達し、大勝利を収めたと宣伝した)

第四十師団長・青木成一中将の回想

いつか漢口に行ったとき、今度湖南に作戦する場合には汨水を越えてはいけませんよ、と申し上げたところ、よくわかったと返事された。だから長沙に突っ込むとは思いも寄らなかった。

……二次長沙（作戦）は恐怖の一語に尽きる。

亀川良夫連隊長の直後の回想

汨水までと聞いていたので、損害を出さんよう俺なりに注意した。長沙に突っ込むとは考えていなかったから、火力を存分に使うよう指導した。それが裏目に出るとは、全く思わなんだよ。基隆山を取って敵六〇師を撃破したときは、これで終わりと思っていた。ところが軍主力は長沙、鯨は金井に突進だろ。これぁ大変な目に遭うぞ、と直感した。お前が「なぜ長沙か、香港は落ちたのに」と聞いたな。実は俺が軍に聞きたかった。答えようがなく、作戦は水物、戦機と見たんじゃろ、と答えたと思うが、お前が「長沙にゆく目的は」と聞いたら、どう答えようかと苦しかったよ。

仕方がない、承詔必謹の外にないから命のままに動いたが、タマを持たず、食糧もないのに、死にに行けという命令を下す時は断腸の思いだった。板茅田、金華山の攻撃、大山塘の防御、ことに仙姑殿、……心の中で泣きながら命令した。そしてあの結果だ。つらかった。どうだ。側で見ていて見苦しいところはなかったか？　平静を装うと努めたつもりでも、どこかでぼろを出したと思う。人間だから四六時中、猫をかぶっていることは出来ぬ。人の本性は弱いものなんだ。ただ職責上、見苦しい振る舞いを自戒し、冷静を欠いた判断や命令を下さんよう、心掛けたつもりだが！

でも佐々木、軍司令官の判断ひとつで生きもし、死ぬもする。あの阿南さんが、なぜ長沙に突っ込んだのだろうなあ。戦機と見たからじゃろうが、なぜ長沙に執着したんだろうなあ。もし奪れてもすぐ反転せねばならんのに、長沙になぜこだわったのか、知らん理由があるんじゃろ。

水沢（第二大隊長）も明神（二機長）も、真鍋（七中隊長）も、関田（六中隊長）も岡崎（二大副官）も三宅（五中隊長代理）も、戸梶も池田も、弘田、三浦、保木も皆、タマ無しだからやられたのだ。タマさえあればなあ……。

掩には冥福を祈る外に仕様がない……。

中山佐武郎少佐（第一大隊長）

思い出したくもない。肝心の大山塘で肺炎気味になって、実際の指揮がとれずに申し訳ない。……ゾッとする。こんな無茶な作戦を指導した理由が知りたい。

山崎幸吉大尉（副官）

酷かったね。作戦に参加した十人の中隊長のうち、無傷だったのは一中の都築中尉と二中の内之八重中尉の二人だけだもんな。……筆の先一本が、何百、何千人の生命にかかわるんだね。なぜ長沙を奪りに行ったのか、オレにゃあわからん。魔がさしたんだろ！

香月則正大尉（作戦主任）

人の命を惜しまぬ人は上に立つべきでない、と思ったね。タマ無し作戦は初めてであった。こんな無茶を操り返せば、日本はいつか負けるよ。

大山塘で風邪引いて、お前に代わって貰った観がある。有り難う。だが、亀川さんはつくづく偉いと思ったね。

薛岳上将（第九戦区司令長官）
敵の戦力特に精神戦力は依然大である。鉄桶の中に誘致したのに、死者は埋葬し、傷者は一人残らず担送しながら、重囲を突破して整然と引き揚げていった。これに反し、わが軍の衝力の乏しきをいかにせん。

痛恨長し——一中尉の管見

死の彷徨二五日間を思い出せば、涙なきを得ない。また情けなくて仕方がない。

先見の明ありや——阿南軍司令官は対米主戦論者であり、第四師団や第三十三師団等の抽出問題もあって対米・英戦開始の経緯は熟知していた。それはその従軍日誌で明らかである。また中国軍が仏印国境に関心を示している情報を得て、その牽制を具申した跡さえある。であるのに、香港を攻撃すれば第九戦区軍がどう反応するか、拱手傍観するか、広東を衝いて妨害するかを考えた跡はない。

結果論だが、敵の二、三個軍が南下した情報を得て初めて〝決然と立った〟とある。もし先見洞察の明があって、岳州に軍需品を集積し、後方の準備（担架夫や運搬夫は武漢で募集した）を十一月から始め、各兵団を集結させていつでも攻勢が採れる構えを整えていたならば、それだけで牽制効果が得られ、この悲惨な作戦を実行せずにすんだのではなかろうか。

可能性の探究——後方の準備なしでの押っ取り刀での攻勢であり、しかも部隊は一次長沙の疵が癒り切らぬうちでの作戦であった。だから、部隊の戦力は一次の時に比べて三分の二に減っていた。この実情を把握し、常に戦場における彼我の相対戦力を勘案して、負けない作戦を指導すべきであった。ところが実際は一次と同様な兵団の運用ぶりで、可能性の計算を無視した憾みがなくもない。もし精神力に頼らず、理論的に策案する人ならば、無謀な長沙突入など考えなかったと思う。すれば千数百の命が助かったはずである。

不徹底の憾み——当初は計画通り汨水南岸の山地による敵第三七軍の三個師を三個師団で攻囲した。二十九日、第三師団は一足先に出で、退路遮断の絶好の位置に進出した。その時別の敵が長沙方面に退却中という飛行機情報により三七軍撃滅の手を緩め、第三、第六師団を長駆長沙に向かわせ、第四十師団に三七軍の始末を託したのであった。おかげで第四十師団は苦闘したが戦果は挙がらず、後害を残したばかりか、この三七軍に板茅田、打鼓嶺、大山塘で痛い目に遭わされたわけである。

従って管見だが、三七軍を徹底して撃滅したのち三個師団主力で長沙に向かう気勢を示せばそれで目的を達し、離脱と反転時にあれほどの苦戦を強いられなかったと推察される。移り気が早く、敵撃滅の焦点がぼやけてしまった感がする。

長沙突入——長沙突入の謎は解けない。可能性を考慮せず、敵を侮り、長沙を占領したという面目を優先させ、戦略、戦術を忘れた感がある。長沙突入の決心はどう説明されても腑に落ちない。面子や私心が働いていないことを英霊の為に願うだけである。でなければ戦没者の冥福の祈りようがない。

後方・情報の軽視――汨水の線で反転する計画であったから、軍の後方と情報関係者は漢口に残り、特情班も岳州に推進しなかったという（公刊史五八三頁）。作戦は水物で、敵の反応次第で変化する。であるのに情報と後方機関を残していったのだから、敵を軽んずることこれより甚だしくはない。これでは食わずに、目をつぶって素手で戦えということで、悲惨な戦況になったのも当然であろう。実力なく、準備なき積極は、徒らに犠牲を増すだけである。

使用兵力と作戦限界――一次長沙の時は、四六個大隊を以て株州まで行けた。だが幸運に恵まれたからと敵の兵力逐次投入の過失に乗じ得たからで、ここまでが作戦の限界であった。ものには自ずから限界がある。二次長沙の使用兵力は当初の作戦構想に基づいて、戦い疲れた二二個大隊であった。従って汨水の線が妥当な限界で、それ以上の進攻は欲ばりである。自己の精神力を過信し、敵を侮った所産であろうが、補給の準備がないのに作戦を長沙まで延ばしたのは、必要性にかられた余り、可能性の限界を見忘れたと謗られても仕方がない。

木下参謀長は「立派な戦い」と回想された。心底からそう考えられたのかどうかは怪しいが、もう少しでモスクワやスターリングラード、インパールの二の舞を演ずるところであった現実を直視すれば、謙虚な反省の言葉が欲しかった。

道義、すなわち助け合いと協力とは戦場では不可欠である。これなくしては戦勝は望めず、戦果は挙がらない。けれどもそれにも限界があり、自分が潰滅しては虻蜂取らずと言われよう。助けられた第二十三軍（広東）は有り難いこととは思っただろうが、戦機が去ってから長沙城に頭をぶっつけてまで牽制してくれたことを本当に感謝したであろうか！

こう考えれば、ずいぶん危ない目に遭ったこともさりながら、無茶な企図心のために熟知の先輩や同僚将兵が数多く死傷された恨みは消えないのである。

総括

第二次長沙作戦は、痛恨の一語に尽きる。当初から嫌な予感が付きまとったものの、汨水までは作戦の意義を理解し、道義を感じ、みぞれや雪の中で無我夢中で働いた。だが香港の攻略を知ってからの進攻は、目的も限度もわからず、ただ飢えと寒さと、敵の弾丸に追いまくられた感じしか残っていない。そして板茅田で、大山塘で、古華山で多くの将兵をあっという間に失った。それはなぶり殺しに遭ったようなものだった。

この作戦ほど敗戦の実感を味わったことはない。マッカーサーは「敗戦の十中、八、九は兵站線を遮断されたからである」と言ったが、そもそもこの作戦、特に汨水以南には兵站線そのものがなかったのだから無謀も甚だしい。弾丸が切れれば銃剣だけで戦う外はないが、それはムダな犠牲を払うことを意味する。

またなぜ長沙を奪りに無理したのかの説明は、阿南日誌や木下日誌に述べられているが、特に木下参謀長は「この作戦をムダな作戦と評する人もおろうが、道義に徹した阿南軍司令官が決心されたのだからムダというものでない。道義にムダはない。立派な作戦だ」と述べられた。だが、果たしてこの言を以て英霊を慰めることが出来るであろうか?

私は思う。戦争は人間の最大の愚行である。長沙への進攻は愚行の上塗りで、真にムダな作戦であった。一人の見栄や名誉心の結果として数千人が死傷し、敵に自信を与え、かえって侮られた作戦であった。

二五日間の死の彷徨、湖南の野に散った犠牲者を偲べば、嗚呼、痛恨長き長沙作戦ではあった。

このように、負ける時には、相手が勝つのではなく、負ける側が負けに行くのであろう。太平洋でもビルマでも、いずれもそうであった。

あとがき

阿南軍司令官が第二次長沙作戦直後の日誌に「南万岳南の地、真に恨長きを覚ゆ」と記述せられたことはすでに述べた。その日誌には敗戦を自認した文字は一字もなく、「大勝」とか「戦果大」「凱旋」とかの字句が多い。主将として「負けた、術中に陥った」とは口が裂けても言えないからであろうが、「恨長きを覚ゆ」の一句に万感が現われている気がする。

将兵は、一次長沙ではまず勝ったという感を味わった。だが二次は、敗戦感しか残らなかった。それは師団や連隊の戦友会において、常に二次長沙が話題の中心になることでわかる。また青木師団長が「二次は恐怖の一語に尽きる。思い出したくもない」と常々述懐されたことでわかる。

しかしてこの結果を招来したのは、高級指揮官の胸三寸から出た判断の所産であった。その責任は重且つ大である。自衛隊の高級者はこの轍を踏まぬよう、平時から修養し、万一に備えておくよう願って止まない。

ものには必要性と可能性の二面がある。必要があるからと言って可能性の検討を忘れ、断乎として行なえば敗戦は免がれない。精神力は事を成す原動力に違いはないが、どの民族、どこの国民も固有の精神力を持っている。だから精神力にのみ勝ち目を頼れば、二次長沙の轍を踏むことになろう。精神力は元来「プラス、マイナス、アルファー」と考えるべきで、勝てばプラスに働き、負ければマイナスに作用する。しかして勝つためには敵に劣らない戦力と装備が必要であって、精神力と竹槍だけではどうしようもない。二次長沙がその見本であった。

なお一次長沙作戦は練りに練った作戦で、後方も機に応じて追随し得た。だから苦戦と感じたのは作戦発起前の白羊田だけであった。しかし二次は思い付き作戦のために情報、後方ともに伴わず、苦闘を余儀なくされた。直接の原因はタマの欠乏にあったのは自明である。タマ無しの恐ろしさが身に染みた。無理と知りつつ作戦を指導した人の責任は重い。作戦好きだが作戦下手、と言われても仕方ないであろう。ものの限界をわきまえねばならぬ。これは結果論でない。見透しの問題である。従って作戦直後、これで阿南軍司令官は終わりか、と噂した。でも七月に第二方面軍司令官に栄転されたのだから、何をか言わんやであった。

終わりに、関係者の終戦時の職位を付言する。

阿南軍司令官　大将・陸軍大臣
木下軍参謀長　第五十五航空師団長、のち終戦直前に墜死
島村作戦主任参謀　陸大教官（?）
第三師団長・豊嶋中将　第二軍司令官（セレベス）

第六師団長・神田中将　　　　　第十七軍司令官（ボーゲンビル）
第四十師団長・青木中将　　　　予備役・留守師団長
歩二百三十六連隊長・亀川大佐　少将・独混百十三旅団長（いわき）

最後になったが、本書に転載を承認して下さったジャパン・ミリタリー・レビュー社の横田博之編集長と、刊行の機会を与えて頂いた図書出版社社長・山下三郎氏及び同社編集部の土居秀夫氏に深い感謝の念を表するとともに、謹んで本書を湖南の地に散った多くの先輩、同僚将兵の霊前に捧げるものである。

昭和六十三年七月

佐々木春隆

単行本　昭和六十三年八月　図書出版社刊

NF文庫

長沙作戦 新装版

二〇二三年四月二十二日 第一刷発行

著者 佐々木春隆
発行者 皆川豪志
発行所 株式会社 潮書房光人新社
〒100-8077 東京都千代田区大手町一-七-二
電話/〇三-六二八一-九八九一(代)
印刷・製本 凸版印刷株式会社

定価はカバーに表示してあります
乱丁・落丁のものはお取りかえ致します。本文は中性紙を使用

ISBN978-4-7698-3308-6 C0195
http://www.kojinsha.co.jp

NF文庫

刊行のことば

第二次世界大戦の戦火が熄んで五〇年——その間、小社は夥しい数の戦争の記録を渉猟し、発掘し、常に公正なる立場を貫いて書誌とし、大方の絶讃を博して今日に及ぶが、その源は、散華された世代への熱き思い入れであり、同時に、その記録を誌して平和の礎とし、後世に伝えんとするにある。

小社の出版物は、戦記、伝記、文学、エッセイ、写真集、その他、すでに一、〇〇〇点を越え、加えて戦後五〇年になんなんとするを契機として、「光人社NF（ノンフィクション）文庫」を創刊して、読者諸賢の熱烈要望におこたえする次第である。人生のバイブルとして、心弱きときの活性の糧として、散華の世代からの感動の肉声に、あなたもぜひ、耳を傾けて下さい。

＊潮書房光人新社が贈る勇気と感動を伝える人生のバイブル＊

NF文庫

写真 太平洋戦争 全10巻 〈全巻完結〉

「丸」編集部編

日米の戦闘を綴る激動の写真昭和史——雑誌「丸」が四十数年にわたって収集した極秘フィルムで構築した太平洋戦争の全記録。

決意の一線機 迎え撃つ人と銀翼

渡辺洋二

進撃が頓挫し、終焉を迎えるまでの航空戦力は、いかなる状態だったのか。飛行機とそれに関わる人々が織りなす実話九編収載。

日本陸軍史上最も無謀な戦い インパール作戦 失敗の構図

久山 忍

前線指揮官が皆反対した作戦はなぜ行なわれたのか。司令部の無能さゆえ補給なき戦場で三万の将兵が命を落とした敗北の実相。

新装解説版 連合艦隊の栄光 太平洋海戦史

伊藤正徳

比類なき大海軍記者が綴る感動の太平洋海戦史。ほとばしる情熱のすべてをかけて綴った〝伊藤戦史〟の掉尾を飾る不朽の名著。

新装版 長沙作戦 緒戦の栄光に隠された敗北

佐々木春隆

昭和十六年十二月、太平洋戦争開戦とともに香港要塞攻略のため発動された長沙作戦の補給なき苛酷な実態を若き将校がえがく。

航空戦クライマックスII

三野正洋

マリアナ沖海戦、ベトナム戦争など、第二次大戦から現代まで、迫力の空戦シーンを紹介。写真とCGを組み合わせて再現する。

＊潮書房光人新社が贈る勇気と感動を伝える人生のバイブル＊

NF文庫

大空のサムライ　正・続
坂井三郎
出撃すること二百余回——みごと己れ自身に勝ち抜いた日本のエース・坂井が描き上げた零戦と空戦に青春を賭けた強者の記録。

紫電改の六機　若き撃墜王と列機の生涯
碇　義朗
本土防空の尖兵となって散った若者たちを描いたベストセラー。新鋭機を駆って戦い抜いた三四三空の六人の空の男たちの物語。

私は魔境に生きた　終戦も知らずニューギニアの山奥で原始生活十年
島田覚夫
熱帯雨林の下、飢餓と悪疫、そして掃討戦を克服して生き残った四人の逞しき男たちのサバイバル生活を克明に描いた体験手記。

証言・ミッドウェー海戦　私は炎の海で戦い生還した！
橋本敏男
田辺彌八ほか
空母四隻喪失という信じられない戦いの渦中で、それぞれの司令官、艦長は、また搭乗員や一水兵はいかに行動し対処したのか。

『雪風ハ沈マズ』　強運駆逐艦　栄光の生涯
豊田　穣
直木賞作家が描く迫真の海戦記！　艦長と乗員が織りなす絶対の信頼と苦難に耐え抜いて勝ち続けた不沈艦の奇蹟の戦いを綴る。

沖縄　日米最後の戦闘
米国陸軍省編
外間正四郎訳
悲劇の戦場、90日間の戦いのすべて——米国陸軍省が内外の資料を網羅して築きあげた沖縄戦史の決定版。図版・写真多数収載。